물레방아

어떠한 가을밤 유난히 밝은 달이 고요한

이 촌을 한적하게 비칠 때 그 물레방앗간 옆에

어떠한 여자 하나와 어떤 남자 하나가 서서

이야기를 하는 소리가 들리었다.

베스트셀러한국문학선 6

물레방아

나도향

소담출판사

발 간 사

　우리는 물질적 가치를 중시하는 산업시대의 큰 풍조 속에서 경제적 부(富)만을 추구하는 열병을 앓고 있는 것 같다. 물질적 가치와 똑같은 비중으로 또는 경우에 따라서는 그보다도 더 귀중한 정신적 가치에 관한 소중함을 몰각한 것이 오늘날의 풍조가 아닌가 한다.

　따라서 역사적으로 면면히 이어오고 있는 우리 문화의 한 중심인 문예의 가치를 인식하고, 널리 보급시키는 것은 매우 중요한 의미를 지닌다고 할 수 있다.

　우리가 어진 사람을 인격의 표본으로 삼을 때 근대 문학 작품에서는 이광수의 「흙」에 등장하는 허숭을 생각할 수 있고, 옛 문학에서는 흥부를 생각할 수 있다. 이러한 문예작품 속의 인물들은 우리 민족성원 한 사람 한 사람의 마음속에 인격의 한 표본으로 존중되어 사람답게 사는 실천적 지혜로 이어진다.

　여기서 문예작품은 그 작품을 창작한 개인의 재능에 의한 것이지만, 그 내용에 담긴 인물의 심성과 인격의 아름다움은 바로 그 작품을 읽는 독자들의 자아를 성숙게 하는 길잡이가 된다. 즉 작품에 실현된 정신적 가치는 우리 민족의 창조적 지혜로서 이어지고 이해되어 민족의 정신적 지향의 전통이 됨을 깨닫게 된다.

　특히 젊은 세대에게 역사의식과 전통적 가치를 학습할 자료로서 우리 문학의 선집은 필수적인 의미를 지니고 있다.

　오늘날의 상업적 풍조에서 탈피하여 한국의 전통을 이해하고 새 시대의 창조적 전진을 위한 밑거름으로서 베스트셀러 한국문학선은 기여할 것이다.

　새 시대의 새 독자들에게 가장 뜻깊은 선물이 될 것을 자부하며, 작품의 선정에 있어서도 그 뛰어난 예술성은 물론 내용의 심화된 것을 중시하여 엄정히 선택한 것임을 밝혀두는 바이다.

신 동 욱

차례
〔나도향〕

〈일러두기〉

1. 선정된 작품은 1920 − 1970년대 한국 현대 소설사의 대표적 작품들로서 현행 고등
   학교 검인정 문학 8종 교과서에 실린 작품 외 개별 작가의 대표적 작품을 중심으로
   엮었다.

2. 표기는 원문의 효과를 고려하여 발표 당시의 표기를 중시했으나, 방언은 살리되 의미
   전달을 위해 되도록 현대표기법을 따랐다.

3. 띄어쓰기는 개정된 한글맞춤법에 따랐다.

4. 외래어는 외래어 표기법을 따랐다.

5. 대화나 인용은 " "로, 생각이나 독백 및 강조하는 말은 ' '로 표시하였다.

6. 본 도서는 대입수능시험은 물론 중 − 고교생의 문학적 소양 및 교양의 함양을 위해
   참고서식 발췌 수록이 아닌 모든 작품의 전문을 수록하였음을 밝혀둔다.

물레방아

1

덜컹덜컹 홈통에 들었다가 다시 쏟아져 흐르는 물이 육중한 물레방아를 번쩍 쳐들었다가 쿵 하고 확 속으로 내던질 제 머슴들의 콧소리는 허연 겨가루가 켜켜 앉은 방앗간 속에서 청승스럽게 들려 나온다.

쏼 쏼 쏼, 구슬이 되었다가 은가루가 되고 되줄기같이 뻗치었다가 다시 쾅쾅 쏟아져 청룡이 되고 백룡이 되어 용솟음쳐 흐르는 물이 저쪽 산모퉁이를 10리나 두고 돌고, 다시 이쪽 들 복판을 5리나 꿰뚫은 뒤에 이방원(李芳源)이가 사는 동네 앞 기슭을 스쳐 지나가는데 그 위에 물레방아 하나가 놓여 있다.

물레방아에서 들여다보면 동북간으로 큼직한 한 마을이 있으니 이 마을에 가장 부자요, 가장 세력이 있는 사람으로 이름을 신치규(申治圭)라고 부른다. 이방원이라는 사람은 그 집의 막실(幕室)살이를 하여 가며 그의 땅을 경작하여 자기 아내와 두 사람이 그날그날을 지내 간다.

어떠한 가을밤 유난히 밝은 달이 고요한 이 촌을 한적하게 비칠 때 그 물레방앗간 옆에 어떠한 여자 하나와 어떤 남자 하나가 서서 이야기를 하는 소리가 들리었다.

그 여자는 방원의 아내로 지금 나이가 스물두 살, 한참 정열에 타는 가슴으로 가장 행복스러울 나이의 젊은 여자요, 그 남자는 50이 반이 넘어 인생으로서 살아 올 길을 다 살고서 거의 거의 쇠멸의 구렁이를 향하여 가는 늙은이다.

그의 말소리는 마치 그 여자를 달래는 것같이,

"얘, 내 말이 조금도 그를 것이 없지? 쉰네 할멈에게도 자세한 말을 들었을 터이지마는 너 생각해 보아라. 네가 허락만 하면 무엇이든지 네가 하고 싶다는 것을 내가 전부 해 줄 터이란 말야. 그까짓 방원이 녀석하고 네가 몇백 년 살아야 언제든지 막실 구석을 면하지 못할 터이니…… 허허, 사람이란 젊어서 호강해 보지 못하면 평생 한번 하여 보지 못하고 죽을 것이 아니냐. 내가 말하는 것이 조금도 잘못한 것이 없느니라! 대강 너의 말을 쉰네 할멈에게 듣기는 들었으나 그래도 너에게 한번 바로 대고 듣는 것만 못해서 이리로 만나자고 한 것이다. 너의 마음은 어떠냐? 허허, 내 앞이라고 조금도 어떻게 알지 말고 이야기해 봐, 응?"

이 늙은이는 두말할 것 없이 신치규다. 그는 탐욕스러운 눈으로 방원의 계집을 들여다보며 한 손으로 등을 두드린다.

새침한 얼굴이 파르족족하고 기다란 눈썹과 검푸른 두 눈 가장자리에 예쁜 입, 뾰루퉁한 뺨이며 콧날이 오뚝한데다가 후리후리한 키에 떡벌어진 엉덩이가 아무리 보더라도 무섭게 이지적(理智的)인 동시에 또는 창부형(娼婦型)으로 생긴 것이다.

계집은 아무 말이 없이 서서 짐짓 부끄러운 태를 지으며 매혹적인 웃음을 생긋 웃고는 고개를 돌렸다. 그 웃음이 얼마나 짐승 같은 신치규의 만족을 사게 되었으며, 또한 마음을 충동시켰는지 희끗희끗한 수염이 거의 계집의 뺨에 닿도록 더 가까이 와서,

"응? 왜 대답이 없니? 부끄러워서 그러니? 그렇게 부끄러워할 일은

아닌데."

하고 계집의 손을 잡으며,

"손도 이렇게 예쁜 줄은 이제까지 몰랐구나. 참 분결 같다. 이렇게 얌전히 생긴 애가 방원 같은 천한 놈의 계집이 되어 일평생을 그대로 썩는다는 것은 너무 가엾고 아깝지 않느냐? 얘."

계집은 몸을 돌리려고 하지도 않고 영감이 하는 대로 내버려두며 눈으로 땅만 내려다보고 섰다가 가까스로 입을 떼는 듯하더니,

"제 말야 모두 쇤네 할멈이 여쭈었지요. 저에게는 너무 분수에 과한 말씀이니까요."

"온, 천만에 소리를 다 하는구나. 그게 무슨 소리냐. 너도 알다시피 내가 너를 장난삼아 그러는 것도 아니겠고 후사(後嗣)가 없어 그러는 것이니까 네가 내 아들이나 하나 낳아 주렴. 그러면 내 것이 모두 네 것이 되지 않겠니? 자아, 그러지 말고 오늘 허락을 하렴. 그러면 내일이라도 방원이란 놈을 내쫓고 너를 불러들일 터이니."

"어떻게 내쫓을 수가 있어요?"

"허어, 그것이 그리 어려울 것이 무엇 있니. 내가 나가라는데 제가 나가지 않고 배길 줄 아니?"

"그렇지만 너무 과하지 않을까요?"

"무엇, 저런 생각을 하니까 네가 이 모양으로 이때까지 있었지. 어떻단 말이냐? 그런 것은 조금도 염려하지 말구, 자아, 또 네 서방에게 들킬라, 어서 들어가자."

"먼저 들어가세요."

"왜?"

"남이 보면 수상히 알게요."

"무얼 나하고 가는데 수상히 알 게 무어야…… 어서 가자."

계집은 천천히 두어 걸음 따라가다가,

"영감!"

하고 머춤 하고 서 있다.

"왜 그러니?"

계집은 다시 말이 없이 서 있다가,

"아니에요."

하고,

"먼저 들어가세요."

하며 돌아선다. 영감이 간이 달아서 계집의 손을 잡으며,

"가자, 집으로 들어가자."

그의 가슴은 두근거리는지 숨소리가 잦아진다. 계집은 손을 빼려 하며,

"점잖으신 어른이 이게 무슨 짓이에요."

하면서도 그의 몸짓에는 모든 것을 허락한다는 뜻이 보였다. 영감은 계집
의 몸을 끌어안더니 방앗간 뒤로 돌아섰다. 계집은 영감 가슴에 안겨 정
욕이 가득 찬 눈으로 그를 보면서,

"영감."

말 한마디 하고 침 한번 삼키었다.

"영감이 거짓말은 안 하지요?"

"아니."

그의 말은 떨리었다. 계집은 영감의 팔을 한 손으로 잡고 또 한 손으로
는 방앗간 속을 가리켰다.

"저리로 들어가세요."

영감과 계집은 방앗간에서 이삼십 분 후에 다시 나왔다.

2

사흘이 지난 뒤에 신치규는 방원이를 자기 집 사랑 마당 앞으로 불렀
다.

"얘."

방원은 상전이라고 고개를 숙이고,

"네."

공손하게 대답을 하였다.

"네가 그간 내 집에서 정성스럽게 일한 것은 고마운 일이지마는
……."

점잔과 주짜를 빼면서 신치규는 말을 꺼내었다. 방원의 가슴은 이 '마
는'이라는 말 뒤에 이어질 말을 미리 깨달은 듯이 온 전신의 피가 가슴으
로 모여드는 듯하더니 다시 터럭이라는 터럭은 전부 꺼꾸로 일어서는 듯
하였다.

"오늘부터는 우리 집에 사정이 있어 그러니 내 집에 있지 말고 다른 곳
에 좋은 곳을 찾아가 보아라."

아무 조건이 없다. 또한 이곳에서도 할 말이 없다. 죽으라고 하면 죽는
시늉이라도 해야 하는 것이다. 주인은 돈 가지고 사람을 사고 팔 수도 있
는 것이다.

방원은 가슴이 답답하였다. 자기 혼잣몸 같으면 어디 가서 어떻게 빌어
먹더라도 살 수 있지마는 사랑하는 아내를 구해 갈 길이 막연하다. 그는
고개를 굽히고, 허리를 굽히고, 나중에는 마음을 굽히어 사정도 하여 보
고 애걸도 하여 보았다.

그러나 그것은 헛된 일이다. 주인의 마음은 쇠나 돌보다도 더 굳었다.

그는 하는 수 없이 자기 아내에게 그 이야기를 하였다. 그리고 아내더
러 안주인 마님께 사정을 좀 하여 얼마간이라도 더 있게 하여 달라고 하
여 보라고 하였다. 그러나 아내는 방원의 말을 들을 리가 없었다. 도리
어,

"그러면 어떻게 한단 말이요. 이제부터는 나를 어떻게 먹여 살릴 터이
요."

"너는 그렇게도 먹고 살 수 없을까 봐 겁이 나니?"

"겁이 나지 않고, 생각을 해 보구려. 인제는 꼼짝할 수 없이 죽지 않았

소?"

"죽어?"

"그럼 임자가 나를 데리고 이곳까지 올 때에 무어라고 하였고 어떻게 해서든지 너 하나야 먹여 살리지 못하겠느냐고 하였지요?"

"그래."

"그래, 얼마나 나를 잘 먹여 살리고 나를 호강시켰소. 이때까지 이때나 되도록 끌구 돌아다닌다는 것이 남의 집 행랑이었지요."

"얘, 그것을 내가 모르고 하는 말이냐? 내가 하려고 하지 않아서 그렇게 된 것이냐? 차차 살아가는 동안에 무슨 일이든지 생기겠지. 설마 요대로 늙어 죽기야 하겠니?"

"듣기 싫소! 뿔 떨어지면 구워먹지 어느 천년에."

방원이는 가뜩이나 내어쫓기고 화가 나는데 계집까지 그러하니까 속에서 열화가 치밀어 올라왔다.

"이 육시를 하고도 남을 년! 넌 왜 남의 마음을 글컹거리니?"

"왜 사람에게 욕을 해!"

"이년아 욕 좀 하면 어떠냐?"

"왜 욕을 해!"

계집이 얼굴이 노래지며 대든다.

"이년이 발악인가?"

"누가 발악야. 계집년 하나 건사 못하는 위인이 계집보고 욕만 하고 한 게 무어야? 그래 은가락지 은비녀나 한 벌 사 주어 보았어? 내가 임자 하자고 하는 대로 하지 않은 것은 없지!"

"이년아! 은가락지 은비녀가 그렇게 갖고 싶으냐? 이 더러운 년아."

"무엇이 더러워? 너는 얼마나 정한 놈이냐!"

계집의 입속에서는 놈 소리가 나오기 시작한다.

"이년 보게! 누구더러 놈이래."

하고 손길이 계집의 낭자를 후려잡더니 그대로 집어들고 두어 번 주먹으로 등줄기를 우리었다.

"이 주릿대를 안길 년!"

발길이 엉덩이를 두어 번 지르니까 계집은 그대로 거꾸러졌다가 다시 일어났다. 풀어헤뜨린 머리가 치렁치렁 끌리고 씰룩한 눈에는 독기가 섞이었다.

"왜 사람을 치니? 이놈! 죽여라 죽여, 어디 죽여 보아라, 이놈, 나 죽고 너 죽자!"

하고 달려드는 계집을 후려쳐서 거꾸러뜨리고서,

"이년이 죽으려고 기를 쓰나!"

방원이가 계집을 치는 것은 그것이 주먹을 가지고 하는 일종의 농담이다. 그는 주먹이나 발길이 계집의 몸에 닿을 때 거기에 얻어맞는 계집의 살이 아픈 것보다 더 찌르르하게 가슴 한복판을 찌르는 아픔을 방원은 깨닫는 것이다. 홧김에 계집을 치는 것이 실상은 자기의 마음을 자기의 이빨로 물어뜯는 것이나 다름이 없는 것이다. 때리는 그에게는 몹시 애처로움이 있고 불쌍함이 있는 것이다. 그러나 자기의 화풀이를 받아 주는 사람은 아직까지도 계집밖에는 없었다. 제일 만만하다는 것보다도 가장 마음놓고 화풀이할 수 있음이다. 싸움한 뒤, 하루가 못 되어 두 사람이 베개를 나란히 하고 서로 꼭 끼고 잘 때에는 그렇게 고맙고 그렇게 감격이 일어나는 위안이 또다시 없음이다.

계집을 치고 화풀이를 하고 난 뒤에 다시 가슴을 에는 듯한 후회와 더 뜨거운 포옹으로 위로를 받을 그때에는 두 사람 아니라 방원에게는 그만큼 힘있고 뜨거운 믿음이 또다시 없는 까닭이다. 계집은 일부러 소리를 높여 꺼이꺼이 운다.

온 마을 사람이 거의 귀를 기울였으나,

"응, 또 사랑 싸움을 하는군!"

하고 도리어 그 싸움을 부러워하였다. 옆집 젊은것이 와서 싱글싱글 웃으면서 들여다보며,

"인제 고만두라고."
하며, 말리는 시늉을 한다. 동네 아이들만 마당 앞에 죽 늘어서서 눈들이 뚱그래서 구경을 한다.

3

그날 저녁에 방원이는 술이 얼근하여 들어왔다. 아까 계집을 차던 마음은 어느덧 풀어지고 술로 흥분된 마음에 그는 계집의 품이 몹시 그리워져서 자기 아내에게 사과를 할 마음까지 생기었다. 본시 사람이 좋고 마음이 약하고 다정한 그는 무식하게 자라난 까닭에 무지한 짓을 하기는 하나 그것은 결코 그의 성격을 말하는 무지함이 아니다.

그는 비척거리면서 집으로 향하는 길에 거슴츠레하게 풀린 눈을 스르르 내리감고 혼잣소리로,

"빌어먹을 놈! 나가라면 나가지 무서운가? 제 집 아니면 살 곳이 없는 줄 아는 게로군! 흥, 되지 않게 다 무엇이냐? 돈만 있으면 제일이냐? 이놈, 네가 그러다가는 이 주먹 맛을 언제든지 볼라. 그대로 곱게 뒈질 줄 아니?"
하고, 개천 하나를 건너뛴 후에,

'돈! 돈이 무엇이냐?'
한참 생각하다가,

"에후."
한숨을 쉬고 나서,

"돈이 사람을 죽이는구나! 돈! 돈! 흥, 사람 나고 돈 났지 돈 나고 사람 났니?"
또 징검다리를 비척비척하고 건넌 뒤에,

"고 배라먹을 년이 왜 고렇게 포달을 부려서 장부의 마음을 긁어 놓아!"

　그의 목소리에는 말할 수 없이 다정한 맛이 있었다. 그는 자기 계집을 생각하면 모든 불평이 스러지는 듯이, 숙였던 고개를 쳐들어 하늘을 보면서,

　"허어, 저도 고생은 고생이지."

하고 다시 고개를 숙인 후,

　"내가 너무해, 너무 그럴 게 아닌데."

　그는 자기 집에 와서 문고리를 붙잡고 흔들면서,

　"얘! 자니! 자?"

　그러나 대답이 없고 캄캄하다.

　"이년이 어디를 갔어!"

　그는 문짝을 깨어져라 하고 닫친 후에 다시 길거리로 나와 그 옆집으로 가서,

　"여보 아주머니! 우리 집 색시 어디 갔는지 보았소!"

　밥들을 먹는 옆엣집 내외는,

　"어디서 또 취했소그려! 애 어머니가 아까 머리 단장을 하더니 저 방아께로 갑디다."

　"방아께로?"

　"네."

　"빌어먹을 년! 방아께로는 무얼 먹으러 갔누!"

　다시 혼자 방아를 향하여 가면서 혼자 중얼거린다.

　그는 방앗간을 막 뒤로 돌아서자 신치규와 자기 아내가 방앗간에서 나오는 것을 보았다.

　"아!"

　그는 너무 뜻밖의 일이므로 아무 말도 하지 못하고 그대로 한참이나 멀거니 서서 보기만 하였다.

　그의 눈에서는 쌍심지가 거꾸로 섰다. 열이 올라와서 마치 주홍을 칠한 듯이 그의 눈은 붉어지고 번개 같은 광채가 번뜩거리었다.

그는 한참이나 사지를 떨었다. 두 이가 서로 맞쳐서 달그락달그락하여 졌다. 그의 주먹은 부서질 것같이 단단히 쥐어졌다.

계집과 신치규는 방원이 와 선 것을 보고서 처음에는 조금 간담이 서늘 하여졌으나 다시 태연하게 내려앉혔다. 일이 이렇게 되었으매 할 대로 하 라는 뜻이다.

방원은 달려들어서 계집의 팔목을 잡았다. 그리고 이를 악물고 부르르 떨었다.

"나는 네가 이럴 줄은 몰랐다."

계집은,

"무얼 이럴 줄을 몰라?"

하며, 파란 눈으로 흘겨보더니,

"나중에는 또 별꼴을 다 보겠네. 으레 그럴 줄을 인제 알았나? 놔요! 왜 남의 팔을 잡고 요 모양야. 오늘부터는 나를 당신이 그리 함부로 하지 는 못해요! 더러운 녀석 같으니! 계집이 싫다고 그러면 국으로 물러갈 일이지 이게 무슨 사내답지 못한 일야! 놔요!"

팔을 뿌리쳤으나 분노가 전신에 가득 찬 그는 그렇게 쉽게 손을 놓지 않았다.

"얘! 네가 이것이 정말이냐?"

"정말이 아니구 비싼 밥 먹고 거짓말 할까?"

"네가 참으로 환장을 하였구나!"

"아니 누구더러 환장을 했대. 온 기가 막혀 죽겠지! 놔요! 놔! 왜 추 근추근하게 이 모양야? 놔."

하고서 힘껏 뿌리치는 바람에 계집의 손이 쑥 빠지었다. 계집은 손목을 주무르면서 암상맞게 돌아섰다.

이때까지 이 꼴을 멀찍이 서서 보고 있던 신치규는 두어 발자국 나서더 니 기침 한번을 서두르게 하고서,

"얘! 네가 술이 취하였으면 일찍 들어가 자든지 할 것이지 웬 짓이

냐? 네 눈깔에는 아무것도 보이는 것이 없단 말이냐? 너희 년놈이 싸우는 것은 너희 년놈이 어디든지 가서 할 일이지 여기 누가 있는지 없는지 눈깔에 보이는 것이 없어? 엣, 괘씸한 놈!"

눈깔을 부라리었다. 방원은 한참이나 쳐다보고서 말이 없었다. 생각대로 하면 한주먹에 때려누일 것이지마는 그래도 그의 머릿속에는 아까까지의 상전이라는 관념이 남아 있었다. 번갯불같이 그 관념이 그의 입과 팔을 얽어 놓았다. 어려서부터는 오늘날까지 남을 섬겨 보기만 한 그의 마음은 상전이라면 모두 두려워하는 성질을 깊이깊이 뿌리박아 놓았다. 그러나 오늘부터는 신치규가 자기의 상전이 아니요, 자기가 신치규의 종도 아니다. 다만 똑같은 사람으로 마주섰을 뿐이다. 아니다, 지금부터는 신치규도 방원의 원수였다. 그의 간을 씹어먹어도 오히려 나머지 한이 있는 원수다.

신치규는 똑바로 쳐다보는 방원을 마주 쳐다보며,

"똑바루 보면 어쩔 터이냐? 온 세상이 망하려니까 별 해괴한 일이 다 많거든. 어째 이놈아!"

"이놈아?"

방원은 한 걸음 들어섰다. 나무같이 힘센 다리가 성큼하고 나설 때 신치규는 머리끝이 으쓱하였다. 쇠몽둥이 같은 두 주먹이 쑥 앞으로 닥칠 때 그의 가슴은 덜컥 내려앉았다.

"네 입에서 이놈이라는 소리가 나오지? 이 사지를 찢어발겨도 오히려 시원치 못할 놈! 네가 내 계집을 뺏으려고 오늘 날더러 나가라고 그랬지?"

"어허 이거 그놈이 눈깔이 삐었군. 얘, 나는 먼저 들어가겠다. 너는 네 서방하고 나중 들어오너라!"

신치규는 형세가 위험하니까 슬금슬금 꽁무니를 빼려고 돌아서서 들어가려 하니까 방원은 돌아서는 신치규의 멱살을 잔뜩 쥐어 한 팔로 바싹 치켜들고,

"이놈 어디를 가? 네가 이때까지 맛을 몰랐구나?"

하며, 한번 집어쳐 땅바닥에다가 태질을 한 뒤에 그대로 타고 앉아서 목줄띠를 조르니까, 마치 뱀이 개구리 잡아먹을 적 모양으로 깩깩 소리가 나며 말 한마디도 못한다.

"이놈 너 죽고 나 죽으면 고만 아니냐?"

하고 방원은 주먹으로 사정없이 닥치는 대로 들이댄다. 나중에는 주먹이 부족하여 옆에 있는 모루돌멩이를 집어서 죽어라 하고 내리친다. 그의 팔, 그의 몸에는 본능적으로 숨어 있는 잔인성이 조금도 남지 않고 그대로 나타났다. 그의 눈은 마치 펄떡펄떡 뛰는 미끼를 가로차고 앉은 승냥이나 이리와 같이 뜨거운 피를 보고야 만족하다는 듯이 무섭게 번쩍거렸다. 그에게는 초자연의 무서운 힘이 그의 팔과 다리에 올라왔다.

이 꼴을 보는 계집은 무서웠다. 끔찍끔찍한 일이 목전에 생길 것이다. 그의 맥이 풀린 다리는 마음대로 놓여지지 아니하였다.

"아! 사람 살류! 사람 살류!"

적적한 밤중에 쓸쓸한 마을에는 처참한 여자 목소리가 으스스하게 울리었다. 이 소리를 들은 방원은 더욱 힘을 주어서 눈을 딱 감고 죽어라 내리 짓찧었다. 뼈가 돌에 맞는 소리가 살이 얼크러지는 소리와 함께 퍽퍽하였다. 피묻은 돌이 여기저기 흩어지고 갈가리 찢긴 옷에는 살점이 묻었다.

동네편 쪽에서 수군수군하더니 구두 소리가 나며 칼소리가 덜거덕거리었다. 방원의 머리에는 번갯불같이 무엇이 보이었다. 그는 손에 주먹을 쥔 채 잠깐 정신을 차려 그쪽으로 귀를 기울였다.

"순검……."

그는 신치규의 배를 타고 앉아서 순검의 구두 소리를 듣자 비로소 자기가 무슨 짓을 하였는지 깨달았다.

그는 미친 사람처럼 일어났다. 그리고는 옆에 서서 벌벌 떠는 계집에게로 갔다.

"얘! 가자! 도망가자! 너하고 나하고 같이 가자! 자! 어서, 어서!"
계집은 자기에게 또 무슨 일이 있을까 하여 겁을 내어 도망을 하려 한
다. 방원은 계집을 따라가며,
"얘! 얘! 네가 이렇게도 나를 몰라 주니? 내가 너를 어떻게 생각하는
지 알지를 못하니? 자! 어서, 도망가자, 어서 어서, 뒤에서 순검이 쫓아
온다."
계집은 그대로 서서 종종걸음을 치며,
"싫소! 임자나 가구려, 나는 싫어요, 싫어."
"가자! 응! 가!"
그는 미친 사람처럼 계집의 팔을 붙잡고 끌었다. 그때 누구인지 그의
두 팔을 마치 형틀에 매다는 것같이 꽉 뒤로 끼어안는 사람이 있었다.
"이놈아! 어디를 가!"
그는 뒤를 돌아보지 않고도 그가 누구인지 알았다. 그는 온 전신에 맥
이 풀리어 그대로 뒤로 자빠지려 할 때 어느덧 널판 같은 주먹이 그의 뺨
을 사정없이 갈겼다.
"정신 차려."
"네."
그는 무의식중에 고개가 숙여지고 말소리가 공손하여진다.
땅바닥에서는 신치규가 꿈지럭거리며 이리저리 뒹군다. 청승스러운 비
명이 들린다.
방원은 포승 지인 채, 계집은 그대로, 주재소로 끌려가고 신치규는 머
슴들이 업어 들였다.

4

석 달이 지났다. 상해죄(傷害罪)로 감옥에서 복역을 하던 방원은 만기
가 되어 출옥을 하였다. 그러나 신치규는 아무 일 없이 자기 집에서 치료

하고 방원의 계집을 데려다 산다. 신치규는 온몸이 나은 뒤에 홀로 생각하였다.

'죽는 줄만 알았더니 그래도 이렇게 살아 있으니!'

하고, 얼굴에 흠이 진 곳을 만져 보며,

'오히려 그놈이 그렇게 한 것이 나에게는 다행이지, 얼굴이 아프기는 좀 하였으나! 허어. 어떻게 그놈을 떼어 버릴까 하고 그렇지 않아도 걱정을 하던 차에 잘 되었지. 그놈 한 10년 감옥에서 콩밥을 먹었으면 좋겠다.'

방원은 감옥에서 생각하기를 나가기만 하면 년놈을 죽여 버리고 제가 죽든지 요정을 내리라 하였다. 집에서 내어쫓기고 계집까지 빼앗기고, 그것을 생각하면 이가 갈리고 치가 떨리었다. 그것이 모두 자기가 돈 없는 탓인 것을 생각하매 더욱 분한 생각이 났다.

"에 더러운 년."

그는 홍바지에 쇠사슬을 차고서 일을 할 때에도 가끔 침을 땅에다 뱉으면서 혼자 중얼거렸다.

"사람이 이러고서야 살아서 무엇하나. 멀쩡한 놈이 계집 **빼앗기**고 생으로 콩밥까지 먹으니……."

그가 감옥에서 나올 때에는 감옥소를 다시 한 번 돌아보고, 내가 여기서 마지막으로 목숨을 잃어버리든지 그렇지 않으면 내가 내 손으로 내 목을 찔러 죽든지, 무슨 요정이 날 것을 생각하고, 다시 온몸에 힘을 주고 쓸쓸한 웃음을 웃었다.

그는 2백 리나 되는 길을 걸어서 계집이 사는 촌에를 왔다. 그러나 아무도 그를 아는 체하는 사람이 없었다. 전에 친하게 지내던 사람들도 그를 보고 피해 갔다.

마치 문둥병자나 마찬가지 대우를 하였다. 감옥에서 나온 뒤로부터는 더욱이 세상이 차디차졌다.

자기가 상상하던 것보다도 더 무정하여졌다. 그는 하는 수 없이 밤이 될 때까지 그 근처 산 속으로 돌아다녔다. 그래서 깊은 밤에 촌으로 내려왔다. 그는 그 방앗간을 다시 지나갔다. 석 달 전 생각이 났다. 자기가 여기서 잡혀 갔다는 것을 생각할 때 더욱 억울하고 분한 생각이 치밀어올랐다. 그는 한참이나 거기 서서 그때 일을 생각하고 몸서리를 친 후에 다시 그 전 집을 찾아갔다.

날이 몹시 추워지고 눈이 쌓였다. 옷은 입은 것이 가을에 입고 감옥에 들어갔던 그것이므로 살을 에는 듯한 것이로되 그는 분한 생각과 흥분된 마음에 그것도 몰랐다.

'년놈을 모두 처치해 버려?'

혼자 속으로 궁리를 하다가,

'그렇지, 그까짓 것들은 살려 두어 쓸데없는 인생들이야.'

하면서 옆구리에 지른 기름한 단도를 다시 만져 보았다. 그는 감격스런 마음으로 그것을 쓰다듬었다. 그는 신치규의 집 울을 넘어 들어갔다. 그의 발은 전에 다닐 적같이 익숙하였다.

그는 사랑을 엿보고 다시 뒤로 돌아서 건넌방 창 밑에 와 섰다. 귀를 기울였으나 아무 말도 들리지 않았다. 그는 손에 칼을 빼들었다. 그리고는 일부러 뒤 창문을 달각달각 흔들었다.

"그 뉘?"

하고 계집의 머리가 쑥 나오며 문이 열리었다. 그는 얼른 비켜 섰다. 문은 다시 닫혀지고 계집은 들어갔다.

방원의 마음은 이상하게 동요가 되었다. 예쁜 계집의 목소리가 오래간만에 귀에 들릴 때, 마치 자기가 감옥에서 꿈을 꿀 적 모양으로 요염하고도 황홀하게 그의 마음을 꾀는 것 같았다. 그는 꿈속에서 다시 만난 것 같고 오래간만에 그를 만나 보매 모든 결심은 얼음같이 녹는 듯하였다. 그래도 계집이 설마 나를 영영 잊어버리랴 하고 옛날의 정리를 생각할 때 그것이 거짓말이 아니고 무엇이랴는 생각이 났다.

아무리 자기를 감옥에까지 가게 하였다 하더라도 그는 감히 칼을 들어

죽이려는 용기가 단번에 나지 않아서 주저하기 시작하였다.

'아니다, 다시 한 번만 물어 보자!'

그는 들었던 칼을 다시 짚고 생각하였다.

'거짓말이다. 거짓말이다! 그럴 리가 없다.'

그는 반신반의하였다.

'그렇다. 한 번만 다시 물어 보고 죽이든 살리든 하자!'

그는 다시 문을 달각달각하였다. 계집은 이번에 다시 문을 열고 사면을 둘러보더니 헌 짚신짝을 신고 나왔다.

"뉘요?"

그는 방원이 서 있는 길 모퉁이를 돌아서려 할 제,

"내다!"

하고, 입을 틀어막고 칼을 가슴에 대었다.

"떠들면 죽어!"

방원은 계집의 입을 수건으로 틀어막고 결박을 한 후 들쳐업고서 번개같이 달음질하였다. 그는 어느 결에 계집을 업어다가 물레방아 앞에 내려 놓은 후 결박을 풀었다. 그리고 한숨을 쉬었다.

"나를 모르겠니?"

캄캄한 그믐밤에 얼굴을 바짝 계집의 코앞에 들이대었다. 계집은 얼굴을 자세히 보더니,

"아!"

소리를 지르더니 뒤로 물러섰다.

"조금도 놀랄 것이 없다. 오늘 네가 내 말을 들으면 살려 줄 것이요, 그렇지 않으면 이것이야?"

하고, 시퍼런 칼을 들이대었다. 계집은 다시 태연하게,

"말요? 임자의 말을 들으렬 것 같으면 벌써 들었지요 이때까지 있겠소? 임자도 남의 마음을 알 거요. 임자와 나와 2년 전에 이곳으로 도망해 올 적에도 전 남편이 나를 죽이겠다고 허리를 찔러 그 흠이 있는 것을

날마다 밤에 당신이 어루만지었지요? 내가 그까짓 칼쯤을 무서워서 나하고 싶은 것을 못한단 말이오? 힝, 이게 무슨 비겁한 짓이오, 사내자식이. 자! 찌르려거든 찔러 보아요. 자, 자.”

계집은 두 가슴을 벌리고 대들었다. 방원은 너무 계집의 태도가 대담하므로 들었던 칼이 도리어 뒤로 움찔할 만큼 기가 막혔다.

그는 무의식중에,

“정말이냐?”

하고 한 걸음 더 가까이 나섰다.

“정말이 아니고? 내가 비록 여자이지마는 당신같이 겁쟁이는 아니라오! 이것이 도무지 무엇이요?”

계집은 그래도 두려웠던지 방원의 손에 든 칼을 뿌리쳐 땅에 떨어뜨렸다.

이 칼이 땅에 떨어지자 방원은 이때까지 용사와 같이 보이던 계집이 몹시 비겁스럽고 더러워 보이어 다시 칼을 집어들고 덤비었다.

“에잇! 간사한 년! 어쩔 터이냐? 나하고 당장에 멀리 가지 않을 터이냐? 자아 가자!”

그는 눈물이 어린 눈으로 타일러 보기도 하고 간청도 하여 보았다.

“자아, 어서 옛날과 같이 나하고 멀리멀리 도망을 가자! 나는 참으로 나의 칼로 너를 죽일 수는 없다!”

계집의 눈에는 독이 올라왔다. 광채가 어두운 밤에 번개같이 번쩍거리며,

“싫어요. 나는 죽으면 죽었지 가기는 싫어요. 이제 나는 고만 그렇게 구차하고 천한 생활을 다시 하기는 싫어요. 고만 물렸어요.”

“너의 입으로 정말 그런 말이 나오느냐? 너는 나를 우리 고향에 다시 돌아가지도 못하게 만들어 놓고 나의 모든 것을 다 잃어버리게 한 후에 또 나중에는 세상에서 지옥이라고 하는 감옥소에까지 가게 하였지! 그러고도 나의 맨 마지막 원을 들어 주지 않을 터이냐?”

"나는 언제든지 당신 손에 죽을 것까지도 알고 있소! 자! 오늘 죽으나 내일 죽으나 언제든지 죽기는 일반, 이렇게 된 이상 나를 죽이시오."

"정말이냐? 정말이냐?"

"정말요!"

계집은 결심한 뜻을 나타내었다. 방원의 손은 떨리었다. 그리고 그는 눈을 꼭 감고,

"에, 여우 같은 년!"

하고 칼끝을 계집의 옆구리를 향하고 힘껏 내밀었다. 계집은 이를 악물고,

"사람 죽인다!"

소리 한번에 그 자리에 거꾸러졌다. 칼자루를 든 손이 피가 몰리는 바람에 우루루 떨리더니 피가 새어 나왔다. 방원은 그 칼을 빼어들더니 계집 위에 거꾸러져서 가슴을 찌르고 절명하여 버렸다.

옛날 꿈은 창백하더이다

내가 열두 살 되던 어떠한 가을이었다. 근 오 리나 되는 학교를 다녀온 나는 책보를 내던지고 두루마기를 벗고 뒷동산 감나무 밑으로 달음질하여 올라갔다.

쓸쓸스러운 붉은 감잎이 죽어 가는 생물처럼 여기저기 휘둘러서 휘날릴 때 말없이 오는 가을바람이 따뜻한 나의 가슴을 간지르고 지나가매, 나도 모르는 쓸쓸한 비애가 나의 두 눈을 공연히 울먹이고 싶게 하였다. 이웃 집 감나무에서 감을 따는 늙은이가 나뭇가지를 흔들 때마다 떼지어 구경 하는 떠꺼머리 아이들과 나이 어린 처녀들의 침 삼키는 고개들이 일제히 위로 향하여지며 붉고 연한 커다란 연감이 힘없이 떨어진다.

음습한 땅 냄새가 저녁 연기와 함께 온 마을을 물들이고 구슬픈 갈가마 귀 소리 서편 숲속에서 났다. 울타리 바깥 콩나물 우물에서는 저녁 콩나 물에 물 주는 소리가 척척하게 들릴 적에 촌녀의 행주치마 두른 짚세기 걸음이 물동이와 달음박질한다.

나는 날마다 학교에서 돌아오는 길로 하는 것이라고는 이것이 첫째 번 과목이다. 공연히 뒷동산으로 왔다갔다한다.

그날도 감나무 동산에서 반숙한 연감 하나를 따먹고서 배추밭 무밭으로 돌아다녔다. 지렁이 똥이 몽글몽글하게 올라온 습기있는 밭이랑과 고양이밥이 나 있는 빈 터전을 쓸데없이 돌아다닐 적에 건너편 철도 연변에 서 있는 전기불이 어느 틈에 반짝반짝한다.

그때에 짚신 신은 나의 아우가 뒷문에 나서면서 부엌에서 밥투정을 하다 나왔는지 열 손가락과 입 가장자리에는 밥알투성이를 하여 가지고 딴사람은 건드리지도 못하는 저의 백동 숟가락을 거꾸로 들고 서서,

"언니 밥 먹으래." 하고 내가 바라보고 서 있는 곳을 덩달아 쳐다본다.

"그래." 하고 대답을 한 나는 아무 소리도 없이 마루끝에 가서 앉으며 차려 논 밥상을 한 귀퉁이 점령하였다. 밥 먹는 이라고는 우리 어머니와 일해 주는 마누라와 나와 나의 다섯 살 먹은 아우뿐이다.

소학교 4학년(小學校 四學年)을 다니는 내가 무엇을 알며 무엇을 감득할 능력(能力)을 가졌으며 안다 하면 얼마나 알고 감득하면 몇 푼어치나 감득(感得)하리요. 그러나 웬일인지 그때부터 나의 어린 마음은 공연히 우울하여졌다. 나뭇가지 하나가 바람에 흔들리는 것이나, 저녁 참새가 처마끝에서 옹송그리며 재재거리는 것이나, 한가한 오계가 길게 목 늘여 우는 것이나, 하늘 위에 솟는 별이 종알거리는 것이나, 저녁 달이 눈[雪] 위에 차디차게 비추인 것이나, 차르럭거리며 흐르는 냇물이나 더구나 나무 잎사귀와 채소 잎사귀에 얼킨 백로의 뺀지르하게 흐르는 것이 왜 그리 그 어린 나의 감정을 창백한 감상의 과중(過中)으로 쳐틀어박는지 약한 심정과 연한 감정은 공연한 비애중(悲哀中)에서 때없는 눈물을 흘리었었다.

그것을 시상의 발아(發牙)라 할는지 현묘유원(玄妙幽遠)한 그 무슨 경역(境域)을 동경(憧景)하는 첫째 번 동구(洞口)일는지는 알지 못하겠으나 어떻든 나는 다른 이의 어린 때와 다른 생애의 일절을 밟아 왔다. 그러나 그것은 몽롱(朦朧)한 과거이며 흐릿한 기억이다.

그날 저녁에도 어둠침침한 마루끝에서 갓 지은 밥을 한 숟가락 두 숟가락 퍼먹을 때에 공연히 쓸쓸하고 적적하다. 어렴풋한 연기 냄새가 더구나 마음을 괴롭게 한다. 침묵이 침묵을 낳고 침묵이 침묵을 이어 침침한 저녁을 더 어둡게 할 때 나는 웬일인지 간지럽게 그 침묵이 싫었다. 더구나 초가집 처마끝에서 이리 얽고 저리 얽어 놓는 왕거미 한 마리가 어느덧 나의 눈에 뜨일 때에 나는 공연히 으쓱하여 무엇을 생각하시는지 입에 밥만 씹고 계신 우리 어머니의 얼굴만 쳐다보았다. 그리고 코를 손등으로 씻어 가며 손가락으로 반찬을 집어먹는 나의 아우의 얼굴을 바라보았다.

"할멈 물 좀 떠오게." 하는 소리가 우리 어머니 입에서 떨어지며 그 흥한 침묵이 깨지었다. 할멈은 행주치맛자락에 손을 씻으며 대접을 들고 부엌으로 내려가더니 솥뚜껑 소리가 한번 덜컹 하고 숭늉 한 그릇을 들고 나온다. 어머니는 아무 소리 없어 그 물을 나에게다 내미시면서 "물말어 먹으련?" 하시니까 물어 보신 나의 대답은 나오기도 전에 나의 동생이 어리광부리는 그 소리로 "물." 하고 물그릇을 가로채 간다.

"엎질러진다. 언니 먹거던 먹거라." 하시는 어머니의 권고는 아무 효력이 없이 왈칵 잡아당기는 물그릇은 출렁하더니 내 동생 바지 위에 들어부었다. 그 일찰라간(一刹那間)에 우리 네 사람은 일제히 물러앉으며 "에그." 하였다. 어머니는 "걸레, 걸레." 하며 할멈에게 손을 내민다. "글쎄 천천히 먹으면 어때서 그렇게 발광이냐." 하시며 상을 찌푸리시고 할멈이 집어 주는 걸레를 집어 나의 아우의 바지 앞을 털어 주신다. 때가 묻은 바지 앞을 엉거주춤하고 내밀고 있는 나의 아우는 다만 두 팔만 벌리고 서서 아무 말이 없다.

나는 미안하였든지 동생의 철없이 날뛰는 것이 우스워 그리하였든지 밥은 먹지 못하고 다만 상에서 저만큼 떨어져 앉았다가 석유등잔에 불만 켜 놓고서 다시 밥상으로 가까이 올 때 "에그, 다리 아퍼. 저녁을 인제야 먹니?" 하며 마당으로 들어오는 이는 우리 동생 할머니시다. 손에는 남으로 만든 책보(冊褓)를 들고 발에는 구두를 신고 머리를 쪽찐 데는 은비녀를 꽂았다. 키가 작달막한데다가 머리가 희끗희끗한데 검정 치마가 땅에 거의거의 끌리게 된 것을 보니까 아마 오늘도 꽤 많이 돌아다니신 모양이다.

"어서 오십시오." 하며 들던 숟가락을 놓고 일어나시는 이는 우리 어머니시다.

"마님 오십니까." 하고 짚세기를 신는 이는 할멈이다. 마루 창이 뚫어져라 깡충깡충 뛰며 "할머니 할머니."를 부르는 것은 나의 아우다. 나는 숟가락을 입에 문 채로 다만 빙그레 웃으면서 반가워하였다.

마루끝에 할머니는 걸터앉으셨다. 할멈은 걸레로 마룻바닥을 훔치는 사이에 어머니는 부엌으로 내려가셨다. 그릇 소리가 덜거덕덜거덕 난다. 피곤한 가슴을 힘없이 내려앉히시며 한숨을 휘—— 하고 내쉬신 할머니는 무슨 걱정이나 있는 듯이 부엌을 향하며,

"고만두어라. 내 밥은 아직 먹고 싶지 않다." 하신다. 어머니는 부엌에서 상을 차리시더니,

"왜 그러세요. 조금 잡숫지요."

"아니다. 저기서 먹었다. 오늘 교인 심방(教人尋訪)을 하느라고 명철(明哲)이 집에 갔더니 국수장국을 끓여 내서 한그릇 먹었더니 아직까지도 배가 부른다."

어머니는 차리던 상을 그대로 놓고 부엌문에서 나오며,

"명철(明哲)이 집이요, 그래 그 어머니가 편찮다드니 괜찮아요?"

"옹, 인제는 다——낫드라. 그것도 하느님 은혜로 나은 것이지."

우리 할머니는 그 동네 교회 전도부인이시다. 우리 집안은 본래 우리 할아버지와 아버지 사이가 좋지 못하여 따로따로 떨어져 산다. 그리고 우리 할머니는 열심 있는 교인이요, 진실한 신자이지마는 우리 아버지는 종교(현대 사회에서 명칭하는)에 대하여 냉혹한 비평을 하는 사람이었다.

우리 할머니는 본래 교육이 있지 못하다. 있다 하면 구식 가정에서 유교의 전통을 받아 오는 교육이었을 것이며, 안다 하면 한문이나 국문 몇

자를 짐작할 뿐이요, 새로운 사조와 근대사상이라는 옮기기도 어려운 문자가 있는지도 알지 못할 것이다. 그러나 나는 그 열두 살 되던 해에는 다만 우리 할머니를 한 개 예수 믿는 여성으로 알았었으며, 하느님이 부리는 따님으로만 알았었다. 종교에 대한 견해라든지 신앙이란 여하한 것인지를 알지 못하였다.

나도 예수교 학교를 다니므로 자기의 선생을 절대로 신임하고 자기의 학교의 교풍을 절대로 존중하였었다. 그리고 예수의 십자가에 흘렸던 붉은 피가 참으로 우리 인생의 더러운 피를 씻었으며 수염 많은 할아버지 같은 하느님이 참으로 우리를 내려다보시고 계신 줄 알았었다.

날마다 아침 성경시간과 주일학교에서 선생에게 들은 바가 참으로 나의 눈앞에 환상으로 나타났었으며 유대 풍속을 그린 성화가 과연 천당, 지옥, 성지, 낙토의 전형으로 보이었었다.

그것이 나에게 어떻든 무슨 인상을 준 것은 사실이니 천사를 생각할 때에는 반드시 서양 여자를 그린 그 채색 칠한 그림이 나의 눈앞에 나타나 보이며, 예수가 십자가에 못박혀 돌아간 것을 생각할 때에는 시뻘건 육괴(肉塊)가 시안을 부릅뜨고 초민(焦悶)과 고통의 극도를 상징하는 그의 표정과 비린내 나고 차디찬 피가 흐르는 예수의 죽음이 만인의 입과, 천년의 세월을 두고 성찬성찬하며 추앙경모의 그 부르짖음의 소리가 그 어린 나의 귀와 나의 심안(心眼)에 닿을 때에도 그것은 고통으로 보이지 않았으며 초민(焦悶)으로 보이지 않았으며 비린내 나는 붉은 피 보혈로 보이었으니, 무서운 시체를 그린 그 그림이 도리어 나의 어린 핏결 속에 무슨 신앙을 불어넣어 주었었다. 그때의 나의 기도는 하느님이 들었으며 그때의 나의 죄는 예수가 씻었었다.

그것이 결코 지금의 나를 만족시키며 지금 나에게 과연 신앙을 부어 주지는 않는다 하더라도 내가 열두 살 되는 그때의 나의 영혼은 있는지 없는지도 판단치 못하던 하느님이 지배하였었으며 이천 년 옛날에 송장이 되어 썩어진 예수가 차지하였었다. 그때의 나의 영혼은 나의 영혼이 아니고 공명(空名)의 하느님의 것이었으며 그때의 나의 생(生)은 나의 생(生)이 아니며 촉루(髑髏)까지 없어진 예수의 생(生)이었다. 그때의 나는 약자이었으며 그때의 나는 피정복자이었다. 무궁한 우주와 조화를 잃은 자이었으며 명명무한대(瞑冥無限大)한 대세계에 나의 생(生)을 실현할 능력을 빼앗긴 자이었다.

명명(瞑冥)한 대공(大空)을 바라볼 때에 유대식 건물의 천당을 동경하였을지라도 자아심상(自我心床)의 낙토(樂土)는 몰랐으며 사후의 영생은 구하였을지라도 생(生)하여서 영생을 알지 못하였다. 사(死)는 생의 척도(尺度)됨을 알지 못하고 생(生)이 도리어 사후의 희생으로 알았었다.

산상(山上)의 교훈과 포도 동산의 교훈을 듣기는 들었으나 열두 살 먹은 나의 호기심을 끌기에 너무 현묘(玄妙)하였으며 애(愛)의 복음과 자아의 희생을 역설함을 듣기는 들었으나 나에게 과연 심각한 감화를 주지는 못하였다. 성경의 해석은 일종의 신화로 나의 귀에 들렸으나 그 무슨 신앙을 주었으며 성화를 그린 종이 조각은 한 개 완구가 되었으나 빼기 어려운 우상을 나의 심전에 그리어 주었다.

아아, 나는 물으려 한다. 하느님의 사자로 자처하고 교회의 일꾼으로 자임하는 우리 할머니의 그때의 내면적이나 외면적을 불문하고 열두 살밖에 되지 않은 나의 그것과 얼마나 틀린 점이 있었으며 얼마나 흔점이 있었을는지? 그는 과연 예수의 성훈을 날것대로 삼키는 자가 되지 않고 조리하고 익히며 그의 완전한 미각으로 그것을 저작(咀嚼)할 줄을 알았을까? 그는 참으로 예수의 정신을 그의 내적 생활을 체득한 자이었을까?

그는 과연 여하한 신앙으로써 생으로 생까지를 살아갔었으며 그는 참으로 어떠한 영감을 예수교에서 감득하였을까? 나는 다만 커다란 의문표를 안 그릴 수가 없다.

그날도 우리 할머니는 여자의 몸의 피곤함을 깨달으면서도 무슨 만족함이 그의 얼굴을 싸고 도는 듯하였다. 그러나 한편으로는 자아 이외의 우

리 어머니나 할멈이나 내나 나의 동생을 일개의 죄인시하는 곳에 가련함
을 견디지 못하는 듯한 표정이 그의 시들어 가는 입 가장자리와 가느다란
눈초리에 희미하게 얽히어 있었다. 할머니는 조금 있다가 눈살을 잠깐 찌
푸리시더니,

"큰일났어! 예배당에 돈을 좀 가져가야 할 텐데 돈이 있어야지. 다른
사람과 달라서 아니 낼 수도 없고 또 조금 내자니 우리 집을 그래도 남들
이 밥술이나 먹는 줄 아는데 그렇게 할 수도 없고 이런 말씀을 아버지께
여쭈면 공연히 역정만 내시니까!"하며 우리 어머니에게 향하여 걱정을
꺼낸다.

"요사이 날이 점점 추워져서 자탄비(紫炭費)를 내야 할 터인데 김 부
인은 벌써 오 원을 적었단다. 그이는 정말 말이지 살어가기가 우리 집에
다 대면 말할 것도 없지 않으냐. 그런데 아버지께 그런 말씀을 하니까 역
정을 내시면서 남이 죽으면 따라 죽느냐고 야단을 치시면서 돈 일 원을
주시는구나. 그러니 애, 글쎄 생각을 해 보아라. 어떻게 일 원을 내니!
내 속이 상해서 죽겠어."하며 "그래서 하는 수가 있더냐, 명철이 집에
가서 돈 오 원을 지금 꾸어 가지고 오는 길이란다."하며 차곡차곡 접어
쥔 일 원 지폐 다섯 장을 펴보인다. 우리 어머니는 이렇다 저렇다 말이
없이 가만히 듣고만 있다가,

"그러면 그것은 어떻게 갚으실 것입니까?"하며 빈곤한 생활에 젖은
우리 어머니는 그 갚는 것이 첫째 문제로 그의 가슴을 거북하게 하였다.

"글쎄 그거야 어떻게든지 갚게 되겠지? 하다못해 전당을 잡혀서라
도."하더니,

"에그, 인제 고만 가 보아야지."하며 벌떡 일어서서 나가려 하다가,

"애 아범은 여태까지 안 들어왔니?"

한 마디를 남겨 놓고 바깥으로 나간다. 우리 어머니는 다만 "네, 언제
든지 그렇게 늦는답니다."하며 걱정스러운 듯이 문 밖으로 할머니를 쫓
아나간다.

우리 어머니는 아슬랑아슬랑 어둠 속으로 사라져 가는 우리 할머니의 뒤 그림자가 사라져 없어져 가는 것을 바라보고 있었다. 그리고 그 할머니의 검은 그림자가 다 사라진 뒤에도 여전히 그 할머니의 그림자가 사라져 없어진 곳에서 무엇을 찾는 듯이 바라보고 서 있다. 모든 것이 검기만 한 어두운 밤이다. 나도 나의 동생을 등에 업고 어머니를 좇아 문 밖에 서 있었다. 어머니는 소매 걷은 두 팔을 가슴에 팔짱을 끼고 허리를 꾸부정하고 서서 근심스러운 듯이 저쪽 길만 바라보고 서 계시다.

고생살이에 다 썩은 얼굴은 웬일인지 나도 쳐다보기가 싫게 화기가 적다. 머리카락이 이마를 덮은 그의 두 눈은 공연히 쳐다보는 나를 울고 싶게 하였다. 때묻은 행주치마와 다 떨어진 짚세기가 더욱 나를 부끄럽게 하였다.

하얀 두루마기가 바라보는 어둠 속에서 희미하게 휘날릴 때마다 우리 어머니는 옆에 서 있는 나에게 나지막한 목소리로,

"아버진가 보다." 하며 나에게 무슨 동의를 청하시는 것처럼 바라보신다. 그러나 그 흰 두루마기가 우리 집으로 향하지 않고 다른 곳으로 지나쳐 버릴 때는 우리 어머니와 나는 섭섭한 웃음을 웃었다.

문간에 서서 아무 말 없이 늦게 돌아오는 우리 아버지를 기다리는 우리는 한 시간이 넘도록 서 있었다. 나의 어린 아우는 등에다 고개를 대고 코를 골며 잔다. 이마를 나의 등에다 대고 허리를 새우등같이 꾸부리고 자다가는 옆으로 떨어질 듯하면 반드시 한번씩 놀란다. 놀랄 그때 나는 깍지 낀 손을 다시 단단히 쥐고 주춤하고 한번씩 다시 추키었다. 한 시간을 기다려도 아버지는 돌아오시지 않으셨다. 어머니는 힘없고 낙망한 소리로,

"문 닫고 들어가자!" 하시며 "애그, 어린애가 자는구나. 갖다 뉘어라." 하시며 대문을 덜컥 닫고 들어오신다. 문 닫는 소리가 어쩐지 쓸쓸하고 적적하다. 우리 집 공중을 싸고 도는 공기의 파동은 연색(沿色)의 파문을 그리는 듯이 동적이 아니고 정적이었으며 양기가 없고 음기뿐이었

다. 회색 칠한 침묵과 갈색의 암흑이 이 귀퉁이 저 귀퉁이에서 요사(妖邪)한 선무를 추고 있었다. 나는 그때에 무엇을 감각하였으며 무엇을 감득하였을까? 회색 침묵과 아득한 암흑이 조화를 잃고 선율이 없이 티없는 쓸쓸한 바람과 섞이어 시름없이 우리 집 전체의 으스스한 공기를 휩싸고 돌아나갈 때 나의 감정은 푸른 감상과 서늘한 감정으로 물들여 주었었다. 마루끝까지 올라선 나의 눈에 비추인 찬장이나 뒤주나 그 외의 모든 기구가 여러 가지 요괴의 화물같이 보일 때에 나의 가슴은 더욱 서늘하여졌었다. 다만 나무 잎사귀가 나무끝에서 바스락하는 것일지라도 나를 방 안으로 뛰어 들어가도록 무서웁게 하였다. 어머니가 등잔불을 떼어 들고 나의 뒤를 쫓아 들어오실 때에 그 불에 비추인 나의 어두운 그림자가 저쪽 담벼락에서 어른어른하는 것까지 나의 머리끝을 으쓱하게 하였다.

그러나 그 정숙과 공포가 얽힌 나의 심정을 풀어 주고 녹여 주는 것은 나의 뒤에 서 있는 애(愛)의 신(神) 같은 우리 어머니의 부드러운 사랑의 힘이었다. 그것은 나의 신앙의 전부였으며 나의 앞길을 무한한 저 앞길로 인도하는 구리 기둥이었다. 베드로가 예수를 보고 갈릴리 바다로 걸어감과 같이 이 세상 모든 것을 초월케 하는 최대의 노력이었다. 등잔불의 기름이었으며 쇠북을 두드리는 방망이었다.

방으로 들어온 나는 아랫목에 자리를 펴고 누워서 복습을 하였었다. 본래 공부를 하지 않는 나는 내일에 선생에게 꾸지람이나 듣지 않으려고 산술 문제 두어 문제를 하는 척하여 다른 종이에 옮기어 베끼고 쓰기 싫은 습자는 내일 아침 일찍 일어나 쓰기로 하였다. 나의 동생은 발길로 나의 허리를 지르면서 이리 뒤척 저리 뒤척 이리 뛰굴 저리 뛰굴, 남의 덮은 이불을 함부로 끌어다가 저도 덮지 않고서 발치에다 밀어 던진다. 그리고는 힘있는 콧김을 길게 내쉬며 곤하게 잔다. 우리 어머니는 등잔 밑에서 바느질을 하시며 눈만 깜박깜박 하신다. 할멈은 발치에서 고단한 눈을 잠깐 부치었다.

나는 방 안이라는 조그마한 세계에서 네 개의 동물이 제각각 다른 상태로 생을 계속하는 가운데 남의 걱정과 남의 근심을 알 줄을 몰랐었다. 우리 어머니의 머릿속에는 과연 어떠한 심리상태의 활동사진이 그의 뇌막에 비치었으며, 늙은 할멈은 어떠한 몽중세계에서 고생살이 잠꼬대를 하는지 몰랐다. 어린 아우의 단순한 머릿속에도 무서운 호랑이와 동리집 아이의 부러운 장난감을 꿈꾸는 줄은 알지 못하였다. 따뜻한 이불 속에서 두 발을 문지르며 편안히 누웠으니 몇십분 전 가득하던 감정이 이제는 어디로인지 다 달아나고 모든 것이 한가하고 모든 것이 평화롭고 모든 것이 노곤한 감몽을 유인하는 것뿐이었다. 인제는 어느 틈에 올는지 모르는 달콤한 잠을 기다릴 뿐이었다. 불그레한 등불 밑에 앉아서 바느질 하시는 어머니의 머릿속에 있는 늦게 돌아오시는 아버지를 기다리시는 초민(焦悶)과 지나간 일을 시간(時間)의 얽히었다 풀리었다 하는 기억과 연상과 기대와 동경의 엉크러진 심리는 알지 못하고 다만 재미있는지 기쁜지 으레히 그래야 할 것인지 알지 못하는 무의식의 연장선이 나의 전신을 거미줄 얽듯 얽기를 시작하더니 나는 아무것도 몰랐다. 잠이 들었다.

　어느 때나 되었는지 알지 못하게 든 잠이 마려운 오줌으로 인하여 어렴풋하게 깨었을 때이었다. 이불을 들치고 엉거주춤 일어선 나의 귀에는 지껄지껄하는 사람의 목소리가 들리더니 등잔불에 부신 두 눈 사이로 우리 아버지의 희미한 윤곽이 보였다. 나는 반가운 마음에,

　"아버지!" 하였다. 그러나 우리 아버지는 젓가락으로 앞에 놓인 반찬을 뒤적뒤적하시면서 나를 냉담(冷淡)한 눈으로 멀거니 쳐다보시기만 하시더니 무슨 불만한 점이 계신지 노여운 어조로,

　"아버진 뭐든지 다 귀찮다. 어서 잠이나 자거라." 하시고는 다시 본 척 만 척하시고 반찬 한 젓가락을 입에 넣으신다. 나는 얼굴이 홧홧하도록 무참하였다. 나는 죄 지은 사람같이 양심에 무슨 부끄러움이 나의 아버지를 쳐다보지 못하게 하였다. 숙몽(熟夢)에 취(醉)하였던 나의 혼몽한 정신은 한꺼번에 깨어지며 뻣뻣하던 두 눈은 기름을 부은 듯이 또렷또렷하여졌다. 그때야 나는 우리 아버지의 붉은 얼굴을 보고 술 취하신 줄

을 알았다.

어머니는 무참해하고 무서워하는 나의 꼴을 보시고 아버지를 흘겨 쳐다보시며,

"어린 자식이 반가워하는 것을 그렇게 말하니 좀 무참하겠오. 어린애들이라 하더래도 좋은 말할 적은 한번도 없지." 하시다가 다시 나를 향하시어 혼잣말 비슷하고 또는 누구더러 들어 보란 듯이,

"너희들만 불쌍하니라. 아버지라고 믿었다가는 좋지 못한 꼴만 볼 터니까." 하시며 두 눈을 아래로 깔고 방바닥을 걸레로 훔치시는 체하신다.

나는 드러눕지도 못하고 일어나지도 못하였다. 드러눕자니 아버지 진지 잡숫는데 불경(不敬)이 될 터이요, 그대로 앉았자니 자다가 일어난 몸이 추운 가운데 공연히 무서워서 몸이 떨린다. 이런 때는 나의 어머니가 변호인이요, 비호자(庇護者)임을 다소간의 지낸 경험으로 알고 또는 사람의 본능으로 모성의 자애를 신임하는 나는 우리 어머니의 얼굴만 쳐다보았다. 그때 마침 어머니는,

"어서 누어 자거라. 아버지 진지도 거의 다 잡수셨으니." 하셨다. 나의 마음은 얼었던 것이 녹는 듯이 아주 좋았다. 나는 못 이기는 체하고 곁눈으로 아버지의 눈치만 보며 이불자락을 들었다. 그리고 눈 딱 감고 이불을 귀까지 푹 덮고 그대로 드러누웠다. 그러나 잠은 어디로 달아나 버렸는지 오지 않은 잠을 억지로 자는 척하지마는 마음은 조마조마하여 못 견딜 지경이었다.

아버지는 숟가락을 탁 집어 상 위에 내던지시더니,

"엥, 내가 없어야 해. 없어야 해."를 두서너 번 중얼거리시더니,

"그래 자기 자식은 굶든지 죽든지 상관하지를 않고 예배당인지 무엇인지 거기에다간 빚을 얻어다가 주어야 해?" 하시며 옆으로 물러앉으시니까 어머니는,

"누가 알우. 왜 그런 화풀이는 내게다가 하우." 하시는 소리가 떨어지기도 전에,

"무엇, 홍, 기가 막혀. 그래 예수가 무엇이고 십자가가 무엇이야? 왜 구두를 신어! 그 머리가 허연 이가 구두짝을 신고 다니는 꼴이라니. 활동사진 박을 만하지. 예수가 무슨 말을 하였는지 알기들이나 한다나? 그 사생아(私生兒)를 하느님의 아들이라고? 그러나 예수가 나쁜 사람은 아니지. 좋은 사람이지. 참 성인(聖人)은 성인(聖人)이야! 그렇지만 소위(所謂) 예수 믿는 사람들이 예수라는 그 사람을 믿었지 예수가 부르짖은 그 하느님은 믿지 못하였어! 하느님은 이 세상 아니 계신 곳이 없지! 누구에게든지 하느님은 계신 것이야! 여편네들이 무엇을 알어야지. 내가 이렇게 떠들면 술 먹고 술주정으로만 알렸다! 홍, 우이독경(牛耳讀經)이야! 기막히지! 여보 무엇을 알우? 그런 늙은이가 무엇을 알어. 그래 신앙(信仰)이 무엇인지 참 종교(宗教)가 무엇인지를 알어? 예수, 예수하고 아주 기도를 하고! 그것은 모두 약자(弱者)의 짓이야. 사람은 강자(強者)가 되어야 해!"

우리 어머니는 듣고만 계시다가,

"듣기 싫소. 웬 잔말이요! 그런 말을 하려거던 어머니나 아버지한테 가서 하구려." 하시며, 상(床)을 들고 나가려고 하시니까 아버지는,

"뭐야, 듣기 싫다구?" 하시더니 어머니의 치마를 홱 잡아당기시는 김에 치마가 북 하고 찢어졌다. 어머니는 상(床)을 할멈에게 주고 찢어진 치마를 들여다보시며 얼굴이 빨개지신다. 여자인 어머니는 의복의 파손(破損)이 얼마큼 아까운지 모르시는 모양이다. 치마폭이 찢어지는 그 예리한 소리와 함께 우리 어머니의 신경은 뾰족한 바늘끝으로 쭉 내리베는 것같이 날카로웁고 자극(刺戟)을 받으신 모양이다.

"이게 무슨 짓이오. 여편네 옷을 찢지 못하면 말을 못하오? 그래 무슨 말이요. 어디 말을 좀 해 보우. 어쩌자고 이러시우. 날마다 늦게 술이나 취하여 가지고 만만한 여편네만 못 살게 구니 참으로 사람 죽겠구려! 무슨 말이요. 할 말 있거든 어서 하시요!" 흥분(興奮)된 어조를 조금 높이신 까닭에 높은 음성(音聲)은 또 우리 아버지를 흥분시키는 동시(同時)

에 노여웁게 하였다.

"말을 하라구? 흥, 남편 된 사람이 옷을 좀 찢었기로 무엇이 어쩌구 어째?"

"글쎄 내가 무엇이라고 했오, 내가 무슨 죄요. 참으로 허구헌 날 살 수가 없구려."

"듣기 싫어. 여편네들이 무엇을 알아야지. 남편의 심리(心理)를 몰라주는 여편네가 무슨 일이 있어서. 다 고만두어. 나는 우리 아버지에게 내버림을 당한 사람이고 세상(世上)에서 구박(驅迫)을 당한 사람이니까 …… 에…… 후……."

우리 아버지는 이렇게 떠드시다가 다시 한참 가만히 앉아 계시더니 벌떡 일어나시며,

"엥! 가만 있거라. 참말 그대로 있을 수는 없어! 내가 가서 좀 설교(說教)를 해야지. 내가 목사(牧師) 노릇을 좀 해야 해."하고 모자를 쓰고 벌떡 일어나시며 문 밖으로 나가려고 하니까 어머니는 또다시 목소리를 고치시어 부드럽고 애원하는 중(中)에도 조금 노기(怒氣)를 띠신 어조로,

"여보 제발 좀 고만두. 글쎄 이게 무슨 짓이요. 이 밤중에 가기는 어디로 가며 가셔서 어떻게 하실 모양이요. 자! 고만 옷 좀 벗고 눕구려."아버지는 듣지도 않고 방문을 홱 열어젖뜨린다. 고요한 저녁 공기가 훈훈한 방 안으로 혹 불어 들어오며 나의 온몸을 선뜩하게 하더니 석유등잔(石油燈盞)의 불이 두어 번 뻔득뻔득한다.

어머니는 아버지의 팔을 붙잡으시었다. 웅크리고 마루에 앉아 있던 할멈은 황망하여 하지도 않고 여러 번 경험(經驗)한 그의 침착(沈着)한 태도(態度)로 두 팔을 벌리고 다만 이리 왔다 저리 왔다 하면서 동정만 살피고 있다.

어머니는 떨리는 목소리로,

"글쎄 남이 알면 글쎄 무슨 꼴이우."하는 말을 듣지도 않으시고 우리

아버지는 어머니의 팔을 홱 뿌리치신다. 어머니는 애크 소리를 지르시며 방문 밖에서 방 안으로 넘어지시며 한참이나 아무 말 없이 엎드려 계신다.

"남부끄럽다? 남부끄럼을 당하는 것보다도 자기 양심에 부끄러운 짓을 하는 것이 더욱 부끄러운 것이야."하시고 술 취하신 얼굴에 분기(憤氣)를 띠시고 또한 옆으로는 엎어져 일어나시지도 못하는 어머니를 다소간(多少間) 가엾음과 미안(未安)한 마음이 생기시나 위신상(威信上) 어찌 하시지 못하는 어색한 얼굴을 돌이켜 보지도 않으시고 문(門) 바깥으로 나가신다.

나가시는 규칙(規則)없는 발소리가 대문이 닫히는 소리와 함께 사라졌다.

할멈은 어머니를 붙잡아 일으키시며,

"다치지 않으셨어요?"하며 어머니가 애처로워 보이기도 하고 또는 아버지의 술주정이 귀찮기도 하여서 상을 찌푸려 어머니를 들여다보시며 물어 본다.

나도 그때야 이불을 벗고 일어나서 어머니를 보았다. 어머니는 일어나 앉으시기는 않았으나 아무 말이 없으셨다.

철모르는 나의 아우는 말라붙은 코딱지를 떼며 주먹으로 비비면서 힘없는 손가락을 꼼질꼼질하며 자고 있다. 나는 다만 어머니의 동정을 살피고 있었을 뿐이었다.

몇 분간 동안은 아주 고요 정적(靜寂)하여졌다. 폭풍우가 지나간 바다의 물결 같은 공기가 온 방 안을 채우고 자는 듯이 고요하다.

그때에 나는 어머니의 머리카락이 덮인 두 눈을 바라보았다. 두 눈에는 불에 비쳐 반짝거리는 눈물 방울이 방울방울 떨어지고 있었다. 이것을 본 나의 전신의 뜨거운 피는 바늘끝으로 찌르는 듯이 파랗게 식은 듯하였다. 나의 마음은 어머니의 눈물에서 그 무슨 비애(悲哀)의 전염을 받은 듯이 극도로 쓰렸었다. 나는 그대로 어머니의 얼굴을 쳐다볼 수가 없어 이불을 뒤집어쓰고 어머니와 함께 눈물 흘려 울었다.

할멈은 화젓가락만 만지고 있는지 달가닥달가닥하는 소리가 들릴 뿐이다. 그리고 어머니의 떨리는 숨소리와 코 마시는 소리가 이불을 뒤집어쓴 나의 귀 위에 연민(憐憫)과 비애(悲哀)의 정(情)을 속삭여 주었다.

어머니는 한참이나 우시더니 코를 요강에 푸시고 이불을 다시 붙잡아 나와 나의 동생을 다시 덮어 주시었다. 그리고 한 손으로 나의 발치와 나의 가장자리를 어루만져 주실 때 간지러운 자애(慈愛)의 정(情)이 부드러운 명주옷같이 나의 어린 가슴을 따뜻하게 하시었다.

이튿날 아침, 우리 어머니는 나의 동생의 손을 잡고 나와 함께 우리 외가(外家)로 향하여 떠나갔다. 물론 아침도 먹지 않고 늦도록 주무시는 아버지의 아침 밥은 할멈에게 부탁이나 하셨는지 으레히 알아야 할 할멈에게 집안 일을 맡기시고 오 리(五里) 남짓한 외가(外家)로 갔다.

가는 길에 나는 매우 기뻤었다. 무엇하러 가시는지도 모르는 어머니의 심정(心情)은 알지도 못하고 귀여워하시는 할머니를 만나러 간다는 것만 좋아서 앞장을 섰다.

그때의 어머니는 하소연할 곳을 찾아가시는 것이었을 것이다. 팔자(八字)의 애소(哀訴)를 자기(自己)의 친부모(親父母)에게 하러 가시는 것이었을 것이다.

일생(一生)을 의탁(依托)할 우리 아버지를 사랑하지 않는 것이 아니며 못 믿는 것이 아니지마는 발 아래 엎드려 몸부림할 만치 자기의 울분과 자기의 비애를 호소할 곳을 찾아 지금 우리 어머니는 우리 외가(外家)로 가시는 것이다.

그때 그에게는 자기의 부모가 유일한 하느님이며 위안자이었다. 약(弱)한 심정을 붙일 만한 신앙을 갖지 못한 우리 어머니는 자애(慈愛)의 나라로 달음박질하며 거기에 자기를 위로하여 주고 자기의 애소의 기도를 들어 줄 아버지 어머니가 계실 것을 믿음이었다. 명명(瞑瞑)한 대공

(大空)과 막막한 천애(天涯) 저편에 위안(慰安) 나라를 건설치 못하고 작은 가슴속과 보이지 않는 심상(心床) 위에 천당과 낙원을 걷지 못한 우리 어머니는 다만 자애의 동산을 찾아가시었다.

걸어가시는 어머니의 얼굴에는 어제저녁에 울분을 참지 못하시는 푸른 표정(表情)과 어머니나 아버지에게 팔자(八字) 한탄을 푸념하리라는 굳은 결심(決心)의 빛이 보였었다.

가게 앞을 지나고 개천을 건너고 사람과 길을 피하고 돌멩이가 발끝에 채일 때에도 우리 어머니의 머릿속에는 그것뿐이었을 것이다.

그러나 우리 어머니의 머리는 그렇게 단순한 것이 아니었었다. 나어린 어린아이의 그 마음을 갖지는 않았었다. 우리를 볼 때 우리 아버지를 생각하며 부모의 자애를 생각할 때에도 자기의 충심에서 발동하는 애모의 정을 깨달았다.

그는 자기의 남편을 사랑하는 동시에 자기의 부모를 사랑하였다. 그는 자기 남편의 불명예를 자기 부모에게 하소연하는 것을 아까 집 대문을 나설 때까지는 결심하였는지는 알지 못하겠으나 반이나 넘어 가까이 자기 부모 집을 왔을 때에 그것을 부끄리는 정이 나오는 동시에 또한 그 불명예로운 소리를 발(發)하는 아내 된 자기의 불명예로움을 알았다. 그리고 자기 남편의 불명예를 은폐하려는 동시에 자기 부모의 심로를 생각하였다. 자애를 부어 주는 자기 부모에게 자기의 울분을 애소하는 것이 자기에게는 좋은 것이나 자기 부모의 마음을 조심되게 함을 깨달았다.

나의 동생은 아슬렁아슬렁 걸어가면서 무어라고 감흥에 띤 이야기를 중얼거리면서 걸어간다.

어머니는 외가(外家)에 거의 다 왔었을 때에 나에게 은근한 목소리로, "너 할머니나 할아버지께 어제저녁에 아버지가 술 먹고 야단했다는 말은 하지 말어라." 하시며 무슨 응답이나 들으려시는 듯이 나를 들여다보신다. 나는,

"예." 하였다. 그 '예' 소리가 나의 입에서 떨어지면서 무슨 해결(解

決)치 못할 문제(問題)가 다 풀린 듯한 감이 생기며 집에서 나올 때부터 무슨 불행(不幸)스럽고 불안(不安)하던 마음이 다시 화평(和平)하여졌다.

행랑 자식

1

어떠한 날, 춥고 바람 많이 불던 겨울밤이었다.

박 교장(朴校長)의 집 행랑에서 글 읽는 소리가 나더니 꺼져 가는 촛불처럼 차츰차츰 소리가 가늘어 간다. 그러다가는 다시 옆에서 어린애 입에 젖꼭지를 물리고서 졸음 섞인 꽥 지르는 소리로,

"어서 읽어!"

하는 어머니 소리에 다시 글소리는 굵어진다.

나이는 열두 살. 보통학교 4년급에 다니는 진태(鎭泰)라는 아이니 그 박 교장의 행랑 아범의 아들이다. 왱왱 외던 글소리는 단 2분이 못 되어 다시 사라졌다. 그리고는 동리집 시계가 11시를 치는 소리가 들리더니 사면은 고요하였다.

2

이튿날 날이 밝은 뒤에 보니까 온 마당, 지붕, 나뭇가지에 눈이 함박같이 쏟아졌다. 그런데 아직까지도 눈이 다 그치지 않고 보슬보슬 싸래기눈이 내려온다.

진태는 문 뒤에 세워 놓았던 모지랑비를 들고 나섰다. 처음에는 새로 빨아 펼쳐 놓은 하얀 요 위에 뒹구는 것처럼 몸 가볍고, 마음 상쾌한 기분으로 빗자루를 들었으며 모지랑비와 약한 자기 팔로써 능히 그 많은 눈을 쳐 버릴 줄 알았으나 두어 삼태기를 가까스로 퍼 버리고 나니까 팔이 떨어지는 것 같고 허리가 부러지는 듯하였다. 그러나 아니 칠 수는 없었다. 날마다 아침에 일어나서 마당을 쓰는 것이 자기의 직분이다.

어머니는 안으로 밥을 지으러 들어가고 아버지는 병문으로 인력거를 끄을러 나갔다.

한두 삼태기를 개천에 부은 후에 다시 세 삼태기를 들고서 낑낑하면서 개천으로 간다. 두 손끝은 눈에 녹아서 닭 튀해 뜯을 때 발허물 벗겨 내듯 빠지는 듯하고 발끝은 저려서 토막을 내는 듯하다.

그는 발을 억지로 옮겨 놓았다. 눈이 든 삼태기가 자기를 끌고 가는 듯하다. 그렇게 그가 길 중턱까지 갔을 때 그의 팔의 힘은 차차 없어지고 다리에 맥이 홱 풀리었다. 그래서 그는 손에 들었던 눈 삼태기를 탁 놓치었다. 그러자 누구인지,

"이걸 좀 봐라."

하는 어른의 호령 소리가 바로 자기 머리 위에서 들리자 고개를 쳐들고 보니까 교장 어른이 아침 일찍 어디를 다녀오시다가 발등에다가 눈을 하나 잔뜩 덮어쓰시고 역정나신 얼굴로 자기를 내려다보고 계신다. 진태는 그만 얼굴이 화황하여졌다. 그리고 아무 말도 못하고 그대로 멀거니 서 있었다. 그는 무엇으로 그 미안한 것을 풀어야 좋을지 알지 못하였다.

그러다가 하얀 새 버선에 검은 흙이 섞인 눈이 묻어 있는 것을 보고서 자기의 손으로 그것을 털어드리면 얼마간 자기의 죄가 용서되리라 하고서 허리를 구부려 두 손으로 그 버선등을 털어드리려 하였다. 그러나 교장은 한 발을 탁 구르시더니,

"고만두어라. 더 더럽는다."

하시고서,

"엥!"

하시며 안으로 들어가시었다. 진태는 무참하였다. 손에는 어제저녁에 습자 쓰다가 묻은 먹이 꺼멓게 묻어 있다. 털어드리면은 잘못을 용서하실 줄 알았더니 더 더러워진다 핀잔을 주시고 역정을 더 내시는 것 같다. 그래서 그는 어떻게 해야 좋을지 알지 못하여 그대로 멀거니 서 있었다. 무참을 당하여 얼굴도 홧홧하고 두 손에서는 불이 난다.

그래서 그는 안으로 들어가지 못하고 행랑 자기 방으로 들어가다가 안마루 끝에서 주인 마님이,

"아 그 애 녀석도, 눈이 없는가? 왜 앞을 보지 못해?"

하는 소리를 듣고서는 쥐구멍으로라도 들어가 버리고 싶도록 온몸이 움츠러졌다. 그리고는 자기 뒤로 따라 나오며 주먹을 들고서 때리려 덤비는 자기 어머니가,

"이 망할 녀석, 눈깔을 어따 팔아먹고 다니느냐?"

하고 덤비는 듯하여 질겁을 하여 방 안으로 들어갔다.

아니나다를까, 조금 있더니 보기 싫은 젖통이를 털럭털럭하면서 어머니가 쫓아나왔다.

"이 망할 녀석, 눈깔이 없니? 나리마님 새 버선에다가 그것이 무엇이냐? 왜 그렇게 질뚱발이냐, 사람의 자식이."

어머니는 그래도 말이 적었다. 그리고는 곧 다시 안으로 들어갔다.

진태는 간이 콩알만하게 무서운 것은 둘째 쳐놓고, 웬일인지 분한 생각이 난다. 아무리 생각을 하여도 자기 잘못 같지는 않다. 자기가 눈 삼태

기를 들고 가는데 교장 어른이 딴 생각을 하면서 오시다가 닥달린 것이지 자기가 한눈을 팔다가 그러한 것은 아니다.

그래서 웬일인지 호소할 곳이 없어 그는 그대로 방바닥에 엎드러졌다. 그리고는 고개를 두 팔로 얼싸안고 자꾸자꾸 울었다. 그는 눈물이 방바닥에 떨어지는 것을 알았다. 삿자리 깐 그 밑으로 흙내가 올라오는 것을 맡았다. 그리고는 어머니도 걱정을 하고 아버지도 걱정을 할 터요 더구나 아버지가 이것을 알면은 돌짝 같은 손에 얻어맞을 것을 생각하매 몸서리가 난다. 그는 신세 한탄할 문자를 모르고 말도 모른다. 어떻든 억울하고 분하였다. 그렇다고 어디 가서 호소할 데도 없었고 분풀이할 곳도 없었다.

그는 방바닥에 한참 엎드려서 느껴 가면서 울고 있을 때 방문이 펄석 열리었다. 그는 깜짝 놀랐으나 돌아보지도 않았다. 그의 생각에는 그 문 여는 사람이 어머니려니 하였다. 그래서 약한 마음에 이렇게 우는 것을 보면은 어머니는 나를 위로하여 주려니 하였다. 그래서 어머니가 일어나라고 하기만 기다렸다.

그러나 한참 아무 소리가 없더니,

"얘!"

하고 험상스럽게 부르는 사람은 자기 아버지다. 그는 위로를 받기커녕 벼락이 내릴 것을 그 찰나에 예감하였다. 그는 눈물이 쑥 들어가고 온몸이 선뜩하였다.

이번에는 꽥 지르는 소리로,

"얘, 일어나거라, 이것아."

하는 아버지의 성난 얼굴이 엎드린 속으로 보인다. 그는 그러나 벌떡 일어나지는 못하였다. 자기 눈 가장자리에는 눈물이 묻었다. 그 눈물을 보면은 반드시 그 우는 곡절을 물을 터이다. 그 대답을 하면은 결국은 벼락이 내릴 터이다. 그래서 일어나지도 못하고, 그대로 있지도 못하고 그의 가슴은 초조하였다.

두 발이 성큼 방 안으로 들어오는 듯하더니 무쇠갈구리 같은 손이 자기 저고리 동정을 꿰들어 번쩍 쳐들었다. 그는 쇠판에 매달린 쇠고기 모양으로 반짝 들리었다.

"울기는 왜 우니?"

하는 그의 아버지도 자식 우는 것을 볼 때 어떻든 그 눈물을 동정하는 자정(慈情)이 일어나는지 목소리가 조금 낮아지며 또는 웃음이 섞이었으니 그것은 그 눈물나는 마음을 위로하려는 본능이다.

"왜 울어?"

대답이 없다.

"글쎄, 왜 우니?"

가슴은 타나 대답할 수는 없었다.

"엄마가 때려 주던?"

진태는 고개를 내혼들며 느껴 울었다.

"그러면 왜 우니? 꾸지람을 들었니?"

"아뇨."

진태는 다시 고개도 흔들지 않았다.

"그럼 왜 울어. 말을 해."

아버지는 화가 나는 것을 참았다. 그리고는,

"이 자식아! 말을 해라. 왜 벙어리가 되었니? 말이 없게!"

하고서는 무슨 생각을 하였는지 여러 번 타일러 보다가,

"웬일야!"

하고 혼잣말을 하더니 바깥으로 나아간다. 그것은 근자에 볼 수 없는 늘어진 성미였다. 아마 어멈에게 물어 볼 작정이었던 것이다.

아범은 문 밖으로 나아갔다. 그러더니 다시 들어오며,

"삼태기 어쨌니? 응 삼태기?"

하며 안팎으로 들락날락하는 서슬에 안부엌에서 어멈이 설거지를 하면서,

"왜 아까 진태가 마당을 쓴다고 가지고 나갔는데."
하고,
"걔더러 물어 보구려."
한다. 아범은 화가 나는 듯이,
"그런데 쭉쭉 울고 있으니 무엇이라고 그랬나?"
하며 어멈을 본다.
그러자 안마루에서 마님이 무엇을 보다가 운다는 소리를 듣더니 미안한 생각이 났던지,
"아까 눈인가 무엇인가 친다고 나리마님 발등에다가 눈을 쏟아뜨렸다네. 그래서 어멈이 말 마대나 한 것인 게지."
아범의 눈은 실룩해졌다. 그리고는 잡아먹을 짐승에게 덤비려는 호랑이 모양으로 고개가 쏙 내밀리더니 어깨가 으쓱 올라간다. 그리고는 아무 말 없이 바깥 행랑으로 나아간다.
바깥으로 나온 아범은 다짜고짜로 방문을 열어제쳤다. 그의 생각에는 주인나리의 발등에 눈 엎은 것은 외려 둘째이다. 삼태기 하나 잃어버린 것이 자기 자식을 쳐죽이고 싶도록 아깝고 분하고 망할 자식이다.
"이 녀석!"
자기 아들을 움켜잡았다.
"이리 나오너라."
진태는 두 손 두 다리를 가슴에다 모으고서 발발 떨면서 자기 아버지만 치어다본다.
"이 망할 자식, 울기는 애비를 잡아먹었니, 에미를 잡아먹었니? 식전 아침부터 홀짝홀짝 울게."
하더니 돌덩이 같은 주먹이 그의 등줄기를 보기좋게 울리었다.
"에그 아버지, 에그 아버지."
하며 볶아치는 소리가 줄을 대어 나왔으나 그 뒷말은 없었다. 매를 맞는 진태도 잘못했습니다를 조건 없이 할 수는 없었다.

"무어야 아버지, 이 녀석, 이 망할 자식."

하고서는 사정없이 디리 팬다.

울고, 호령하는 소리가 야단스럽게 나니까 어멈이 안에서 뛰어나오며,

"인제 고만두, 고만둬요. 요란스럽소."

하고 만류를 한다.

"이게 왜 이래. 가만 있어. 저리 가요."

하고 팔꿈치로 뿌리치고는,

"이놈아, 그래 눈깔이 없어서 나리마님 버선에다가 눈을 드리부어 놓고 또 무엇에 마음이 팔려서 삼태기를 밖에다가 놓아 두어 잃어버리게 했니? 응, 이 집안 망할 자식!"

아범의 손이 자기 아들의 볼기짝, 등어리, 넓적다리 할 것 없이 사정없이 때릴 때마다 어린 살에는 푸르게 멍이 들고 피가 맺힌다.

그러할 때마다 눈앞에서 자기 손에 매달려 애걸하는 자기 아들이 보이지 않고 안방 아랫목에 앉아 있는 주인나리가 보인다. 그리고는 자기 아들을 때리는 것 같지 않고 자기 주인나리를 욕하고 원망하고, 주먹질하고 싶었다.

"인제 고만 좀 두."

하고 어멈은 자식을 가로챘다. 그래 가지고는 다시 자기 아들을 끼어안았다.

3

그날 해가 3시나 넘어 4시가 되었다. 진태는 학교에 다녀왔다.

앞대문을 들어오려다가 보니까 새로이 삼태기 하나를 사다 놓았다. 싸리나무로 얽은 누렇고 붉은 삼태기를 볼 때 그의 매맞은 자리가 다시 아프고 얼얼하다.

툇마루에 걸터앉으니까 어머니는 상에다 밥을 차려 가지고 방으로 들어

오라고 부른다. 방 안에는 모닥불이 재만 남았는데 인두 하나가 꽂히어 있고, 또는 다 삭은 화젓가락과 부삽 하나가 꽂혀 있다. 어머니는 누더기 천에다가 작년에 낳은 어린애를 안고서 젖을 먹인다. 어린애는 젖꼭지를 만진다.

진태는 그 동생을 볼 때 말없이 귀여웠다. 그래서 손가락으로 볼따구니도 건드려 보고, 엇구엇구 혓바닥 소리를 내어서 얼러 보기도 하였다.

어린애는 벙싯 웃었다. 그리고는 젖꼭지를 쑥 빼고서 진태를 돌아다보았다.

어머니는 침착한 얼굴로 어린애의 손가락만 만지고 있더니,

"옛다."

하고 어린애를 내밀면서,

"좀 업어 주어라."

하고서 어린애를 곤두세운다. 그러자 진태는,

"밥도 안 먹고!"

하고 밥을 얼른 먹고서 어린애를 업으려 하였다. 그러나 진태의 집에는 아직 밥을 짓지 않았다. 어머니는 안에 들어가 밥을 지으려 하기는 해도 우리 먹을 밥은 지으려 하지 않는다.

진태는 어머니가 안으로 들어간 후 어린애를 업고서 방 안으로 왔다갔다하면서 밥을 짓지 않으니 아마 쌀이 없나 보다 하였다. 그리고는 아버지가 얼른 돌아와야 할 것이라 하였다.

진태는 뚫어진 창 틈으로 바깥을 내다보면서 아버지가 혼자 인력거를 끌어서 쌀 팔 돈을 가지고 오지나 않나 하고서 고대하였다.

그래도 미심하여서 그는 쌀 넣어 두는 항아리를 들여다보았다. 들여다 보니까 겨묻은 쌀바가지가 시꺼먼 항아리가 쾅 비인 데 들어 있을 뿐이다. 진태는 힘없이 뚜껑을 덮고서 섭섭한 마음으로 방 안을 왔다갔다하였다. 어린애는 등에서 꼼지락꼼지락하고서 두 발을 비빈다.

"오늘도 또 밥을 하지 못하는구나."

하고서 펄럭펄럭하는 문을 열고 쪽마루로 내려왔다.

내려와서는 냄비가 걸려 있는 아궁이 밑을 보았다. 거기에는 타다 남은 푼거리 장작이 두어 개 재 속에 남아 있다.

그는 다시 장작 갖다 놓아 두는 부엌 구석을 보았다. 거기에는 부스러기 나무도 없다.

바람이 불어서 쓸쓸스러운 행랑의 씻은 듯한 살림살이를 훑고 지나가고 으슴츠름하게 어두워 가는 저녁날은 저녁 못 지을 것을 생각하고 섭섭한 감정을 머금은 진태의 어린 마음을 눈물나게 한다.

조금 있다가 어머니는 허둥지둥 나왔다. 아마 부엌에 불을 지피고 나온 모양이다. 진태의 눈에는 아궁이에서 타 나오는 장작불을 한 발로 툭툭 차 넣던 어머니의 짚세기 발이 보인다.

어머니는 나오면서 등에 업힌 어린애를 보더니,

"에그 추워! 저런, 무엇을 좀 씌워 주려무나."

하고서,

"남바위 어쨌니? 손이 다 나왔구나."

하더니 방으로 들어가 진태가 돌에 쓰던 것이니까 10년이나 되는 남바위를 들고 나온다. 털은 다 떨어지고, 비단은 다 삭았다.

그것을 어린애를 씌워 주고 어머니는 다시 문 밖을 내다보고 5분이나 서 있었다.

진태도 그 서 있는 의미를 짐작하였다. 아버지 돌아오시기를 기다리는 것이다.

그러다가 어머니는 갑자기 덜미에서 누가 딱 하고 놀래는 것처럼 깜짝 놀라며 다시 안으로 들어가려고 돌아섰다.

그때 진태는,

"저녁 하지 않우?"

하고서 어머니 뒤를 따라 들어갔다. 어머니는 화가 나고 초조하던 판에,

"밥도 쌀이 있고 나무가 있어야지."

하고 소리를 꽥 지른다. 진태 잔등에 업혀 있던 어린애가 깜짝 놀라며 와 운다.

진태는 어린애를 주춤주춤 추슬러 달래면서 아무 말 못하고 섰었다.

어머니는 다시 안으로 들어갔다. 진태도 따라 들어갔다. 그리고는 부엌 앞에 앉아서 불을 넣고 앉았었다.

4

날이 어둡고 전깃불이 켜지었으나 밥을 하지 못하였다.

그리고 아버지도 아직 돌아오지를 않는다. 진태 어머니는 상을 차려 드 리고 바깥으로 나오려고 하니까 마님이,

"어멈."

하고 부르신다.

"네."

하고서 어멈은 문을 열려다가 다시 돌아다보았다.

"오늘 저녁을 하였나?"

어멈은 조금 주저주저하다가,

"먹을 것 있어요."

하고서 부끄러운 웃음을 웃었다.

"아범 들어왔나?"

"아즉 안 들어왔어요."

"그럼 저녁도 짓지 못하였겠네그려."

어멈은 아무 말도 없었다. 마님은 벌써 알아채고서,

"그래서 되겠나? 어린것들이 치워서 견디겠나."

하고서,

"자, 이것이나."

하고서 상끝에 먹다 남은 밥을 이 그릇에서 저 그릇으로 모두아 놓으

면서,

"그놈도 들어오라구 그래. 불도 안 땐 모양이지? 추워서들 견디겠나.
어른은 괜찮겠지마는 어린애들이……."

하고서,

"어서 그놈도 들어오라고 해."

하며 어멈을 치어다본다. 어멈은 다행히 여겨 바깥으로 나오며,

"애, 진태야!"

하며 진태를 부른다.

"왜 그러세요?"

진태는 문 밖에 섰다가 문 안으로 들어오며 묻는다.

"들어가자!"

"어데로?"

"안으로 말야. 마님이 밥 먹으러 들어오라신다."

진태의 얼굴은 당장에 새빨개지더니,

"왜 아버지 들어오시거든 밥을 지어 먹지."

"어대 들어오시니."

"언제든지 들어오시겠지."

"들어가 부르시니……."

진태는,

"싫어요."

하고서 돌아섰다.

진태의 마음에는 아까 아침에 나리의 버선 등을 더럽힌 것을 생각하매
다시 마님의 낯을 뵈옵기도 부끄럽거니와 아무것도 잘못한 것이 없는데
아버지에게 매를 맞게 한 것이 분하기도 하였다. 그런데다가 안방에는 자
기와 동갑 되는 교장의 딸이 자기와 같은 학교 여자부에 다니는데 그 계
집애 보기에 매맞은 것이 부끄럽다.

"애, 나중에는 별소리를 다 듣겠네. 어서 들어가자."

어머니는 재촉을 한다.

"어서 들어가."

진태는 심술궂게,

"싫어요, 나는 밥 얻어먹으러 들어가기는 싫어요."

하고 소리를 질렀다.

"빌어먹을 녀석. 기다리셔, 안에서."

"기다리시거나 말거나 나는 안 들어가요."

어멈 마음에도 자기 아들의 말하는 것이 잘못이 아니었다. 그리고 꾸짖기는 고사하고 동정할 만한 일이었으나 그래도 당장에 배고파할 것과 또는 자기도 밥을 먹어야지마는 어린애 젖을 먹일 것이다. 그래서 자기 아들의 굳은 의지를 어머니 된 유력으로 꺾지 않을 수 없었다.

"안 들어갈 터이냐?"

그 말을 하고 부지깽이를 찾는 척할 때 그는 웬일인지 하고 못할 짓을 하는 비애를 깨달았다.

"싫어요."

진태는 우는 소리로 거절하였다.

"싫으면 밥 굶을 터이냐?"

"굶어도 좋아요."

"어디 보자. 어린애나 이리 내라."

어린애를 안고서 어머니는 안으로 밥을 얻어먹으러 들어갔다. 그러나 진태는 방에 들어가 깜깜한 속에 드러누워 있었다.

그날 어째 그렇게도 섧고 분하고 쓸쓸한지 모르겠다. 어째 이런가 하는 생각이 난다. 그리고 아버지나 얼핏 들어왔으면 좋겠다 하였다.

10분이 못 되어 어머니는 다시 나왔다.

"얘."

하고 문을 열고 고개를 들여밀며.

"마냄이 들어오래신다. 어서, 어서."

진태는 그대로 누운 채 다시 돌아누우며,

"싫어요, 안 들어가요."

"나리가 걱정하셔."

"싫어요, 글쎄."

어멈은 다시 들어갔다. 그리고 5분이 못 되어 또 나오는 소리가 들렸다. 그러더니 이번에는 문을 열고서,

"그럼 옛다!"

하고 무엇을 내민다. 진태는 방바닥이 차디차고 찬바람이 문 틈으로 스쳐 들어오는 것을 막기 위하여 이불을 내려덮고 새우잠을 자다가 어머니 소리를 듣고서,

"무엇예요?"

하다가 얼른 목소리를 잡아당겼다.

"자, 밥이다. 먹고 드러누워라. 이 치운데 저것이 무슨 청승이냐."

진태는 온 전신을 사를 듯이 부끄러운 감정이 홱 흐르며,

"글쎄 싫다니까. 안 먹어요. 먹기 싫어요."

어머니는 들어왔다. 진태를 밀국수 방망이 밀듯이 흔들흔들 흔들면서 타이르고 간청하듯이,

"일어나거라, 응! 일어나."

진태는 더욱 담벼락으로 가까이 가며,

"싫어요. 나는 배고프지 않아요."

하고서 고개를 이불로 뒤집어쓰고 아무 말이 없다.

"고만 두어라. 너 배고프지 나 배고프겠니?"

하고서 그대로 안으로 들어가려 할 때,

"에 추워"

하고서 들어오는 사람은 자기 아버지다. 어멈과 아범은 맞닥뜨렸다.

"이건 눈깔이 빠졌나. 엑구 시……."

하며 아범이 소리를 질렀다.

"어두워서 보이지 않는구려."

하고서 여성답게 미안한 어조로 어멈은 말을 한다. 이 한 번 맞닥뜨린 것이 빈손으로 들어오는 자기 남편을 몰아셀 만한 용기를 꺾어 버리었고 주머니 속이 비어 있는 아범은 또한 큰소리를 할 만한 용기를 줄게 하였다.

"어떻게 되었소?"

"무엇이 어떻게 돼? 큰일났어 큰일. 벌이가 있어야지. 저녁은 어떻게 했나?"

"여보, 그 정신나간 소리는 좀 두었다 하우. 무엇으로 저녁을 해요."

아범은 아무 소리 못하고 방 안으로 들어갔다. 진태는 일어나 앉았다. 그리고는 속으로 반갑기는 그만두고 한 가닥의 희망까지 끊어져 버리었다.

"그럼 어떻게 하나?"

아범은 불켤 것도 생각지 않고서 한탄을 한다.

"그래 한푼도 없소?"

"아따, 이 사람아! 돈 있으면 막걸리 먹었게."

막걸리라는 소리가 어멈의 성미를 겨웠다.

"막걸리가 무어요? 어린 자식들은 치운 방에서 배들이 고파서 덜덜 떠는데 그래도 막걸리요? 그렇게 막걸리가 좋거든 막걸리 장사 마누라나 하나 데불고 살거나 막걸리 독에 가서 거꾸러 박히구려. 그저 막걸리 막걸리 하니 언제든지 막걸리 신세를 갚고야 말 터이야, 저러다가는."

"글쎄 그만둬요. 또 여호 모양으로 톡톡 거려. 엥, 집에 들어오면 여펜네 꼴 보기 싫어서."

하고 입맛을 쩍쩍 다신다.

진태는 옆에서 그 꼴만 보다가 불을 켜고 있었다.

"그럼 저녁을 먹어야지."

하고는 아범은 꽤 시장한 모양으로 없는 궁리를 하려 하나 아무 궁리도 없다.

"이것이나 먹구려."
하고 어멈은 진태를 주려고 국에다 만 밥을 내놓으니까,
"너 저녁 먹었니?"
하고서 진태를 돌아다본다. 진태는 말을 할래야 할 수도 없거니와 말하기도 전에 어멈이,
"안 먹었다우."
하고 진태를 책망도 하고 원망도 하는 듯이 흘겨보았다.
"왜?"
하고 아범은 숟가락을 든 채로 그대로 있다.
"누가 알우, 먹기 싫다는 것을."
"그럼 배고프겠구나."
하고서 밥 그릇을 내놓으면서,
"좀 먹으련?"
하니까 진태는,
"싫어요."
하고서 멀리 피해 앉는다.
"왜 그러니?"
"먹을 마음이 없어요."

30분쯤 지났다. 문 밖에서 어멈이,
"진태야! 진태야!"
하고 부른다. 진태는 그 부르는 어조가 너무 은밀한 듯하므로,
"네."
대답 한 번에 바깥으로 나아갔다. 어머니는 대문간에 손에다가 무엇인지 가느다란 것을 쥐고 서 있다.
"저……."
하고 어머니는 헝겊에 싼 것을 풀더니,

"이것 가지고 전당국에 가서 70전이나 80전만 달래 가지고 싸전에 가 쌀 닷 홉만 팔고, 나무 열 냥어치만 사 가지고 오너라."

한다. 진태는 얼른 알아채었다. 옳지, 은비녀로구나. 자기 집 안에 값진 것이라고는 어머니 시집올 때 가지고 온 그 비녀 하나하고, 굵다란 은가락지뿐이다.

진태는 그것을 받아들었다. 그리고는 전당국을 향하여 간다. 전당국이 잡화상 옆에 있는 것이 제일 가깝고 조금 내려가면 이발소 윗집이 전당국이다. 그러나 첫째 집은 가지를 못한다. 그것은 그 전당국 주인의 아들이 자기하고 같은 학교를 다니니까 만일 들키면 창피할 것이요, 부끄러울 것이라, 그래서 그 집을 남겨 놓고 먼 저 아랫 전당국으로 가리라 하였다. 그는 팔짱을 끼고 웅숭그리고서 전당국으로 들어가려 하니까 어째 누가 손가락질을 하는 것 같고 구차함을 비웃는 듯하다. 그리고 그 전당국 주인까지도 자기의 구차한 것을 호령이나 할 듯이 쉬울 것 같다.

그러나 눈 딱 감고 들어가려 하니까 문간에다가 '기중(忌中)'이라고 써 붙이고 문을 닫아 버렸다.

'기중'. 사람이 죽었구나 하고서 생각하니 그 몇 분 동안에 자기 마음이 긴장되었던 것은 풀려진다.

그러면 이번에는 하는 수 없이 그 동무 아버지의 전당국으로 가야 하겠다.

한 발자국이라도 더디게 떼어 놓아 그 전당국으로 들어설 때 가슴은 거북하고 머리에는 열이 올라와서 흐리멍덩하다.

기웃이 들여다보니까 아무도 없다. 혹시 동무 학동이나 만나지 않을까 하였더니 사무 보는 어른이 한 분 앉아 있고 아무도 없어 아주 다행이다.

그는 정거장 표 파는 데처럼 철망으로 얽고, 또 비둘기 창구멍처럼 뚫어 놓은 곳으로 은비녀를 디밀었다. 신문을 보던 사무 보는 어른이 한 번 흘겨보더니,

"무엇이냐?"

하고서 소리를 꽥 지른다.

"이것 잡으세요?"

하는 소리는 떨리고 가늘었다. 사무 보는 이는 아무 말 없이 그것을 받아
들더니 저울에다가 달아 본다.

진태는 속마음으로 만일 저것을 잡지 않으면 어떻게 하나? 나쁜 것이
라고 퇴짜를 하면은 어떻게 하나 하고 있을 때,

"얼마나 쓰련?"

하고 돈을 묻는다. 그는 겨우 안심을 하고서 돈 말 하려다가 자기가 부르
는 돈보다 적게 주면 어떻게 하나 하고서 도리어 그이더러,

"얼마나 나가요?"

하고 물었다. 그는 한참 있더니,

"1원이다."

한다. 그러면 자기 어머니가 얻어 오라는 것보다는 삼사십 전이 더하다.
그는 겨우 안심을 하고서,

"70전 주세요."

하였다.

"네 이름이 무엇이냐?"

전당포에 이름이 쓰이는 것은 좋지 못하나 하는 수 없이 이름을 대었
다.

사무 보는 이가 전당표를 쓰는 동안에 진태는 왔다갔다하였다. 그리고
서 남에게는 전당잡으러 온 체하지 않으려고 사면을 둘러보며 군소리를
하였다.

진태가 바깥을 내다볼 때 누구인지 덜미에서,

"진태냐?"

하는 어린애 소리가 들렸다. 그는 얼른 돌아다보니까 거기에는 그 집 주
인의 아들이 반가이 맞으며,

"어째 왔니?"

하며 나온다. 진태는 달아나고 싶었다. 그리고는 될 수만 있으면 돈도 그만두고 피해 가고 싶었다.

"내일 산술 숙제 했니?"

어쩌면 그렇게 다정하게 물으랴? 그러나 진태는,

"아니."

하고서 고개를 내저었다. 그의 얼굴은 진홍빛같이 붉어졌다.

"얘, 큰일났다. 나는 조금두 할 수가 없어!"

그의 말소리는 진태의 귀에 조금도 안 들린다. 내일 숙제는 그만두고 내일 학교에 가면 반드시 여러 동무들이 흉들을 볼 터이요, 또는 놀려 대임을 당할 것이다. 그리고 그의 앞에는 커다란 수남(壽男)이가 보이며 장난의 괴수요 핀잔 잘 주고 못살게 굴기 잘 하는 그 불량한 학생이 보인다.

전당표와 돈을 받아들었다. 이제는 싸전으로 갈 차례다. 서 되나 닷 되나 한 말 쌀을 파는 것은 오히려 자랑거리지마는 닷 홉은 팔기가 참으로 부끄럽다. 그는 싸전에 가서 종이봉지에 쌀 닷 홉을 싸들었다. 첫째 싸전쟁이가,

"왜 전대를 가지고 오지 않았어?"

꽥 소리를 한번 지르더니 딴 사람의 쌀을 다 퍼 주고야 종이봉지 하나가 아까운 듯이 가까스로 닷 홉 한 되를 퍼 주었다.

돈을 주고 나왔다. 쌀 든 손은 얼어서 떨어지는 듯하다. 한 손으로 귀를 녹이고 또 한 손으로는 번갈아 가며 쌀 봉지를 들었다.

이번에는 나무가게로 갔다. 20전어치를 묶었다. 그것을 새끼에다 질빵을 지어서 둘러메고 쌀은 여전히 옆에다 끼었다. 행길로 고개를 숙이고 가다가는 어깨가 아프고 손, 발, 귀가 시려서 잠깐 쉬다가 저쪽을 보니까 자기 집 들어가는 골목을 조금 못 미쳐서 학교 선생님 한 분이 오신다.

진태는 얼핏 일어났다. 그리고 선생님이 골목까지 오시기 전에 먼저 그 골목으로 들어가야 하겠다 하였다. 그리고는 줄달음질하였다. 선생님은

아무것도 둘러메시었을 리가 없으므로 걸음이 속하시다. 자기는 힘에 닿지 않는 것을 둘러메었고 또는 걸음이 더디다. 거진 선생님과 맞닥뜨리게 되었다. 그래서 앞도 보지 않고 골목으로 뛰어 들어가다가 거기서 나오는 사람과 마주쳤다.

"에쿠!"

하면서 손에 들었던 쌀이 모두 흩어지고 나무는 어깨에 멘 채 나가자빠졌다.

"이 망할 집 자식, 눈깔이 없니?"

하고 들여다보는 그이는 자기 아버지다. 진태는 그래도 뒤를 돌아다보았다. 벌써 선생님은 본 체 만 체 지나가 버리시었다.

"이 망할 자식아, 쌀을 이렇게 흩뜨려서 어떻게 해?"

하며 아버지는 두 손으로 컴컴한 데서 그것을 쓸어서 바지 앞에다 담는다.

진태는 멍멍히 서 있다가 아버지에게 끄을려서 집으로 들어갔다.

집에 들어가니까 어머니가 얼마나 받았으며, 얼마나 썼으며, 얼마나 남았느냐고 묻는다. 진태는 그 소리를 듣고서 전당표를 주었다.

그리고는 자세한 이야기를 하였다.

그러나 어머니는 진태의 잘잘못을 따지지 않았다. 유일한 보물을 전당을 잡혀서 팔아 온 쌀까지 땅에다 모두 엎질러 버린 것을 생각하매 그대로 있을 수 없을 만큼 아깝고 분하다. 그래서,

"이 망할 녀석, 먹으라는 밥을 먹지 않아서 밥이나 먹고 자라고 하겠더니……."

하고서 주먹을 들고 덤벼들며,

"어디 좀 맞아 보아라!"

하고서 또다시 덤벼든다. 진태는 아무것도 변명하지 않았다. 그러나 하루에 두 번씩 매를 맞게 되니까, 무엇이 원망스럽고 또 무엇을 저주하고 싶었으나 그것이 무엇인지 알지 못하였다. 그래서 그는 한참 얻어맞고 혼자

울었다. 그는 위로해 주는 사람 하나 없고 쓰다듬어 주는 사람 하나 없었다.

그는 방구석에 틀어박혀서 한참 울다가 그대로 잠이 들었다. 억울한 꿈을 꾸면서…….

꿈

1

자기 스스로도 믿지 못하는 일을 때때로 당하는 일이 있다. 더구나 오늘과 같이 중독이 될이만큼 과학이 발달되어 그것이 인류의 모든 관념을 이룬 이때에 이러한 이야기를 한다 하면, 혹 웃음을 받을는지는 알 수 없으나 총명한 체하면서도 어리석음이 있는 사람이 아직 의심을 품고 있는 이러한 사실을 우리와 같은 사람이 쓴다 하면, 헤브라이즘과 헬레니즘이 서로 반대되는 끝과 끝이 어떠한 때에는 조화가 되고 어떠한 경우에는 모순이 되는 이 현실 세상에서 아직 우리가 의심을 품고 있는 문제를 여러 독자에게 제공하여 그것을 해석하고 설명해 내는데 도움이 되거나 그렇지 않으면 아주 사실을 부인하여 버리게 되고, 또는 그렇지 않음을 결정해 낼 수 있다 하면 쓰는 사람이나 읽는 이의 해혹이 될까 하는 것이다.

이러한 사실을 믿거나 믿지 않거나 그것은 해석하는 이의 마음대로 할 것이요 쓰는 이의 관계할 바가 아니니 쓰는 이는 문제를 제공하는 것이 그것을 해석하는 것보다 더 큰 천직인 까닭이다.

더구나 이야기는 실지로 당한 이가 있었고 또는 쓰는 나도 믿을 수도 없고 아니 믿을 수도 없는 까닭이다.

2

내가 열아홉 살이 되던 해다. 세상에는 숫자(數字)를 무서워하는 습관이 있어 우리 조선서는 석삼자(三)와 아홉 구자(九)를 몹시 무서워한다. 석삼자는 귀신이 붙은 자라 해서 몹시 꺼려하며 아홉구자 즉 셋을 세 번 곱한자는 그 석삼자보다도 더 무서워한다. 더구나 연령이 들어서 그러하니 아홉 살, 열아홉 살, 스물아홉, 서른아홉 살…… 이렇게 아홉이라는 단수가 붙은 해를 몹시 경계한다. 그래서 다만, 홀어머니의 외아들인 나는 열아홉 살이 되는 날부터 마치 죽을 날이나 당한 듯이 무서움과 조심스러움으로 그날그날을 지나지 않으면 안 되었다.

이곳에서 저곳을 떠날 일이 있어도 방위를 보고 벽에 못 하나를 박아도 손을 보며 생일 음식을 먹으려 하여도 부정을 염려하며 더구나 혼인 참례나 초상집에는 가까이 하지도 못하였으며 일동 일정을 재래의 미신을 따라서 하지 않는 것이 없었다.

하다못해 감기가 들어서 누웠더라도 무당과 판수가 푸닥거리와 경을 읽었다.

나는 어릴 때이라 그렇게 구속적이요 부자유한 법칙을 지키기도 싫었을 뿐 아니라 그때 동리에 있는 보통 학교를 다닐 때이므로 어머니의 말씀과 또는 하시는 일을 어리석다 해서 여간한 반대를 하지 않은 것이 아니었다. 그러나 그것이 어리석은 일인 줄은 알고 자기도 그것이 옳지 않은 일인 줄은 알면서도, 그것을 단단히 믿지 않을 수는 없었다. 제사 음식이 눈에 보이면 거기 귀신이 붙은 것 같기도 하여 어째 구미가 당겨지지를 아니하고 길에서 상여를 만나면 하루 종일 자기 생명이 위태한 것 같아서 아니 본 것만 못하였다. 장님을 보면 돌아가고 예방해 내버린 것을 볼 때는 자연히 침을 뱉었다.

쉽게 말하면 이 무서운 인습적 미신을 완전히 깨뜨려 버릴 수가 없다는
말이다.

3

나는 지금 그때를 돌아보면 여러 가지 행복을 아니 느낄 수가 없다. 아
버지가 끼쳐 주고 돌아가신 넉넉한 재산과 따뜻한 어머니의 자애로 무엇
하나 불만족한 것이 없이 소년 시대를 지내 오며 따라서 백여 호밖에 되
지 않는 촌락에서 가장 재산 있고 문벌 있는 얌전한 도령님으로 지내던
생각을 하면 고전적 즐거움을 아니 느낄 수가 없다.

더구나 지금도 거울을 앞에 놓고 내 얼굴을 들여다보면 그때에 보르통
하고 혈색 좋던 얼굴의 흔적은 숨어 버렸으나 잘 정제된 모습이라든지,
정기가 넘치는 눈이라든지 살적이 뚜렷한 이마라든지 웃음이 숨은 듯 나
타나는 듯한 입 가장자리에 날씬날씬한 팔 다리와 가늘은 허리를 아울러
생각하면 어디를 내놓든지 귀공자의 태도가 있었다.

그래서 동리에서는 나를 사위로 삼으려는 사람이 퍽 많았다. 하루에도
중매를 들려고 오는 사람이 두셋씩 있을 때가 많아서, 그 사람들은 서로
눈치들만 보고 서로 말하기를 꺼려 그대로 돌아간 일이 한두 번이 아니었
다.

그래서 어머니는 어느 것을 택해야 좋을는지 몰라서 적지 아니 헤매신
모양이요 또는 그 까닭으로 열네 살부터 말이 있던 혼인이 열아홉 살이
되도록 늦어진 것이다.

4

동리 처녀들 중에 내 말을 듣거나 또는 담 틈으로나 울 넘어로 나를 본

처녀는 모두 나를 사모하게 되었던 모양이다. 우리 집에서 셋째 집 건너 편에 있는 열여덟 살 먹은 처녀 하나는 내가 학교를 갈 적이나 집으로 돌아올 적에는 반드시 문 틈으로 내가 지나가기를 기다리는 것을 나는 본 일이 있었다. 어떠한 날은 대담하게도 내가 지나가기를 기다리려 자기의 노랑 수건을 내 앞에 던진 일까지 있었다. 또 어떤 처녀 하나는 자기 부모에게 자기가 나를 사모한단 말을 하여 직접 통혼까지 한 일이 있었으나 그 집안 문벌이 얕다는 이유로 어머니에게 거절을 당한 후에 그 여자는 병이 들었더니 그후에는 다른 데로 시집을 갔다고 할 적에는 나는 공연히 섭섭한 일이 있었다.

그 중에 가장 내가 귀찮게 생각한 것은 우리 동리에서 조금 떨어진 곳에 주막이 하나 있었는데 그 주막에 술 파는 여자가 나에게 반하였던 일이다. 그것도 내가 학교에 가는 길가에 있는 곳인데, 하루는 학교에서 운동을 하고 집에 돌아오는 길에 어떻게 목이 말랐든지 일상 어머니가, '물 한 그릇이라도 남의 집에서 먹지 말라.'는 경계를 어기고 그 주막에 들러서 그 술 파는 여자에게 물 한 그릇을 얻어먹은 일이 있었다. 그 여자란 것은 나이가 스물두서넛이 되어 보이는 남편이 있는 여자인데 눈이 크고 검으며 살이 검누르고 통통한 여자로 사람을 보면 싱글싱글 웃는 버릇이 있어 얼핏 보면 사람이 좋아 보이지마는 어디인지 음침한 빛이 있다.

그 이튿날 나는 그 주막 앞을 지나려니까 그 여자는 나를 보고 싱글 웃었다. 그날 저녁에도 싱글 웃었다. 그 웃음이 어떻게 야비한지 나는 그 웃음을 잊으려 하였으나 잊으려 하면 더 생각이 나서 못 견디었다.

그렇지만 그 앞을 아니 지날 수가 없어서 그 웃음을 보지 않으려고 고개를 돌리고 지나간 지 이틀 만에 그 여자는 내가 학교에서 돌아오기를 기다렸든지 문간에 나섰다가 나를 불렀다.

나는 질겁을 하여 머리끝이 으쓱하였다.

"여보시소, 서방님네."

"왜 그러는고."

나는 돌아보며 물었다.

"사내가 와 그렇게 무정한게요?"

나는 사면을 돌려보았다. 그 말하는 사람은 그만두고 그 말을 듣는 내가 몹시 더럽고 부끄러운 것 같은 까닭이었다. 나는 아무 말도 못하고 그대로 돌아서 가려 하니까, 그 여자는 나의 손목을 잡아 끌고 자기 집으로 끌고 들어가려 하였다.

"술이나 한잔 자시고 가시소."

하며 잡아다녔다. 술? 나는 말만 들어도 해괴하였다. 학교 규칙, 어머니, 학생, 계집, 주정, 음란 이 모든 것이 번득번득 연상이 되어서 온몸이 떨렸다.

"이 손 못 놓겠는게요."

나는 손을 뿌리쳤다. 그리고,

"나는 학생이래서 술 못 먹는 지러."

하고 뒤로 물러서며,

"나중에는 얄궂은 일을 다 당하는게로."

하며 앞만 보고 달려왔다.

집에 와서는 얼른 손을 씻어 그 여자의 손때를 떨어 버리고 옷까지 바꾸어 입었다. 그 음탕한 눈이며 살냄새가 눈에 보이고 코에 마치는 것 같아서 못 견디었다.

5

그후부터는 그 길로 학교를 갈 수가 없어서 길을 돌아가는 수밖에 없었다. 그전 길로 가면 오 리밖에 되지 않는 길을 십 리나 되는 산길을 돌아다녔다.

그런데 다행히 그 길에 중턱에는 우리 집 논이 있고 논 옆에는 우리 마름이 살므로 적이 안심이 되었다.

첫날 그 집 앞을 지날 때 나는 주인 된 자격으로라고 하는 것보다도 반가운 마음으로 그 집에 들어가지 않을 수가 없었다. 처음에 그 집 싸리문 짝 문을 들어서니 집 안이 너무 적적하였다. 이십 년 동안이나 우리 집 땅을 부쳐먹는 사람 좋은 늙은 마름도 볼 수가 없고 후덕스러 보이는 그의 마누라도 볼 수가 없다. 하다못해 늙은 개까지도 볼 수가 없었다.

나는 의아하여 고개를 기웃기웃하려니까 그 집 봉당 방문이 열리며 기웃이 고개를 내미는 사람은 그 집 딸인 임실이었다. 임실이는 어렸을 때 앞치마 하나만 두르고 발바닥으로 어머니를 따라서 우리 집에 드나든 일이 있으므로 나는 그 얼굴을 잘 알 뿐더러 어려서는 같이 장난까지 한 일이 있었다. 그러나 근 삼 년이나 보지를 못하였다.

어렸을 적에 볼 때에는 머리가 쥐꼬리 같고 때가 덕지덕지하며 코를 흘리는 것이 지금 보니까 제법 머리를 치렁치렁 발 뒤꿈치까지 따 늘이고 얼굴에 분칠을 하였는데 때가 쑥 빠졌다.

그는 반가웁다는 뜻인지 생긋 웃고 나를 보며 어서 오라는 듯이 나를 치어다보았다. 그리고는 아무도 없는데 온 것이 미안한 듯이 황망해하며 어떻게 이 갑작스러웁게 방문한 주인댁 도령님을 맞아야 좋을지 모르는 모양이다.

"죄다 어데 간는?"

나는 상전의 아들이 하인의 딸에게 향하는 태도로 물었다. 그는,

"들에 나갔는 게로."

하며 다시 한 번 나를 곁눈으로 살펴보았다.

길게 있을 시간도 없거니와 이따가 하학할 때에는 또다시 들릴 터이니까 오래 있을 필요가 없어서 그대로 학교를 다녀 돌아올 적에 다시 들렀다.

그때에는 마름 내외가 나를 기다리고 있다가 점심 먹으라고 밀국수를 해 주었다. 아마 그 계집애가 저의 부모에게 말을 했던 모양이다.

그후에는 올 적 갈 적 들렀다. 그 계집애도 상전과 부리는 사람의 관계

로 숙친하여졌다.

어떤 때 나의 옷고름이 떨어지면 그것을 달아 주고 혹 별다른 음식을 갖다가 내 앞에 놓을 때면 이상한 미소를 띠고 나를 곁눈으로 치어다보았다. 그 웃음이란 나의 눈에 보이기에도 몹시 유혹적이었으나 나는 실없는 계집년이란 생각밖에 나지 않았다.

6

그후에 하루는 내가 학질 기운이 갑자기 생겨서 하학 시간도 채 마치지 못하고 어떻게든지 집으로 가려고 무한한 노력으로 줄달음질 쳐 오다가 그 집 앞을 당도해 보니까 여태까지 참았던 마음이 홱 풀어지며 그대로 그 집 마루에 가 털썩 주저앉아 버린 일이 있었다. 그것을 본 마름들은 나를 방으로 데려다 누이고 일변 집으로 통지를 하며 또는 물을 끓인다, 미음을 쑨다 하여 야단을 하는데 그 중에 가장 난처하게 여기는 것은 나를 깔고 덮어 줄 이불 요가 없어서 걱정인 것이다.

자기네들이 깔고 덮는 누더기를 주인 상전의 귀여운 아들 더구나 유달리 위하는 아들의 몸에는 덮어 주기를 꺼리는 모양이다.

염려하는 것을 본 그 처녀는 얼핏 자기 방(아랫방)으로 가서 새로이 꾸며 둔 이불 요 한 채를 가지고 왔다. 그것은 자기가 시집 갈 때 가지고 가서 신랑하고 덮고 잘 이불을 준비해 둔 것이다.

그는 그것을 깔고 덮어 준 후, 발 아래를 잘 여미고 두덕두덕 매만져 주었다. 촌 여자의 손이지만 어데인지 연하고 부드러운 맛이 있어서 몹시 육감적 자극을 전하는 듯하였다. 그러고는 그 처녀는 내 앞을 잘 떠나지 않고 자기의 가장 아끼는 이불 요를 꺼내 덮어 준 것이 퍽 만족하다는 듯이 항상 이불과 요를 매만졌다.

어떠한 때에는 나의 이마도 눌러 주고 시키지도 아니하였는데 나의 베개를 바로 베 주기도 하고 허트러진 옷고름을 매 주기까지 하였다.

그때 그 당시로 말하면 내가 그 임실이쯤은 다른 의미로 생각할 여지가 없었고 더구나 임실이를 이성으로 생각한다는 것으로는 마음이 끌리지 아니하였으니, 그와 나의 지위의 간격이 너무 멀었음이 첫째 원인이며 허구 많은 여자를 다 제쳐놓고 임실이에게 마음을 끄을린다는 것은 그때 나의 관념으로도 우스운 일일 뿐 아니라 그런 일이 있다 하면 그것은 자기의 명예라든지 여러 가지의 사정을 생각하여 으레히 있지 못할 일이었으므로 더구나 임실이가 나에게 마음을 둔다 하면 그것은 마치 파수병정이 나라의 공주에게 반하는 것이나 마찬가지인 까닭이었다. 그러나 파수병정이 공주를 사모한 일이 만일 있었다 하면, 그것이 대개는 불행으로서 끝을 마치는 것과 같이, 임실이가 나를 사모한 것도 그러하였으니 그때는 그것을 깨닫지 못하였으나 그후에 그것을 깨달았을 때 나는 가슴이 몹시 아픔을 깨닫지 아니치 못하였다.

7

병이 나아서 다시 학교를 다닌 지 한 달 남짓한 때 나는 그 집에 들렀다가 그 집에서 마누라쟁이가 소리를 질러 떠드는 소리를 들었다.
"이 정츨 가스내야 죽어도 대답을 못하겠는가."
하며 임실이를 두들겨 주는 꼴을 보았다. 계집애는 죽어도 못하겠소 하는 듯이 입을 다물고 돌아앉아서 눈물만 흘리고 느껴 가면서 울 뿐이다.
"말해라, 그래도 못하겠는 게로?"
하고 그의 손에 든 방치가 임실의 등줄대를 내려 갈겼다.
임실이는 그대로 엎드러져서 등만 비비며 말이 없다.
어미는 죽어라 하고 두어 번 짓이기더니 나를 보고 물러섰다. 그 까닭은 이러한 것이었다. 임실이를 어떠한 촌에 사는 늙수그레한 농부가 후실로 달라고 하는데, 그 농부인즉 돈이 있고 땅도 많고 소도 많아 살기가 넉넉하나 상처를 하여 장가를 들 터인데 만일 딸을 주면 닷 마지기 땅에

소 두 마리를 주겠다는 말이 있음이다. 그러나 임실이는 죽어도 가기 싫다 하니까 그렇게 수가 나는 것을 박차 버리는 것이 분하고 절통한 일이 되어서 지금 경찰이 고문이나 하는 듯이 딸에게 대답을 받으려 함이었다.

나도 그 말을 듣고는 임실이를 철없는 계집애라 하였다. 그렇게 하면은 부모에게도 좋은 일이요 자기 신상에도 괜찮을 것이라 하였다.

나도 어미 편을 들었다. 그랬더니 어미는 더욱 펄펄 뛰면서 자 도련님 말씀을 들어 보라고 야단이다.

그러나 지금 생각하니 그 무심히 한 말이 그 계집애에게 치명상을 줄 줄을 누가 알았으랴. 지금도 생각만 하면 모골이 송연하다.

8

그후에는 임실이가 몸이 아파서 누웠단 말을 들었다. 나는 여러 가지로 생각을 하여 즉 말하자면 주인 된 도리로나, 날마다 지나다니며 폐를 끼치는 것으로나, 또는 내가 앓을 적에 제가 해 주던 공으로나 약 한 첩 아니 지어다 줄 수 없어서 그 병을 물어 보았으나 다만 몸살이라고 할 뿐이므로 무슨 병인지 몰라서 그것도 하지 못하였다.

그후 한 보름은 무사히 지나갔다. 임실이 병이 어찌 되었느냐고 물어 보지도 않았다.

그렇게 무심히 지내던 어떠한 날 저녁에 나는 어머니와 단둘이 방에서 잠을 자고 있었다. 날이 몹시 침울하고 날이 흐려서 안개가 자욱이 낀 밤이었다. 척척한 기운이 삼투를 하여 방 안으로 스며들었다.

나는 잠이 들었다가 깨었다. 깨기는 깨었으나 분명히 깨지도 못하였다. 눈에는 방 안에 있는 것이 분명히 보이나 정신은 잠 속에 잠겨 있었다. 시계 소리가 들리었으나 그것이 생시에 듣는 것 같기도 하고 꿈속에 듣는 것 같기도 하였다. 누구든지 가위를 눌릴 때 당하는 것같이 몸은 깨려 하고 정신은 깨지 않는 것과 같았다. 띵한 기운이 머릿속에 가득 차고 온몸이 녹는 듯이 혼몽하였다.

그러자 누구인지 문을 열었다. 석유불을 켜 놓은 등잔불이 더욱 밝아지더니 눈이 부신 햇빛같이 환하여졌다. 나는 이상하지도 않고 무섭지도 않았다. 생시나 같이 예사로웠다.

문이 열리더니 들어오는 사람이 있었다. 그것은 분명한 임실이었다. 그는 하얗게 소복을 입었었다. 그의 손에는 이상한 꽃가지를 들었었다. 문을 닫더니 내 앞에 와서 섰다. 그는 울음을 참는 사람처럼 처참하게 입을 다물었다. 그는 누구와 이별하는 것같이 몹시 슬픈 낯으로 나를 보았다. 그의 옷 빛은 똑똑하고 선명하게 내 눈에 비추었다.

그는 한참이나 나를 보고 있더니 눈에서 구슬 같은 물을 흘리더니 나의 가슴에 엎드려 울었다. 생시나 꼭 마찬가지 목소리로 나를 향하여,

"저는 지금 당신을 이별하고 영원히 갑니다. 생시에는 감히 말씀을 못하였으나 지금 마지막 당신을 떠나갈 때 제가 얼마나 당신을 사모하였는지 알 수가 없던 그 간곤한 정이나 알려 드릴까 하여 가는 길에 들렀사오니 영영 가는 혼이나마 마지막으로 저를 한 번 안아 주세요."

하고 가슴에 안겼다. 나는 벌떡 일어나며 임실이를 물리치며,

"버릇없는 가시네년, 누구에게 네가 감히 이따위 버르장을 하니."

하고 꾸짖었다. 그랬더니 임실이는 돌아서서 원망스럽게 나를 흘겨보면서 그러면 이것이 마지막이니 안녕히나 계시라고 어디로인지 사라졌다. 나는 그 사라지는 것이 연기와 같이 허무한 것을 보고 공연히 섭섭한 생각이 나고 가슴속이 미어지는 듯하여 그렇게 준절히 꾸짖는 나로서 다시,

"임실아! 임실아!"

하고 부르면서 따라 나가려 하였다. 그러나 정녕코 생시요, 모든 것이 분명하고 똑똑한데 다리를 떼어 놓으려면 다리가 떼어지지 않고 무엇이 꽉 붙잡는 것 같으며, 입을 벌리려면 혀가 굳어서 말이 나오지를 아니하여 무한히 고생을 하고 애를 쓰려 하였으나 마음대로 되지를 않았다. 그러자 누구인지 내 몸을 흔드는 듯해서 눈을 떠 보니 나는 자릿속에 누웠고 옆

에 어머니가 일어나 앉으셔서,

"왜 그러는?"

하고 물어 보신다. 여러 가지를 종합해 보아서 내가 꿈을 꾸었던 것이다.

꿈은 꿈이나 그것이 너무 역력한 까닭에 어머니께 그런 말씀도 하지 못하고 이상하다 하는 생각으로 날밤을 지내었다.

9

그 이튿날 아침에 학교를 갈 적에는 만사를 제쳐놓고 그 집부터 들렀다. 들르기도 전에 멀리서 나는 가슴이 서운하여 지지 않을 수가 없었다.

"먹을 것도 못 먹고 입을 것도 못 입고 임실이가 죽단 말이 웬 말이냐. 어미 애비 내버리고 네 혼자 어데 매로 간단 말고, 애고 애고 임실아 ……."

하며 어미의 우는 소리가 적적한 마을 고요한 공기를 울리고 내 귀에 들려 왔다. 공중에서 날아왔다. 날아가는 제비 새끼라든지 다 익은 낱알이 바람에 불리어 이리 물결치고 저리 물결치는 것이든지 그 울음소리에 섞이어 몹시 애처로운 정서를 멀리멀리 퍼뜨리는 것 같다.

나는 그 집에 들어가기 전에 벌써 직감적으로 무슨 일이 생긴 것을 알게 되었다. 더구나 시집도 가지 않은 처녀가 원한 품고 죽었구나! 하는 생각을 함에 무서운 생각도 나고 으스스한 느낌이 생겼다.

어미는 머리를 쥐어뜯이 가며,

"임실아! 가려거든 같이 가지, 너 혼자 간단 말고."

하며 통곡을 한다. 마름은 옆에 앉아 눈물을 씻고 있다. 농후한 애수가 그 집을 싸고 돈다.

마누라는 나를 보더니,

"도령님, 임실이가 죽었소."

하며 푸념 겸 하소연을 한다. 아랫방 임실의 누운 방문은 꼭 닫혀 있고 그 앞에는 임실이가 신던 신짝이 나란히 놓여 있다.

나는 이것이 정말이라 하면 너무 내 꿈이 지나치게 참말이요 거짓말이라 하면 이렇게 애통한 광경을 믿지 않아야 할 것이다. 꿈이 이렇게 사실과 결합되는 일이 세상에 어디 있으랴?

"몇 시쯤 하여 그랬는고?"

나는 생각이 있어서 시간을 물어 보았다. 마름은 눈을 꿈벅꿈벅하고 먼 산을 바라보고 꺼질 듯한 한숨을 내쉬더니,

"오경은 되었을 게로."

하며 대답을 하였다. 나는 눈을 더 한 번 크게 뜨지 않을 수가 없었다. 그러면 분명히 임실의 혼이 임실의 몸에서 떠날 때 나에게 즉시 다녀간 것이 틀림없었다.

10

나는 그날 학교를 그만두었다. 집에 돌아와서 몸이 아프다는 핑계를 하고 종일 드러누워 생각함에 실없이 임실이 생각이 나서 못 견뎠다. 나에게 그렇게 구소에 사무친 원한을 품고 세상을 떠난 것을 생각함에 내 사지 마디가 저린 것 같았다. 불쌍함과 측은한 생각이 나고 또는 적지 않은 미신적 관념이 공연히 나를 두려웁게 하였다.

그리고 일상 나에게 하던 것이라든지 내가 아플 때 나에게 하여 준 것이든지, 또는 시집 가기 싫어하든 것이든지, 병들었던 것을 생각하고 임실의 마음을 추측함에 임실이는 속으로 몹시 나를 사모하였던 것이 틀림없었다. 그러나 나는 상전이요 자기는 부리는 사람의 딸이었다. 고귀한 집 도령님을 사모한다고 말로는 차마 하지 못하였으나, 그는 속으로 혼자 가슴을 태웠던 것이다. 골수에 사무치도록 나를 생각하였던 것이다. 입이 있고 말을 하나 차마 가슴속에 든 것을 내놓지 못하였던 것이다.

그 모든 것을 생각할 때 나는 죽어간 임실을 몹시 동정하게 되었다. 다

시 한 번 만날 수가 있어 그의 진정을 들었으면 좋을걸 하는 생각까지 나고 나중에는 제가 생시에 그런 말을 하였다면 들어 주기라도 하였을 걸 하는 마음까지 났다. 말하자면 나는 임실이가 죽어간 뒤에 분한 마음이 변하여 사랑하는 마음이 되었던 것이다.

그날 저녁에 나는 자려 하나 잘 수가 없었다. 어머니는 무슨 영문도 모르시고 가지 각색 약을 갖다가 나를 권하였다. 그러시면서 내가 어제저녁에 꿈에 가위를 눌리더니 몸에 병이 생기었다 하시면서 매우 걱정을 하시었다.

그런데 나는 오늘 아침 임실이가 죽었다는 말을 하지 못하였다. 만일 그 집에를 들렀다는 말을 하면 처녀 죽은 귀신이 씌었다고 당장에 집안이 뒤집힐 터인 까닭이다.

나는 온종일 임실이 생각만 하다가 자릿속에 누웠다. 때는 자정이 될락말락하였었다. 어머니는 내가 잠들기를 기다리시느라고 옆에서 바느질을 하시고 계셨다. 사면은 고요하였다. 멀리서 닭 우는 소리가 들리었다. 나는 눈이 또렷또렷 잠 한잠 자지 못하고 누워 있었다. 그런데 누구인지 문간에서 문을 두드렸다. 어머님도 바느질 하시던 것을 그치시고 귀를 기울이셨다. 나도 고개를 돌렸다.

"도련님!"

분명히 임실의 소리다. 어머니와 나는 서로 쳐다보았다. 서로 의아한 것을 깨치기 위함이다. 어머니 한 사람이나 나 한 사람만 듣는 것이 아니라 서로 다 듣는다는 것을 알 때 나는 온몸이 으쓱하였다.

"도련님!"

목소리가 더 똑똑하고 날카로웠다. 나는 무의식하게 벌떡 일어나며 대답을 하려 하였다. 그러자 어머니는 얼핏 나에게로 달려드시며 쉬! 입을 막으라고 손짓을 하셨다.

"도련님!"

세 번째 소리가 날 때 나는 아무 말이 없었다. 그때 나는 등에서 땀이

나도록 무서운 생각이 나서 얼른 자릿속으로 들어왔다. 어머니는 그게 누구 소리냐고 날더러 물어 보셨다. 나는 어제저녁 꿈 이야기로부터 오늘 이야기를 아니할 수가 없었다. 내일이면 온 동리가 다 알 것을 속인들 소용이 없음이었다. 나는 그 이야기를 모조리 하였다. 그랬더니 어머니는 나를 책망을 하셨다. 그렇게 생명에까지 관계되는 것을 이야기하지 않으니 어찌 자식이며 어미냐고 우시기까지 하셨다. 나는 참으로 말 안한 것을 후회하였다. 그것은 귀신이 다녀간 것이라 하셨다. 세 번 부르기 전에 만일 대답을 하였다면 내가 죽을 것을 요행히 괜찮았다고 하셨다.

그날 저녁은 무사히 넘어갔다. 그 이튿날 어머니는 무당을 불러 오셨다. 무당이 내 말을 듣더니 처녀 죽은 귀신이 되어서 그렇다고 그 귀신을 모셔다가 아무 이러이러한 나무 위에 모셔 놓고 일 년에 한 번씩 제사를 지내 주라 하였다. 어머니는 그렇게 하기로 결정을 하셨다. 그 이튿날 임실이는 공동묘지에 갖다가 묻었다. 나는 서운한 생각으로 그날을 지냈다. 더구나 이 사람으로서는 믿을 수 없는 일을 자기가 직접 당하고 보니 이상하게 마음이 편치 못하였다. 더구나 처녀 귀신이 자기를 찾아다니는 것을 생각하고 여러 가지 미신을 종합해 생각할 때 적지 아니 불안하였다.

그날 밤에도 임실이가 꿈에 보였다. 이번에는 아주 다른 세상으로 가서 모든 세상의 더러운 것을 깨끗이 씻어 버리고 선녀처럼 어여쁜 얼굴과 고운 단장을 하고 찾아왔다. 나는 그의 손을 잡고 퍽 반가움을 금치 못하여 이번에는 내가 임실이를 생각하는 것이 분수에 과한 것같이 임실이는 숭고하여졌었다. 나는 꿈속에서 임실이를 사모한다 하였다.

그러나 임실이는 조금 비웃는 듯이 나를 보더니 만일 당신이 나를 사모하거든 지금이라도 같이 가자고 하였다. 그러면서 손을 잡아 끌었다. 어제저녁 찾아갔을 때 왜 대답도 아니하였느냐 하며 자 어서 가자고 손을 끌었다. 그때 잠깐 나는 꿈속에서나마 생시의 먹었던 정신이 들었던 모양이다. 임실이가 참 정말 임실이가 아니요 귀신 임실이라는 생각이 들더니 만일 임실이를 따라가면 자기도 죽는다는 생각이 나서 손을 뿌리치는 바람에 잠이 깨었다.

잠은 깨었으나 눈앞에 보던 기억이 역력하다.

가기 싫다고 손을 뿌리쳤으나 임실이 모양이 얼마나 숭고하고 어여뻤는지 옆엣집 계집애가 노랑 수건을 던져 주던 따위로는 비길 수 없이 나의 정열을 일으켰다.

일이 허황된 일이라면서도 꿈에 보던 임실이를 잊을 수 없다. 어떠한 경우에 사람이 추상적 환상에 반하는 일이 있는 것이나 마찬가지로 나는 꿈속에 임실이 혼에게 반하였던 모양이다. 나는 잊으려 하나 잊을 수가 없었다. 속으로 자기를 비웃으면서도 가슴속은 무엇에 취한 것 같았다.

어머니는 이 말을 들으시더니 더욱 근심을 하시면서 얼핏 장가를 들여야겠다 하셨다. 그리고 유명한 무당과 판수에게는 날마다 다니시다시피 하였다.

그 이튿날 또 그 이튿날 꿈에는 임실이가 보이지 않았다. 꿈속에서 다시 한 번이라도 만나 보았으면 할 때는 정작 오지를 않았다.

꿈을 꾸어서 만나 보고 싶은 생각이 첫날, 그 이튿날까지는 그리 대단치 않더니 날이 지날수록 심해져서 어떻게 꿈속에서 한번 만나 보나 하는 생각이 간절하여 일부러 그 생각만 하였었으나 허사였다.

그후부터 날마다 학교는 가지마는 그 집에는 자주 들르지를 않았다. 첫째 나 때문에 자기 딸이 죽었다는 칭원을 할까 겁나는 까닭이요, 둘째로는 그 죽은 방이 보기 싫은 까닭이었다.

그러나 아무리 하여도 잊혀지지를 않음으로 이번에는 잊어 보려고 애를 썼다. 어떤 때는 혼자 눈을 딱 감아 보기도 하고 어떤 때는 혼자 고개를 흔들어 눈앞에 보이는 것을 깨뜨려 보려 하였으나 더욱 분명히 보일 뿐이다. 그래서 이것도 귀신이 나의 마음을 이렇게 만들어 놓은 것이라고 해서 괴로웠다.

11

하루는 토요일이다. 임실을 잊어버리려 하나 잊어버릴 수 없는 생각이 나를 공동묘지까지 끌어 갔다. 풀이 우거져서 상긋한 냄새가 온 우주의 생명의 냄새를 나의 콧구멍으로 전하여 주는 듯하였다. 익어 가는 나락들은 무거운 생명의 알갱이를 안은 채 고개를 숙이고 있다. 널따란 벌판에는 생명의 기운이 넘쳐흐른다. 땅에서 솟아오르는 흙의 냄새가 새로이 나의 정신을 씻어 주는 듯하였다. 먼산에서 바람에 흔들리는 소나무들은 꿈틀꿈틀한 줄기와 뻣뻣한 가지로 힘있게 흩날린다. 맑게 갠 하늘에는 긴장한 푸른빛이 이쪽에서 저쪽까지 한 귀둥이 남겨 놓은 것 없이 가득이 찼다. 길 가는 행인들까지 걷어올린 두 다리에 시뻘건 근육이 힘있게 꿈틀거린다. 들로 나가는 황소 목에 달린 종소리까지 쨍쨍한 음향으로 공기를 울린다.

공동묘지는 우리 동리에서 북쪽으로 십오 리나 되는 산등성이에 있었다. 내가 묘지를 가는 것은 임실의 실체를 만나 보려 하는 것도 아니요 꿈속같이 임실이의 혼을 만나려는 것도 아니다. 임실이가 나를 그렇게까지 사모하다가 말 한 마디 하지 못하고 그대로 원혼이 되어 갔으며 또는 그 원혼이 그래도 나를 못 잊고 꿈속에까지 나를 못 잊어 내 눈에 보이며 또 그 원혼이 밤중에 나를 찾아왔다 하면 그 간곡한 마음을 다만 얼마라도 위로하는 것이 나의 의리있는 짓이라고 생각까지 난 까닭이었다. 그러면 사람이라는 것은 이상한 것이 되어 어떠한 물건에 의지하지 아니하면 그 마음이라든지 그 정성을 다하지 못하는 것이므로, 부처를 생각함에 흙으로 빚어 만든 불상이거나 예수를 경배함에 쇠로 만든 십자가가 아니면 그 마음을 한곳에 부치지 못하는 것과 같이 내가 임실이를 생각함에 그의 몸을 묻어 놓은 흙덩이 무덤이 아니면 나의 마음을 부쳐 보낼 수가 없음이었다.

　나는 이 무덤 저 무덤을 찾아서 임실의 무덤 앞에 섰다. 무덤이 무슨 말이 있으랴마는 나의 심정은 무엇으로 채우는 듯이 어색하여졌다. 죽은 사람의 무덤 위에는 새로 생명으로 솟아오르는 풀들이 파릇파릇 났다. 나는 세상에 가장 애처로운 정서로 얽어 놓은 이 무덤 속에 잠들어 있는 임실이를 위하여 무엇이라고 하여야 좋을지 아지 못하였다. 처녀로서 순결한 마음으로 일평생 한 번밖에 그의 정을 주어 보지 못한 임실의 깨끗한 몸이 여기에 놓여 있고 그 순결한 심정에서 곱게 피어오른 사랑의 꽃이 저 심산 속에 피었다 사라진 이름 모를 꽃 같은 것을 생각할 때 나의 마음은 숭고하고 결백함으로 찼었다.

　그러나 한 번밖에 피지 못하는 꽃이 나로 말미암아 피었고 그것이 나로 인하여 꺼져 버린 것을 생각할 때 말할 수 없이 아까웠다. 더구나 그 꽃은 꺼졌으나 그 나머지 향기가 그렇게 쉽게 사라지지 않고 피었던 자리 언저리에 남아 있어 없어지기를 아끼어 하는 것을 생각할 때 얼마나 나의 마음이 에는 듯하였는지 몰랐다.

　나는 무덤 가장자리를 돌아다녀 보았다. 그의 무덤은 보잘것이 없었다. 그의 무덤에는 찾아오는 이도 없었다. 그의 죽어간 뒤에는 그를 위하여 가슴을 태우는 이라고는 그의 어머니와 아버지가 있을 뿐이다. 그러나 죽어간 임실이가 그렇게까지 사모하던 내가 이 자리에 왔는 것을 아는지 모르는지 만일 참으로 넋이 있어 안다 하면 그가 그것을 만족히 여길는지 아닐는지? 나의 마음속에는 말할 수 없는 안타까움이 있을 뿐이었다.

　나는 옆에 피어 있는 석죽(石竹)을 따서 그것으로 화환을 만들어 무덤 앞에 놓아 주고 집으로 돌아왔다. 그후에는 전과 다름 없는 생활을 하여 왔다. 그리고 임실이도 꿈에 오지 아니하고 나도 임실의 생각을 잊어버리었다.

　그러자 일 년이 지나간 어떤 날도 또 다시 임실이가 왔었다. 그것은 바로 임실이가 죽은 지 일 년이 되던 날이다. 그후에는 연연히 그날이면 임실이가 보이더니 내가 서울 와서 공부하던 해부터는 그날이 되어도 오지

않았다. 지금은 아주 남의 이야기가 되어 버린 것같이 잊어버리었으나 문
득문득 그때 생각이 나면 그때 문간에서 나를 부르던 소리가 귀에 역력하
여 온몸이 으쓱하여진다.

17원 50전
—젊은 화가 A의 눈물 한 방울

첫째

사랑하시는 C선생님께 어린 심정에서 때없이 솟아오르는 끝없는 느낌의 한마디를 올리나이다.

시간이란 시내가 흐르는 대로 우리 인생은 그 위에서 뱃놀이를 하고 있습니다. 늙은이나 젊은이나 마음 아픈 이나 행복의 송가를 높이 외는 이나 성공의 구가(謳歌)를 길게 부르짖는 사람이나, 이 시간이란 시내에서 뱃놀이하지 않는 사람이 누구입니까?

오늘 이 편지를 선생님께 올리는 이 젊은 A도 시간이란 시내에 일엽편주(一葉片舟)를 띄워 놓고 곳 모르는 포구로 향하여 둥실둥실 떠갑니다.

어떠한 이는 쾌주하는 기선을 탔으며 어떠한 이는 높다란 돛을 달고 순풍(順風)에 밀리어 갑니다. 또 어떠한 이는 밑구멍 뚫어진 나룻배를 이리 뒤뚱 저리 뒤뚱 위태하게 젓고 갑니다.

어떠한 배에서는 하품하고 기지개켜는 소리가 들립니다. 또 어떠한 배에서는 장고를 두드리고 푸른 노래를 부르기도 합니다. 어떠한 배에서는 불그레한 정화(情話)의 소곤대는 소리가 들립니다. 어떠한 배에서는 여자의 애끓는 울음소리가 납니다. 어떠한 배 속에서는 촉루(髑髏)가 춤을 추고 어떠한 배 속에서는 노름꾼의 코고는 소리가 납니다.

그러나 이 A가 탄 배에서는 무슨 소리가 들리는 줄 아십니까? 때없는 우울과 비분과 실망과 고통과 원망이 뭉텅이가 되고 덩어리가 되어 듣는 이의 귓구멍을 틀어막을 듯이 다만 띵 하는 머리 아픔이 있을 뿐이외다.

나와 같이 배를 띄워 같은 자리를 지나가는 배가 몇백 몇천이 있습니다. 그들은 다만 서로 바라보며 기막혀 웃을 뿐이외다. 그리고 서로 눈물지을 뿐이외다.

선생님, 이 배가 가기는 갑니다. 한 시간에 5리를 가거나 단 1리를 가거나 가기는 갑니다. 그러나 그 배가 뒷걸음질 칠 리는 없을 터이지요. 가기만 하는 배는 우리를 실어다 무엇을 할까요? 흐르는 시간은 말이 없고 뜻이 없으매 다만 일정한 규칙대로 가기는 가겠으나 뜻없고 말없는 시간이란 시내 위에 이 A는 무슨 파문을 그리어 놓아야 할까요.

새벽 서리 찬바람에 치르럭 찰싹 뛰어노는 어여쁜 물결입니까? 아침 저녁 멀리 밀려 왔다 밀려 가는 밀물의 스르렁거리는 물결입니까? 초생달 갸두뜨름하게 비추인 푸르렀다 희었다 하는 깜찍한 파문입니까? 어떻든 저는 무슨 파문이든지 그 시간이란 파문 위에 그리어 놓아야 할 것이외다. 하다 못하여 시커먼 물결 위에 푸—하게 일어나는 거품일지라도 남겨 놓고야 말 것외다.

선생님! 그러나 그 파문을 그리려 하나 그릴 수가 없습니다. 하늘의 바람은 너무 강하고 몰려오는 물결은 너무 힘이 있습니다.

인습이란 물결이 아직은 편주를 몰아 낼 때와 육박하는 환경의 모든 시커먼 물결이 가려 하는 이 A라는 조그마한 배를 집어삼키려 할 때 닻을 감으랴 노를 저으랴 가려고는 합니다마는 방향을 정하려 하나 팔에 힘에 약하고 가려 하나 나를 이끌어 나아가게 하는 힘있는 발동기를 갖지 못하였습니다.

그나 그뿐입니까? 어떤 때에는 폭우가 내려붓고 어떠한 때에는 광풍이 몰려와 간신히 뒤뚱거리는 이 작은 배를 사정없이 푸른 물결 속에 집어넣으려 합니다.

아아, 선생님! 그나 그뿐이 아니외다. 어떠한 때는 어두운 밤이 됩니다. 울멍줄멍하는 노한 파도가 다만 시커먼 암흑 속에서 이리 뛰고 저리 뜁니다. 하늘에는 희망의 별 하나 보이지 않습니다. 저쪽 어귀에 희미하게 비추이는 깨알 같은 등대의 깜빡거리는 불도 꺼질 때가 있습니다.

그러나 저는 가렵니다. 약하고 힘없는 두 팔다리로 저 보이지 않는 포구를 향하여 형형색색의 파문을 그리면서 가기는 가렵니다. 오늘에 그리어 놓은 파문의 한 폭이 내일에 그릴 파문을 낳고 내일에 그리어 놓은 파문의 한 폭이 모레의 그것을 낳아 저쪽 포구에 이를 때에는 대양으로 가는 힘있는 여울 물결 위에 거룩하고 꽃다운 성공의 파문을 그리려 합니다.

아아, 그때에는 암흑에 날뛰는 미친 파도나 때없는 폭풍우나 밀려오는 인습의 물결이나 모든 환경의 그 모진 파도가 그 거룩하고 꽃다운 파문 하나는 지워 버리지 못할 것이며 삼키어 버리지 못할 것이지요. 이 작은 일엽편주는 그때가 되어 부딪쳐 깨어지거나 물결에 씻기어 사라지거나 저는 다만 죽어가는 목구멍 속으로라도 넘치는 환희와 복받치는 기쁨으로 영생의 노래를 부를 것이외다.

둘째

오늘은 웬일인지 일기가 전에 보지 못하게 음침합니다. 답답한 심사와 침울한 감정을 양기있고 청징하게 하려 애를 썼으나 그것은 실패하였습니다.

아침에 밥을 먹은 저는 12시가 되도록 습기 찬 방바닥에 누워 있었습니다. 오고 가는 공상이 어떠한 때는 저를 웃기더니 어떠한 때는 울리더이다. 저의 젊은 아내는 오색 종이로 바른 반짇그릇을 옆에 놓고 별 같은 두 눈을 깜빡거리며 저의 입고 나아갈 두루마기 끈을 달고 있었나이다. 저는 저의 아내를 볼 때마다 불쌍한 생각이 납니다. 나이 젊은 아내의 고생살이를 생각할 때마다 저의 심정은 웬일인지 쓰립니다. 제 옆에 앉아 있는 그 젊은 아내가 과연 저의 이상을 채우는 아내는 아니외다. 사랑과 사랑이 결합하여 된 부부가 아니외다. 자각있는 애인의 조화있는 사랑은 아니외다. 그는 무엇을 믿고서 나의 아내가 되었으며 무슨 각성을 가지고 나를 사랑하는지 알 수가 없습니다. 애인과 애인이 서로 만나는 것이 가장 큰 대담한 일이라 하면 애인도 아니요, 애인도 아닌 이 두 사람의 서로 결합된 것도 위태하게도 대담한 것이외다.

위태한 짓을 똑같이 한 이 A도 불쌍한 용자이지마는 그것을 지금까지 알지 못하는 저의 젊은 아내도 어리석은 용자이외다. 우리 두 사람이 과연 원만하게 사랑의 가락을 두 몸에 얽어 놓았습니까? 강대한 세력을 두 사람의 붉은 피 속에 부어 주는 것이 무엇입니까?

그러나 어린 자식은 절더러 '아빠, 아빠' 합니다. 그리고 저의 아내더러는 '엄마, 엄마' 합니다. '엄마 엄마'라 부르는 그 소리를 들을 때마다 알지도 못하게 저의 마음은 깨끗하여지며 어느 틈엔지 따가운 귀여움이 저의 가슴을 채웁니다. 어린애가 웃으면 저도 웃습니다. 그러면 저의 아내도 웃습니다. 저의 아내의 웃는 눈은 반드시 나의 얼굴을 바라봅니다.

철없는 아이가 재롱부려 웃을 때는 저의 웃음과 저의 아내의 웃음소리는 보이지 않는 공중에서 서로 얼크러져 입을 맞춥니다. 그때에는 모든 불평 모든 고통이 그 방 안에서 내쫓기어 버립니다.

오늘도 남향한 창에는 햇빛이 따뜻하게 드는데 철없는 어린 자식은 방 한 귀퉁이에서 자막대기를 가지고 몽클몽클한 두 다리를 쪽 뻗고서 무엇이 그리 재미있는지 콧소리를 쌔근쌔근하며 장난을 하고 있을 때 답답한 감정이 공연히 저의 상을 흐리게 하였으나 근지러운 살과 부드러운 입김을 가진 저의 아내가 고요한 침묵을 가는 바늘로써 바느질할 제 웬일인지 눈을 감은 저의 전신의 모든 관능은 힘을 잃은 것같이 노곤하여졌나이다.

잠들지 않은 나의 정신은 혼농한 가운데 젖어 있을 때 나의 아내는 무엇을 생각하였는지 "여보셔요, 날이 점점 추워 오는데 월급 되거든 어린애 모자 하나 사 오셔요." 하였습니다. 이 말을 듣는 저는 듣고도 못 들은 체하였습니다. 그리고 속마음으로는 '화구도 살 것이 있고 책도 좀 사야 할 터인데 어린애 모자는 천천히 사지.' 하며 아내의 말에 공연한 싫증이 났습니다. 그 싫증은 결코 아내의 말이 부당한 말이나 어린아이의 모자를 사다 주는 것이 아까워 그리 한 것이 아니라 경제의 압박을 당하여 오는 저는 돈이란 소리를 들을 때마다 쌓아 오고 쌓아 오는 불평이 공연히 좋던 감정도 얼크러뜨려 버립니다.

저의 아내는 여러 번 그런 일을 말하면서도 저의 대답하지 않는 것이 무안한 듯이 한참이나 아무 소리가 없다가 "왜 남의 말에 대답이 없소?" 하였습니다. 나는 여전히 말 대답이 없이 드러누워 있었습니다. 아내는 또다시 "어린애 모자 하나 사다 주기가 무엇이 그리 어려워서." 하더니 아무 소리도 없이 다 꿰맨 두루마기를 툭툭 털어 저의 누워 있는 다리 위에 툭 던졌습니다.

자막대를 가지고 장난하던 어린애는 모자 소리를 듣더니,

"때때모자? 응 엄마." 하고 벙긋벙긋 웃으면서 저의 아내를 쳐다보며 달려듭니다. 이것을 본 저의 아내는 토라졌던 얼굴을 다시 고쳤던지,

"글쎄 이것 좀 보시우. 모자 모자 하는구려." 하며 아무 말 없이 두 눈 위에 팔을 얹고 누워 있는 저의 가슴을 가만히 연하고 부드럽게 흔들었습니다. 저의 아내의 매끈매끈한 손가락이 저의 옷 위에서 꼼지락거릴 때에 저의 피부 밑으로 지나가는 신경은 무엇에 취한 듯한 감각을 저의 핏결 속에 전하는 듯하였습니다.

저는 다만 "왜 이리 구찮은……." 하고 팔꿈치로 아내의 손을 툭 치며 다시 돌아누웠습니다. 제가 본래 신경질임을 아는 아내는 조금도 노여워

하는 기색이 없이 다만 생글 웃으면서 가장 노한 듯이,

"고만두구려. 어서 옷이나 입고 나아가요. 대낮에 드러누워 있는 것이 갑갑해 못 견디겠구려."

하는 목소리는 웬일인지 마음 강한 저의 거짓 노여워함을 오래 가게는 못 하였습니다. 저는 다만 벌떡 일어나며 아내의 얼굴을 한번 쳐다보고,

"에이! 그 등쌀에 누워 있을 수가 있어야지. 두루마기 어쨌소?"

하며 웃음을 참지 못하고 빙그레 웃었습니다. 저의 아내도 웃음이 떠도는 얼굴에 거짓 노여움을 섞으면서,

"그것 아니고 무엇이오."

하며 방바닥에 놓여 있는 저의 두루마기를 가리켰습니다. 저는 다만 무안한 가운데도 우스운 생각이 나서 아무 말 없이 두루마기를 입고,

"지금 몇 시나 되었을꼬?"

하며 혼잣말을 하고는 모자를 집어썼습니다.

저는 바깥으로 나왔습니다. 젊은 아내와 정에 겨운 싸움을 하고 나온 저의 마음은 바깥에 나와 비로소 그 시간에 일어난 역사가 그립고 애착하는 생각이 났습니다. 새로운 공기와 푸른 하늘이 거의 공연히 센티멘털한 심정을 녹이며 부드럽게 하여 줄 때 웬일인지 반웃음과 반노여움을 섞은 저의 젊은 아내의 얼굴과 그 표정이 말할 수 없이 저의 마음을 매취(魅醉)케 하는 듯하였습니다.

저는 저의 친구를 찾아 MW사로 향하여 오면서 생각하는 것은 저의 아내뿐이었으며 그 아내가 청하던 어린 자식의 새 모자였습니다. 저는 월급을 타거든 모자를 사다 주리라 하였습니다. 그래서 어린아이의 마음을 기쁘게 할 뿐만 아니라 아이의 어머니 된 젊은 아내의 마음을 즐겁게 하여 주리라 하였습니다.

셋째

MW사에 왔습니다. DH, WC는 서로 바라보며 무슨 걱정인지 하고 있었습니다. 웬일인지 그 넓지 못한 방 안에서는 검푸른 근심의 그늘이 오락가락하였습니다. 저는,

"웬일들이야? 무슨 걱정들 있었나?"

하였습니다. 얼굴 검은 DH는,

"그렇지 않아도 자네를 기다리었네. 그런게 아니라 NC의 아내가 앓는다는 기별이 왔는데 본래 구차한 그 사람이 어떻게나 근심을 하겠나. 그래서 오늘 NC의 집까지 가 볼까 하고 자네를 기다리던 터인데."

"무엇이야? NC의 아내가?"

"그래."

"그것 안되었네그려. 그러면 언제 가려나? 차비들은 준비되었나?"

"그것은 내가 준비하였어."

"그러면 가 보세그려."

저는 다만 친구의 불쌍한 처지에 동정하는 마음을 견디지 못하였습니다. NC의 집은 시골입니다. 더구나 한적한 촌입니다. 그는 지금 자기의 손으로 농사를 짓습니다. 아침에 괭이 메고 논으로 갑니다. 저녁이면 시름없이 자기 집으로 돌아옵니다. 돌아온 그는 깜빡깜빡하는 유경 밑에서 깨알 같은 책을 봅니다. 그리고 시를 씁니다. 그의 시는 선생님도 보신 바가 있겠지요마는 참으로 완벽을 이룬 것이 적지 않습니다. 저는 NC의 한적한 생활을 부러워합니다. 조금도 불평이 없이 조금도 변함이 없는 그의 굳은 신앙 아래 살아가는 것을 저는 부러워합니다. 저는 그의 눈물을 못 보았습니다. 그의 한숨이 저의 귀를 서늘하게 하지 못하였습니다.

넷째

사랑하시는 선생님. 사람의 눈물이 있다고 하면 이러한 경우에 울지 않는 사람은 없을 것이지요? 만일 참으로 그 눈물이 눈물이라고 하면 이와 같은 눈물이 참눈물이겠지요.

오늘 저녁이외다. 저의 세 사람은 NC가 사는 시골에 왔습니다. 정거장에서 10리를 걸어 들어올 제 저희 세 사람은 참으로 공통된 의식, 공통된 감정을 머릿속과 가슴속에 품고 있었습니다.

멀리 보이는 작은 별들은 옛날의 동방박사들을 베들레헴으로 인도한 듯이 우리를 보고서 재롱부리어 깜빡거립니다. 다닥다닥한 좀생이는 간지러운 듯이 옹기종기합니다. 밤은 어둡고 길은 험하오나 저희를 이끌어 가는 그 무슨 세력의 선이 끝나는 저편에는 우정이라는 낙원이 있습니다. 동지라는 그리운 '에덴'이 있습니다.

말이 없고 소리가 없이 걸어가는 우리 세 사람은 다만 쓸쓸하고 적막하고 심심하고 무미담담한 NC의 집을 찾아가면서도 우리의 끓는 피와 타는 정열은 그 찾아가는 한적한 농촌을 싸고 도는 가만한 공기를 꽃답고 찬란하게 그리어 놓으려 하였습니다.

그러나 NC의 집에 다다랐을 때가 되었습니다. 초가집 가장자리를 싸고 도는 암흑 속에서 이리 갔다 저리 갔다, 혼자 왔다갔다하는 사람이 있었습니다. 우리는 그를 NC로 알았습니다. 우리는 다만,

"NC!" 하고 반가운 두 손을 내밀었습니다. 이것을 본 NC는 다만 아무 소리도 없이 파리한 두 손을 내어밀며 "야, 어떻게들 이렇게 내려왔나?" 하며 힘없는 말소리에 처량한 기운이 도는 목소리로 대답을 하였습니다. 우리 세 사람의 마음속에는 NC의 말소리를 들은 때에 그 무슨 애매한 의식을 깨달았습니다. 인생의 애가, 마음 아프고 가슴 저린 그 무슨 노래를 듣는 듯이 NC의 목소리에서는 푸른 기운이 돌았습니다.

NC는 아무 말이 없이 다만 번갈아가며 우리 세 사람의 손을 단단히 쥐었습니다. 그리고는,

"나의 아내는 30분 전에 영원한 해결의 나라로 갔네."

하였습니다. NC의 눈에서는 여태까지 보지 못하던 눈물이 흘렀습니다. NC의 가슴은 에고 붉은 피는 식고 애탄의 결정인 뜨거운 눈물은 다만 차디찬 옷깃을 적시고 시름없이 식어 버리더이다.

그 누가 말한 바와 같이 하늘에는 별이 있습니다. 땅에는 꽃이 있습니다. 바다에는 진주가 있습니다. 우리 사람에게는 뜨겁게 반짝이는 눈물이 있습니다. 누가 이것을 보고 울지 않는 이가 있고 누가 이 꼴을 보고 눈물 흘리지 않는 이가 있을까요? 우리 세 사람은 한참이나 선 채로 울었습니다. 친한 친구, 사랑하는 동지자의 사랑하는 아내의 죽어가는 것을 보았을 때 새삼스럽게 우리 인생의 모든 비애가 심약한 우리들을 울리었습니다.

다섯째

오래 뵈옵지를 못하였습니다. 1주일 동안이나 NC의 집에 있었습니다. NC의 아내의 장례는 저희가 시골에 간 지 이틀 뒤였습니다. 초가을은 으스스하였습니다. 나뭇잎은 시체를 담은 상여 위에서 시들어 가는 듯이 춤을 추었습니다. 상여꾼들의 목늘여 부르는 구슬픈 비가는 길고 느리게 공동묘지로 향하는 산고개를 넘어가더이다.

아! NC의 아내는 영원히 갔습니다. 동리를 거치고 산모퉁이를 지나서 영원히 갔습니다. 그러나 NC의 머릿속에서 끝없이 울고 있을 그의 환영은 길고 긴 세월을 두고 우리 NC를 얼마나 울릴까요? 회고(回顧)의 기억 속에서 시들스럽게 춤추는 그의 그림자는 몇 번이나 NC의 두 눈을 감개무량하게 하겠습니까? 새벽 서리 차디찬 밤, 초생달 갸웃스름한 저녁에 애타는 옛 기억, 마음 아픈 옛 생각은 어느 곳 어느 자리에서

NC를 울릴까요?

제가 NC의 아내의 장례에 참석하였을 때에는 저도 또한 죽음과 생의 경계선에 서 있는 듯하였습니다. 죽음과 삶이라는 것이 무엇이 다른 것인가요? 살아 있다 함은 육체에 혈액이 돌고 모든 것을 의식하고 모든 것을 감각한다 함입니까? 죽음이라 하는 것은 모든 관능이 육체의 썩어짐과 함께 그 활동을 잃어버린다 함입니까? 저는 무한한 비애를 아니 느낄 수가 없습니다.

여섯째

어저께 시골서 올라왔습니다. 오늘은 웬일인지 일기가 청명하더이다. 가 넓고 달콤한 공기가 저의 코 속을 통하여 쉴 새 없이 벌룩거리는 폐 속으로 지나 들어갈 때 어저께까지 시든 듯한 저의 혈액은 다시 정해진 듯하더이다.

《낙망(落望)》이라는 그림을 그리면서 낙망을 염려하는 저는 쉬지 않고 꽃다운 희망을 저의 가슴을 채웠습니다. 그윽한 법열(法悅) 속에서 브러시와 팔레트〔調色板〕를 움직일 때 저는 살았었으며 생의 진실을 맛보았습니다. 다만 제가 팔레트 판을 들고 캔버스를 격(隔)하여 앉았을 때가 저의 참 생이었습니다. 《낙망》이라는 모토를 가진 그림을 그리면서도 무한한 장래와 끝없는 유열이 있었습니다. 애인의 손을 잡고 그의 귀밑에 눈물을 떨어뜨리며 자기의 흉중(胸中)을 하소연할 때와 같이 정결하고 달콤한 맛이 저의 전신을 물들였습니다.

오늘은 웬일인지 정신이 청징하였습니다. 1주일 가까이 자극이 적은 향토에서 논 까닭인지는 알 수 없으나 어떻든 한아한 정신으로 노곤한 안일 속에 오늘 하루를 지내었습니다.

그러나 안일에도 권태가 있고 법열도 깨일 때가 없지 않았습니다. 육체의 권태는 정신까지 권태하게 하더이다. 또다시 법열까지 깨뜨려 버리더이다.

저는 기지개 한번 하고 팔레트 판을 내던졌습니다. 그리고 캔버스를 집어치우고 외투를 입고 모자를 쓰고 시계를 보았습니다. 그 시계는 2시를 가리키고 있었습니다. 저는 두 시간의 여가가 있음을 알았습니다. 그래서 그 권태를 녹이기 위하여 SO의 집으로 가려 하였습니다.

SO는 불쌍한 여성이외다. 한 다리가 없는 불구자이외다. 나이는 20세이외다. 그는 한쪽 없는 다리를 끌면서 추우나 더우나 학교에를 10여 년이나 다녔습니다. 제가 중학교 4년급 다닐 때에 아침이면 같은 길모퉁이에서 만나는 것이 연(緣)이 되어 그와 사귀게 되어 지금까지 3년 동안을 지내 왔습니다.

그에게는 나이 늙은 어머니 한 분밖에는 없습니다. 아침이나 저녁에 학교에 가고 학교에서 오는 것을 바라보고 기다렸다 합니다. 학교에서 무슨 일이 있어 늦게 돌아오게 되면 그의 늙은 어머니는 반드시 학교 문 앞까지 와서 자기의 딸을 기다리고 있었다고 합니다.

아아, 선생님. 불구자의 모녀의 생활은 참으로 눈으로 볼 수 없고 생각할 수 없게 불쌍하고 참담합니다. 그의 물질적 생활은 이 세상에서 제일 비참합니다. 그는 남의 집 곁방에서 바느질품으로 그날그날의 생활을 계속하고 있습니다.

오늘도 그 불쌍한 불구자를 찾아왔습니다. 문을 들어서며 기침을 두어 번 하였습니다. 그러나 웬일인지 그전에는 반드시 반가워 맞아 주던 그 불구자의 여성, 오늘은 그의 그림자를 볼 수가 없었습니다.

문간에 들어선 저의 마음은 저녁때쯤 산골짜기를 헤매는 듯이 휘휘하였습니다. 가련한 불구의 여성이 나를 맞아 주지 않는 것이 저의 마음을 울게 하였습니다.

저는 또다시 기침을 하고 구멍이 뚫어지고 문풍지가 펄럭펄럭하는 방문을 열려 하였습니다. 그러나 저는 그 문을 열지 못하였습니다. 숭숭 뚫어진 문 틈으로 새어 나오는 불구인 여성의 모녀의 울음소리는 저의 감정을 연민의 정으로 물들였습니다. 저는 다만 망연하게 아무 말 없이 서 있었습니다. 말없이 서 있는 저의 주위는 날연한 공기가 불구자의 어머니와 불구인 여성의 울음소리를 싣고서 시들어지는 듯이 선무(旋舞)를 추었습니다.

조금 있다가 문이 열리더니 나오는 사람은 그의 늙은 어머니였습니다. 그는 치맛자락으로 눈물을 씻으면서 저를 바라보더니,

"오셨습니까? 어서 방으로 들어가시지요."

하며 돌아서서 코를 풀었습니다. 저는 무엇이라 물어 볼 말도 없거니와 또다시 말할 것도 없어 다만,

"네, SO는 있나요?"

하며 방 안을 들여다보았습니다. SO의 어머니는,

"네, 있어요."

하고 저의 말에 대답을 하더니 다시 방 안을 들여다보며,

"얘, 선생님 오셨다."

하였습니다.

방 안에는 SO가 돌아앉아 여태껏 울고 있는지 차마 고개를 돌리지 못하고 다만 치마끈으로 눈물만 씻고 있었습니다. 그러나 제가 온 것을 보고서는 그대로 고개를 숙이고 몸을 틀어 돌아앉으면서,

"어서 오십시오."

하고 발갛게 피가 오른 두 눈으로 저를 쳐다보더니 다시 눈을 방바닥으로 향하였습니다. 저는 들어가기를 주저하였습니다. 그렇다고 그대로 돌아갈 수는 없었습니다. 저는 구두를 끄르고 그 방 안으로 들어갔습니다. 방 안으로 들어가려 할 때 마루끝에 놓여 있는 SO의 다리를 대신하여 주는 나무때기가 저의 발에 채여 덜컥하였습니다. 저는 그때 근지럽고 누가 옆에서 '에비' 하고 징그러운 것을 저의 목에다 던져 주는 듯이 진저리를 치는 듯이 방 안으로 뛰어들어갔습니다.

SO는,

"오늘은 시간이 없으세요?"

하며 다른 때와 다르게 유심히 저를 쳐다보았습니다. 저는,

"이따가 4시에나 시간이 있으니까요. 잠깐 다녀가려고 왔어요."

하고 자리를 정하고 앉았습니다.

"댁에 무슨 좋지 못한 일이 생겼습니까?"

하고 저는 그의 운 이유를 알아보려 하였으나 그는 다만,

"아녜요."

하고 부끄러움을 띠며 아무 말이 없었습니다.

저도 또다시 무엇이라 물어 볼 수가 없어서 다만 사면만 돌아다보며 아무 소리가 없었습니다.

SO는 한참이나 가만히 있었습니다. 그러다가 반쯤 떨리는 목소리로,

"선생님."

하고 저를 부르더니 또다시 아무 말이 없이 한참이나 꼼지락꼼지락하는 손가락만 바라보다가 저의,

"네."

하는 대답을 재촉하는 듯이 또다시,

"선생님."

하였습니다. 저는,

"네."

하고 그의 구부린 머리의 까만 털만 바라보았습니다.

"저는 병신입니다."

하더니 여태까지 참았던 눈물이 또다시 떨어져 방바닥으로 시름없이 굴렀습니다. 이 소리를 듣는 저도 같이 울고 싶었습니다.

"저는 병신인데요."

하고 힘있는 어조로 또다시 한 말을 거푸 하더니 그대로 방바닥에 엎드려져 울면서 목멘 소리로,

"병신인 저도 피가 있고 감정이 있습니다. 뜨거운 눈물과 새빨간 정열

이 있습니다. 그리하나 불쌍한 저는 그 눈물을 가지고 혼자 우나 그 눈물을 알아 주는 사람이 없으며 그 정열을 혼자 태웠으나 그것을 받아 주는 이가 없어요. 불쌍한 사람은 세상에서 더욱 불쌍한 구덩이에 틀어박으려 할 뿐이에요."

하고 느껴 가며 울었습니다.

"저를 A씨는 불쌍히 여겨 주십니까? 만약 참으로 불쌍히 여겨 주신다면 이 저의 마음까지 알아 주세요."

하고 애소하듯이 저의 무릎에 엎드려 울었습니다.

선생님, 누가 이 말을 듣고 울지 않는 자가 있으며 누가 불쌍히 여기지 않는 자가 있을까요? 저는 다만 SO를 끼어안고 한참이나 울었습니다.

"SO씨 울지 마세요. 나는 당신을 불쌍히 여깁니다. 참으로 동정합니다."

"그러면 한 다리 없는 불구자인 저를 길이 길이 사랑하여 주시겠어요?"

이 말을 들은 저는 다만,

"네?"

하고 아무 말이 없었습니다. 저는 그 말에 대답을 하지 못하였습니다. 저의 눈앞에 나타나 보이는 것은 저의 나이 젊은 아내였습니다. 자막대기 가지고 놀고 있던 어린아이였습니다. SO는,

"네 A씨, 대답을 하여 주세요."

하고 저를 애소하는 두 눈에 방울방울 눈물을 고이고서 쳐다보았습니다.

아! 선생님. 이 SO를 저는 참으로 불쌍히 여깁니다. 참으로 동정합니다. 그가 눈물을 흘릴 때에 나도 눈물을 흘립니다. 그가 속태울 때에는 나도 속을 태우려 합니다. 하늘 아래 지구 한 점 위에서 꼼지락거리는 이 병신인 SO를 저는 힘껏 붙잡고 울더라도 시원치가 못할 것입니다. 그러나 선생님, 그 불쌍히 여기는 마음이 생기는 그 찰나 사이에 벌써 사랑이라는 것이 간 것이 아닐까요. 그의 손을 잡고 따라서 같이 우는 것이 사

랑이 아니었을까요?

그러나 이 불구의 여성을 사랑할 수는 없었습니다. 불구의 여성은 저를 사랑하려 합니다마는 저는 여성의 사랑을 얻고서 도리어 가슴이 아팠습니다. 진정한 사랑을 받으면서 그것을 물리치지 않을 수가 없었습니다.

저는 불구인 여성의 뜨거운 사랑을 받기에는 너무 불행한 사람이외다.

선생님, 육체의 불구자는 불구를 동정한 저로 말미암아 사랑의 불구자가 될 줄이야 꿈에나 알았사오리까? 사랑은 곧은 것이요 굽은 것이 아니니 저는 벌써 그 곧은 길 위에 선 사람이외다. 저의 아내를 사랑하지 않는 바가 아니었나이다. 그러면 저는 저의 아내에게로 향하는 꼿꼿한 사랑을 일부러 꺾어 이 불구의 여성을 사랑할 수 없었습니다. 불구의 여성이므로 그를 동정하는 동시에 저의 사랑을 불구가 되게 할 수는 없었습니다. 그러나 이 불구자의 눈물은 그 눈물이 저의 무릎 위에 떨어지는 때부터, 아니올시다. 그의 사랑이 저에게로 향할 때부터 벌써 그의 가슴에 어리어 있는 사랑을 불구자 되게 하였습니다. 그의 한 다리가 없는 것과 같이 그의 사랑은 한 쪽 없는 사랑이었습니다.

저는 다만,

"SO씨, 울지 마세요. 저의 가슴은 SO씨의 눈물로 인하여 녹아 버리는 듯하외다. SO씨의 눈물 방울이 저의 마음 위에 한 방울씩 두 방울씩 떨어질 때마다 그 무슨 화살로 꿰뚫은 듯이 아프고 쓰립니다."

할 뿐이었나이다.

"A씨, 저는 다만 A씨 한 분이 저를 참으로 사랑하여 주실 줄 알았었는데요."

하는 SO는 그 무슨 대답을 기다리는 듯이 아무 말이 없었습니다. 저는 다만,

"그만 우세요. 자…… 일어나세요."

하고 가리지 못한 눈물을 씻을 뿐이었나이다.

저는 어제날까지 많은 여성의 사랑을 받는 자를 행복자라 하였었습니

다. 그러나 오늘 이 불구자의 하소연을 들을 때에 비로소 저의 가슴이 아팠습니다. 한 개의 사랑을 두 군데로 자르려 할 때 그 아픔을 알았었습니다. 그 쓰림을 알았습니다. 한 개인 사랑을 가진 한 사람이 여러 사람의 여러 사랑을 받는 것의 그 가슴 저리고 불행한 것을 알았습니다.

아! 그러나 그 불구자는 더욱더욱 불구자가 되어 갈 터이지요. 낙망과 원한의 심연에서 하늘을 우러러 그의 불행을 부르짖을 터이지요? 그 부르짖음의 애처로운 소리는 저의 피를 얼마나 식힐까요? 그 소리는 영원토록 저의 귀밑에서 슬퍼 울 터이지요?

선생님! 저는 참으로 사랑하는 여성의 사랑을 매정하게 물리쳐야 할 것입니까? 영원토록 받아 주어야 할 것입니까? 불쌍한 자의 울음을 들어 주어야 할 것입니까? 불구자의 애소의 눈물을 저의 가슴에 파묻히도록 안아야 할 것입니까? 저는 다만 기로에 방황하며 약한 심정을 정하지 못하고 헤매일 뿐이외다.

"네, 알았습니다. 그러나 저는 SO씨의 말씀에 그렇게 속히 대답할 수는 없습니다."

"그러면 언제 대답을 하여 주시겠습니까?"

"네, 그것은 천천히 해 드리지요."

하는 묻고 대답하는 말이 우리 두 사람 가운데에는 교환되었습니다. SO는 의심하는 듯이,

"그러면 저를 절대로 사랑하여 주시지는 않는다는 말씀이지요. A씨의 가슴에는 저를 위하여서는 절대의 사랑이 없으시다는 말씀이지요?"

하며 원망하듯이 저를 쳐다보았습니다. 저는 무엇이라 대답하는지 몰랐습니다. 참으로 저에게 절대의 사랑이 그때 있었습니까? 참으로 없었습니다. 절대의 동정과 연민은 있었을는지는 알 수 없어도 절대의 사랑은 없었습니다. 타산이 있었으며 주저가 많았습니다. 어떠한 때에는 불구자라는 근지러운 대명사가 저를 진저리치게까지 하였습니다. 아무 대답도 없는 저를 보던 SO는,

"저는 알았습니다. 저는 영원토록 불구자이외다. 한귀퉁이가 이지러진 사랑의 소유자이외다. 그뿐 아니라 저는……."

하더니 단념과 원망이 엉킨 두 눈에는 어리석은 눈물이 어느 틈에 말라 버리고 냉소와 저주가 맺힌 듯할 뿐이었습니다. 이 소리를 듣는 저는 어쩐지 마음이 으스스 차고 몸이 달달 떨리는 듯하여 그의 눈물을 다시 보고 싶었습니다. 그리고는 그의 단념과 원망과 냉소와 저주의 맺힌 듯한 표정을 볼 때 저는 또다시 그의 마음을 풀어뜨리어 힘없고 연하게 울리고 싶었습니다. 저는,

"SO씨!"

하고 그의 손을 잡으며,

"저는 영원토록 SO씨를 잊지는 못하겠습니다."

하였습니다. 그는,

"네, 저를 잊지는 말아 주세요. 저도 눈을 감을 때까지는 A씨를 잊지는 못하겠지요."

할 뿐이었습니다.

일곱째

SO의 집에서 나온 저는 학교를 향하여 갔었습니다. 아까까지 청징하던 심신은 웬일인지 불구인 여성의 집을 다녀온 후부터는 흐릿하고 몽롱할 뿐만 아니라 침울하고 센티멘털로 변하였습니다.

저는 학교에를 갑니다. 한 시간의 도화(圖畵)를 가르치기 위함보다도 그 보수를 바라고 갑니다. 세상의 제일 불행한 범죄가 있다 하면 아마 이와 같은 자이겠지요. 뜻하지 않고 내 마음에 있지 않은 짓을 한 뭉치의 밥덩어리와 김치 몇 쪽을 충복할 식물을 위하여 알면서 행한다 하면 죄인 줄 알면서 타인의 물건을 도적한 기한(飢寒)에 쪼들린 자와 얼마나 나을 것이 있었겠습니까? 남의 물건을 도적한 자의 양심이 떨린다 하면 그만

큼 비례한 저의 양심도 떨리었을 것이며 박두하는 기한에 못 이기어 다른 사람의 물건을 도적한 사람의 생을 갈구한 것을 동정할 것이라면 생명을 이어 얻기 위하여 자기의 양심을 속이는 이 A라는 화가도 또한 동정을 구할 수가 있을 것일는지요?

저는 학교 정문에 들어섰습니다. 그때 마침 M 교주가 학교를 다녀가는 길인지 자동차에 오르려 할 때였습니다. 그때에 그 간사한 이 선생은 M 교주의 팔을 부축하여 자동차 속으로 몰아넣었습니다. 저는 이것을 보고 크게 웃었습니다. 옆에서 저의 웃는 것을 보는 박 선생은,

"왜 웃으시우?"

하며 눈을 흘기더니,

"그게 무슨 무례한 짓이오?"

하더이다. 저는 또다시 한 번 껄껄 웃으면서,

"박 선생은 나의 웃는 의미를 모르시는구려."

하고는,

"인형이외다, 인형예요. 두 팔 두 다리가 있고도 못 쓰는 인형이외다. 인형은 인형이니까 말할 것도 없지마는 인형을 부축하는 어리석은 사람을 보구서는 나는 아니 웃을 수가 없지요."

하고는 그대로 돌아서서 교실 안으로 들어갔습니다.

오늘은 그믐날이외다. 월급 타는 날이외다. 사무실에 들어선 저는 다만 보이는 것이 회계의 동정뿐이었습니다. 그리고 그 돈을 가지고 쓸 궁리를 하고 있었을 뿐이었습니다. 오늘은 어린애 모자를 하나 사다 주고 사랑하는 아내의 목도리를 하나 사다 주어야 하겠다 하였습니다.

25원이라는 월급을 기다리는 저의 몸이 불쌍해 보였습니다. 그리고 공연히 심중이 났습니다.

교실에 들어가 백묵을 들고서 칠판 위에 그림을 그릴 때에는 모든 학생들까지 밉살스러울 뿐이었습니다. 그리고 그 학생들이 저의 운명을 이렇게 만들어 준 듯하기도 하였습니다. 저는 마음에 없는 한 시간을 아니 지

낼 수가 없었습니다.

그날은 학생들에게 숙제를 해 오라고 한 날이었습니다. 근 40명 학생 중에 숙제를 해 오지 않은 학생이 다섯이 있었습니다. 그 중에 그 중 나이 적고 옷을 헐벗은 학생은 제가,

"왜 숙제를 안 그려 왔소?"

할 때 그는 다만 아무 말 없이 한참이나 있더니 뜨거운 눈물을 흘리면서 자꾸자꾸 울고 섰을 뿐이었습니다. 다른 애 학생은 여러 가지 핑계로써 선생인 저를 속이려 하였습니다.

저는 그 눈물 흘리는 학생을 바라보고 또다시 다 뚫어진 양말을 볼 때 어쩐지 측은한 생각이 나서,

"왜 대답은 아니하고 울기만 하시오?"

하며 그의 어깨에 팔을 대니 선생인 저의 손이 그의 어깨를 어루만지는 것이 더욱 그의 감정을 느즈러지게 하였던지 더욱더욱 느끼어 울 뿐이었습니다. 그러다가는 복받치는 울음소리와 함께,

"집에서 돈이 없다고 도화지를 사 주지 않아요."

하였습니다.

선생님! 제가 이 학생을 벌 줄 자격이 있습니까? 없습니까? 저는 다만 창연한 두 눈으로 그 어린 학생을 바라보며,

"여보시오, 참마음만 있으면 그만이오. 나는 당신의 그림 그려 오지 않은 것을 책하려 한 것이 아니라 당신의 참성의가 없었는가 하는 것을 책하려 함이었소. 당신의 눈물 한 방울은 오늘 그려 오지 못한 그 그림보다 몇 배의 가치가 있는 것이오."

하였습니다.

하교 후 사무실로 나왔습니다. 회계는 나를 보더니 아주 은근한 듯이,

"A 선생님, 이리로 좀 오십시오."

하고 자기 곁으로 부르더니 봉투에 집어넣은 월급을 저의 손에 쥐어 주면서,

"담뱃값이나 하십시오."

하였습니다. 저는 그것을 받는 것이 어쩐지 부끄러웠습니다. 그래서,

"네, 고맙습니다."

하고 그대로 보지도 않고 주머니에 넣었습니다.

날은 점점 어두워 가느라고 회색의 저녁빛이 온 시가를 싸고 도는데 저는 학교 문 밖에 나와서야 그 봉투를 다시 끄집어 내어 그 속에 있는 돈을 꺼내어 보았습니다.

그 속에는 17원 50전, 17원 50전이 들어 있었습니다.

저는 멈칫하고 섰었습니다. 그리고,

'어째서 17원 50전만 되나?'

하고 한참이나 의아하여 생각을 하고 있을 때에 문득 생각나는 것은 NC의 집에 갔었던 것이외다. 아내 잃은 친우를 찾아갔던 1주일간의 노력의 대가는 학교에서는 제하여졌습니다.

아! 선생님, 저의 손에는 17원 50전이 있습니다. 1개월 노력의 대가는 17원 50전이외다. 불쌍한 젊은 화가의 양심을 부끄럽게 한 죄의 대가가 17원 50전이외다.

저는 하는 수 없었습니다. 회색 봉투에 집어넣은 그 돈을 들고 SO의 집까지 무의식중에 왔습니다. 하늘의 구름장 사이로는 가렸다 보였다 하는 작은 별들이 이 우스운 젊은 A를 비웃는 듯이 내다보고 있었습니다. 회색의 감정이 공연히 저의 마음을 울분하고 원망스럽게 하였습니다.

SO의 집에는 무엇하러 왔을까요? 그것은 저도 알지 못하였습니다. 문간에 와서야 내가 무엇하러 여기를 왔나 하고 그대로 집으로 돌아가려 하였습니다. 그러나 저의 가슴에서 때없이 울고 있는 그 무슨 하모니는 저의 발을 SO의 집 안으로 끌어들였었습니다. 그러나 저는 그전과 같이 서슴지 않고 그대로 들어갈 수가 없었습니다. 조그마한 집, 조그마한 문으로 흘러 나오는 무거운 공기는 급히 흐르는 시냇물같이 저의 가슴으로 몰려오는 듯하였습니다.

저는 다만 문간에 서서 도적놈같이 문 안을 엿듣고 망설였습니다.

선생님! 사랑도 아무것도 하지 않겠다고 할 적에는 서슴지 않고 아무 불안도 없이 다니던 제가 오늘은 어찌하여 죄 지은 자 모양으로 들어가기를 주저하였으며 가슴이 거북하였을까요?

죄악이 아닌 사랑을 주려 하는데 저는 가슴이 떨림을 깨달았으며 잘못이 아닌 사랑을 준다는 사람의 집에 들어가기를 주저하였습니다.

저는 10분 동안이나 서 있었습니다. 그때에 또다시 그 불구자의 모녀의 울음소리가 들렸습니다. 그 울음소리는 그전보다 더 저의 마음을 훑는 듯하고 쪼개는 듯하였습니다. 그리고 모든 비애를 저의 가슴 위에 실어 놓는 듯이 무겁게 슬펐습니다. 그러나 저의 눈에는 눈물이 없었습니다. 학교에서 받은 1개월 노력의 대가인 17원 50전이 울분하게 하였음이 공연히 저의 눈물까지 막아 버렸습니다.

저는 한참이나 그 울음소리를 들었습니다. 그 울음에 섞이어 나오는 늙은 어머니의 떨리는 목소리로 분명치 못하게 들리는 것은,

"SO야, 이제는 그만 한길 귀신이 되었구나."

하는 살이 얼어붙는 듯한 불쌍한 소리였습니다.

저는 그제야 그 눈물을 알았습니다. 불구자의 모녀는 몸을 담을 집이 없습니다. 그는 오늘에 몇 푼 안 되는 세전(貰錢)으로 말미암아 이 집에서 내어쫓깁니다.

창 밖에서 듣고 있는 이 A의 주머니에는 17원 50전이 있습니다. 이 A는 그래도 한길에서 방황하지는 않겠지요? 저는 그 주머니의 17원 50전을 꺼내었습니다. 그리고 연필로 봉투에 A라 썼습니다. 저는 그 찰나간에 절대의 동정이 저의 가슴속에서 약동하였습니다. 저의 피를 뜨겁게 힘있게 끓게 하였습니다.

저는 그 돈을 문을 소리없이 열고 가만히 마루 위에 놓았습니다. 그리고 절도와 같이 그 문을 떨리는 다리로 얼른 뛰어나왔습니다. 그리고 뒤도 돌아보지 않고 저의 집으로 향하여 갔습니다.

집에서 아내가 돌아오기를 고대하겠지요. 어린 자식은 아버지 오면 때

때모자를 사 준다고 몽실몽실한 손을 고개에 괴고 이 젊은 아버지 돌아오기를 바라고 있을 터이지요?

그러나 월급날인 오늘의 저의 주머니는 벌써 한 닢도 없는 털터리가 되었습니다. 저의 들어가는 대문 소리를 듣고 다른 날보다 더 반가이 맞아 주는 젊은 아내에게 그의 마음을 만족시켜 줄 아무것도 없습니다. 어린 자식의 기뻐 뛰는 마음을 도리어 풀이 죽게 할 뿐이겠지요.

그러하오나 어두움 속으로 파고 들어가듯이 암흑(暗黑)한 동리를 걸어가는 이 A의 마음은 웬일인지 만족한 기꺼움이 있었으며 싱싱한 생의 약동이 있었습니다. 저는 또다시 MW사로 왔습니다. 거기에는 DH와 WC가 웅크리고 앉아서 무슨 책을 보고 있더니 저를 보고서,

"어떻게 되었나?"

하였습니다. 그것은 저의 월급 말이었습니다. 저는 모자를 벗고 구두를 끄르면서 기가 막힌 듯이 쓸쓸히 웃으면서,

"흥, 나의 1개월 동안의 노력의 대가는 참으로 값있게 써 버리었네."

하였습니다.

자기를 찾기 전

1

어떠한 장질부사 많이 돌아다니던 겨울이었다. 방앗간에 가서 쌀을 고르고 일급을 받아서 겨우 그날그날을 지내 가는 수님(守任)이는 오늘도 전과 같이 하루 종일 일을 하고 자기 집에 돌아왔다.

자기 집이란 다 쓰러져 가는 집에 안방 주인인 철도직공의 식구가 들어 있고, 건넌방에는 재깜장사[野菜行商] 식구가 들어 있고, 수님이의 어머니와 수님이가 난 지 몇 달 안 되는 갓난 사내아이와 세 식구는 그 아랫방에 쟁갭이를 걸고서 밥을 해 먹으면서 살아간다.

수님이는 몇 달 전까지는 삼대 같은 머리를 충충 땋고서 후리후리한 키에 환하게 생긴 얼굴로 아침 저녁 돈벌이를 하러 방앗간에를 다니는, 바닷가에 나와서 뛰어다니는 해녀(海女) 같은 처녀이었다.

그런데 몇 달 전에는 그는 소문도 없이 머리를 쪽찌었다. 그리고 머리 쪽찐 지 두서너 달이 되자 또 옥동 같은 아들을 순산하였다. 아들을 낳고 몇 달 동안은 그 정미소에 직공감독으로 있는 나이 스물칠팔 세쯤 되고 머리에 기름을 많이 발라 착 달라붙여 빤빤하게 윤기가 흐르게 갈라붙이고 금니 해 박은, 얼굴빛이 오래 된 동전빛같이 붉고도 젊은 사람 하나가 아침 저녁으로 출입하며 식량도 대어 주고 용돈냥도 갖다 주며 어떤 날은 수님이와 같이 자고 가기도 하였다.

그러더니 그 동리에 새 소문 하나가 떠돌기 시작하였다.

"수님이는 처녀 때 서방질을 해서 자식을 아섰다지!"

"어쩌면 소문없이 시집을 가?"

"그러나저러나 그나마 남편 되는 사람이 뒤를 보아 주지 않는다네."

"벌써 도망간 지가 언제라고. 방앗간 돈을 2백 원이나 쓰고서 뒤가 몰리니까 도망을 갔다든데."

하는 소문이 나기는 그애 아버지 되는 직공감독이 수님이 집에 발을 끊은 지 1주일쯤 되어서였다.

수님이는 집에 돌아와 머릿수건을 벗어 놓고 방문을 열어,

"어머니, 어린애가 또 울지 않았어요?"

하고 아랫목에 누더기 포대기를 덮어서 뉘어 논 어린애 앞으로 바싹 가서 앉아 눈 감고 자는 애의 새큰한 젖내나는 입에다 제 입을 대어 보더니,

"에게, 어쩌면 이렇게두 몸이 더울까, 아주 청동 화로 같으이."

하고는 다시 아래위를 매만져 준다. 옆에 앉아 있는 그의 어머니란 나이 50이 넘어 60을 바라보는 노파는 가뜩이나 주름살이 많은 이맛살을 잔뜩 찌푸리고 실룩하게 삼각진 눈을 더욱 실룩하게 해 가지고 무엇이 그리 시덥지 않은지 삐죽한 입을 내밀고서 귀먹쟁이처럼 아무 말이 없이 한참 앉았더니 잠깐 체머리를 흔드는 듯하더니 말이 나온다.

"얘, 말 마라. 아까 나는 그애가 죽는 줄 알았다. 점심때가 좀 넘어서 헛소리를 하더니 두 눈을 허옇게 두집어쓰고서 제 얼굴을 제 손으로 쥐여 뜯는데에 무서 나는 꼭 죽으려는 줄 알았어."

수님이는 걱정이 더럭 나고 또 죽는다는 말에 무서운 생각이 나서,

"그래 어떻게 하셨소?"

"무얼 어떻게 해. 어저께 네가 지어다 둔 그 가루약을 물에다 타 먹였
더니 지금은 조금 덜한지 잠이 들어 자나 보다."

"그래 그 약을 다 먹이셨소?"

"다 먹였지? 어디 얼마 남았더냐. 눈꼽재기만큼 남았든걸."

"그래 아주 없어요?"

"다 먹였다니까 그러네."

수님이는 조금 야윈 얼굴에 봄철에 늘어진 버들가지같이 이리저리 겨문
은 머리털이 두서너 줄 섬세하게 내리덮인 두 눈에 근심스러운 빛을 띠고
서 다시 쌔근쌔근 코가 메어서 숨소리가 높은 어린애를 보더니,

"그럼 어떻게 하나. 돈이 있어야 또 약을 지어 오지. 오늘 번 돈이라고
는 어저께보다 쌀이 나빠서 어떻게 뉘와 돌이 많은지 40전밖에 못 벌었
는데 이것으로 약을 또 지어 오면 내일 아침 쌀 못 팔 텐데."

하며 다시 고개를 돌려 자기 어머니를 쳐다보다가 어머니 얼굴이 불쾌해
보이니까 다시 고개를 어린애 편으로 돌리자 어린애는 무엇에 놀래었는지
갑자기 눈을 번쩍 뜨고 두 손을 공중으로 대고 산약(山藥) 같은 손가락
을 벌리고서 바늘에 찔린 듯이 와 하고 운다.

수님이는 우는 소리를 듣더니 질겁을 해서 어린애를 끼어앉고 허리춤에
서 젖을 꺼내어 물려 주며,

"오, 오, 우지 마, 우지 마."

하며 어린애를 달래면서 추슬린다. 젖꼭지가 입에 들어가니까 조금 애는
울음을 그치었다. 수님이는 한 손으로 어린애가 문 젖을 가위 잡듯 집어
서 지그시 누르면서,

"어멈이 종일 없어서 많이 울었지? 배가 고파서. 에그 가엾어라. 자
인제는 실컷 먹어라. 그리고 얼른 병이 나서 잘 자거라."

하며 혼잣소리로 말도 못 알아듣는 어린애와 수작을 한다.

어린애는 젖꼭지를 물기는 물었으나 젖도 잘 먹지 못하면서 보채기만
한다.

"어머니, 오늘 예배당 목사님은 오지 않으셨어요?"
하며 방구석에 앉아서 어린애 기저귀를 개키는 자기 어머니를 보면서 다시 수님이는 물었다.
"안 왔더라!"
하는 어머니의 마음은 매우 마땅치가 않은 모양이다. 하루 종일 앓는 애를 달래고 약 먹이고 할 적에 귀찮은 생각이 날 적마다,
"원수엣 자식, 원수엣 자식."
하며 혼자 중얼대니까 자기 딸을 보며는 더욱 화가 치밀며, 무슨 업원으로 자식은 나 가지고 구차한 살림에 산 자식 죽으라고는 못하지마는 어떻든 원수 같은 생각이 나서 못 견딜 지경이다.
수님이는 오늘도 목사 오기를 기다린다.
"어째 여태까지 오시지를 않을까요?"
"내가 아니? 못 오게 되니까 못 오는 게지."
수님이는 어머니의 성미를 알므로 거스를 필요는 없어 아무 말 없이 앉아 있다가,
"어서 저녁이나 해 먹읍시다. 기저귀는 내 개킬게 어서 나가셔서 쌀이나 씻으시우."
어머니는 화풀이로 하다못해 잔말이라도 하고 싶어서 말마다 불복이다.
"무슨 밥을 벌써 해. 두부장수도 가지 않았는데. 그리고 오늘만 먹으면 제일이냐. 내일 생각은 하지 않고……."
"그럼 어떻게 하우. 어떻든지 저녁을 해 먹고 내일을 걱정이라도 해야 하지 않소. 내일은 내일이고 오늘 저녁은 오늘 저녁이지요."
"듣기 싫다. 내일은 무슨 뾰족한 수가 나니? 굶으면 굶었지 무슨 도리가 있어야지."
"글쎄 산 사람 입에 거미줄 치리까. 왜 글쎄 그러시우."
"뭘 그러느냐고? 내가 나쁜 말 한 게 무엇이냐. 조금이라도 경우에 틀

린 말했니?"

"누가 경우에 틀린 말 하셨댔소. 이왕 일이 그렇게 된 걸, 자꾸 그렇게 하면 어떻게 하란 말씀이오?"

이러자 다시 어린애는 어디가 아픈지 불로 지지는 것같이 파랗게 질리면서 숨이 넘어갈 듯이 운다.

수님이는 어린애 입에 이쪽 젖꼭지를 갈아 물리면서,

"우왜, 우왜."

하며 달래는데 그 어머니는 그 옆에서 이 꼴을 보더니,

"망할 자식, 죽으려거든 얼른 죽어 버리지 애비 없는 자식이 살아서 무슨 수가 있겠다고 남 고생만 시키니. 에미나 고생하지 않게 죽으려거든 진작 죽어라."

하며 옆의 담뱃대를 질화로 전에다가 탁탁 턴다. 수님이는 누가 자기 아들을 잡으러 오는 듯이 어린애를 옆으로 안고 돌면서,

"어머니는 그게 무슨 말이오? 남들은 자식이 없어서 불공을 한다, 경을 읽는다, 돈을 푹푹 써 가면서 자식을 뵈는 사람들도 있는데 난 자식을 죽으라고 그래요? 이애가 죽어서 어머니에게 금방 큰 복이 내릴 듯싶소?"

"복이 내리지 않고, 내가 하룻잠을 자도 다리를 펴고 자겠다."

"잘도 다리를 펴고 주무시겠소? 마음을 그렇게 먹으면 하느님이 내릴 복도 도로 가져가신다우."

"듣기 싫다. 하느님이 무슨 엉덩이가 부러질 하느님이야? 누가 하느님을 보았다더냐? 너 암만 하느님을 믿어 보려무나. 하느님 믿는다고 죽을 녀석이 산다더냐? 모두 팔자야, 팔자. 이 고생하는 것도 내 팔자지마는 늙게 딸 하나 두었다가 덕은 못 보아도 요 모양이 될 줄이야 누가 알았겠어."

수님이도 계집 마음에 참을 수가 없는지 까만 눈에서 불 같은 광채가 나며 입술이 뾰족해지며 목소리가 높아 간다.

"그래 어머니는 딸 길러서 덕보려 했습디까?"

"덕 보지 않고? 핏덩이서부터 열팔구 세 거의 스무 살이나 되두록 기를 적에야 무슨 그래도 여망이 있기를 바라고 그 갖은 고생을 다 해 가면서 길렀지, 그래 어디서 어떻게 빌어먹는지도 모르는 방앗간 놈에게 몸을 더럽게 하려고 하였더냐? 내 그놈 생각을 할 적마다 이가 갈리고 치가 떨린다."

"왜 그이만 잘못했소? 그렇게 치가 떨리고 이가 갈리거든 나를 잡아잡숫구려? 그것도 나를 방앗간에 다니게 한 덕분이죠. 나를 방앗간에만 다니지 않게 했더라믄 그런 짓을 하래도 하지 않았다우."

어머니는 잡아먹으려는 짐승을 어르는 암사자 모양으로 웅얼대며,

"웅, 그래도 서방녀석 역성드는구나? 어디 얼마나 드나 보자. 네가 그녀석 믿고 살다가 덩이나 탈 듯싶으냐? 그렇게도 찰떡같이 든 정을 왜 다 풀지 못하고 요 모양으로 요 고생이냐? 네 눈에는 보이는 게 없고 어미년이 사람 같지도 않지?"

수님이는 성미를 못 이기는 중에 어머니 말이 야속하기도 하고 또 자기 신세가 어쩐지 비참한 듯하여 갑자기 눈물이 복받치며 울음이 나온다.

"왜 날마다 나를 잡아잡숫지 못해서 이렇게 못 살게 굴우? 그렇게 보기 싫거든 다른 데로 가시구려."

하고 감은 눈을 감았다가 뜰 때 이슬 같은 눈물이 두 뺨 위로 대르륵 굴러 젖꼭지를 문 어린애 뺨 위에 떨어진다.

수님이는 우는 중에도 어린애 위에 떨어진 눈물을 씻어 주는 것을 잊어버리지 않았다. 부드러운 살 위에 떨어진 눈물을 씻으면 또 떨어지고 씻으면 떨어져 어머니의 따뜻한 눈물은 아기의 얼굴을 곱게 씻어 놓았다. 그리고 가슴에서 뭉클한 감정이 울음에 씻겨 녹아 눈물이 되어 어린애 얼굴에 떨어질수록 귀여운 아기는 수님이를 울린다. 부드러운 손, 귀여운 얼굴, 조그마한 몸뚱이가 눈물 어린 그것을 통하여 희미하게 보이다가 눈물이 그 아기 뺨 위에 떨어지고 다시 똑똑하게 까만 머리, 까만 눈썹이

보이고 입과 코와 두 눈이 보일 때 수넘이는 다시 어린애를 자기 가슴에
꼭 끼어안아 가슴 복판에 어리고 서린 만단정회를 다만 어린애로 눌러서
짜내고 녹여 내는 것 외에는 그에게 아무 위로가 없었다. 모습이 아버지
와 같은 그 어린애를 자기 가슴에 안을 때 눈물의 하소연이 그 아이에게
하는 것이 아니라 지금에 여기 없는 그의 아버지에게 하는 것 같고 눈물
고인 흐릿한 눈으로 윤곽이 비슷한 그애를 볼 때 그는 그애 아버지가 그
사내다운 얼굴에 애정이 넘치는 웃음을 띠고 자기를 어루만져 위로하는
듯하였다. 그는 그애의 이름을 부르려 할 적마다 그애 아버지를 부르고
싶었고 그 아이를 자기 가슴에 안을 때 그애가 안겨 울 곳 없는 것이 얼
마나 자기에게 외로움을 주는지 알지 못하였다.

"너의 아버지가 있었다면?"
한 말이 입 밖으로 나오지 않지마는 그 말 밑에는 모든 해결과 끝없는 행
복이 달린 것 같았다.

수넘이는 떨리는 긴 한숨을 쉬고 땅이 꺼져 사라질 듯이 가슴을 내려
앉히었다. 우는 꼴을 보는 어머니는 속으로는 가엾은 생각이 없는 것은
아니었지마는 짓궂은 고집을 풀지 못하고 다시 웅얼대는 소리로,

"울기는 다 저녁때 왜 여우같이 쭉쭉 운? 계집년이 그러고서 집안이
흥할 줄 아느냐? 애, 될 것도 안 되겠다. 울지나 마라. 방자스럽다."

그러나 수넘이는 들은 체도 하지 않고 흐르다 남은 눈물방울이 기름한
속눈썹 위에 떨어지려다가 걸친 두 눈으로 먼산만 바라보고 앉아서 콧물
만 마시고 앉아 있다.

그때 누구인지 바깥에서 인기척이 나더니,

"수넘이 있니?"
하는 사람은 그의 오라버니였다. 수넘이는 얼른 눈물을 씻고 방문을 열면
서,

"오라버니 오세요?"
하는 소리는 아직까지도 목메인 소리다. 오라버니라는 사람은 나이가

30이 남짓해 보이는 노동자로 깎은 머리를 수건으로 동이고 무명저고리 위에는 까만조끼를 입고 짚세기 신은 발에 종아리에는 누런 각반을 쳤다. 얼굴이 둥글넓적한데다가 눈이 조금 큼직하나 결코 불량하여 보이지는 않고 두 뺨에는 술기운이 돌아 검붉게 익었다.

방 안으로 들어앉으며 어머니(서모)를 보고 인사를 하고 윗목에 가 쭈그리고 앉으며,

"애가 좀 어떠냐?"

하고 수님이가 안고 앉은 어린애를 구부정하게 들여다본다.

수님이는 뻘건 눈을 부벼 눈물을 씻고 코를 풀면서,

"마찬가지예요. 점점 더해 가는 모양이에요."

하고 또 한 번 떠는 한숨을 쉰다. 오라버니는 속마음으로 어린 계집애가 자식이 않으니까 걱정이 되어서 우는 줄 알고,

"울기는 왜 울었니? 울기는 왜 울어. 운다고 어린애 병이 낫는다더냐! 어떻게 주선을 해서라도 고칠 도리를 해야지. 남의 자식을 낳았다가 기르지도 못하고 죽이면 그런 면목도 없고 넌들……."

말이 채 그치지도 않아서 그의 어머니가 그래도 양심이 간지럽던지,

"아니라네, 내가 하도 화가 나서 잔말을 좀 했더니 그렇게 쭉쭉 울고 앉았다네."

하며 자기 허물을 자백이나 하는 듯이 말을 한다. 오라버니는 주머니에서 마코 한 갑을 꺼내서 대물 부리에 담배를 끼워 붙여 물더니,

"어머니 걱정을 듣고서 울기는 무얼 울어? 나는 무슨 일인가 했지?"

하고 시비 곡절을 그대로 쓸어 버리는 듯이 말머리를 돌려서,

"어린애 약은 먹였니?"

"먹였어요."

"무슨 약을? 그 약국에서 지어 오는 조선약?"

"네."

"안 된다, 그것을 먹여서는. 요새는 양약을 먹여야 한다. 요새 시대는

서양 의술이 제일이야. 나는 하도 신기한 일을 보았기에 말하지, 참, 내 그렇게도 신기한 일은 처음 보았어."

옆에 앉았던 어머니가 얼른 말 틈을 타서 빗대 놓고 수님이를 책망 비슷 수님의 오라버니더러 들어 보라는 듯이,

"약은 먹여 무얼해. 예배당인지 빌어먹는 데인지 있는 목사나 불러다가 날마다 엎드려서 기도만 하면 거기서 밥도 나오고 떡도 나오고 모든 일이 다 만사형통할걸!"

하고서 입을 삐쭉하고서 고개를 숙인다.

"너 예수 믿니?"

하고 오라버니는 수님을 보더니,

"허허, 그것도 하는 것이 좋기는 좋지마는 나는 그 속을 모르겠더라. 무엇이든지 믿으면 안 믿는 것보담도 낫겠지마는 예수, 예수, 남들은 하느님 앞에 기도하면 병도 낫는다고 그러더라마는 나는 서양 의술만큼 신기하게 알지는 못하니까. 글쎄 나 다니는 일본 사람의 집 와타나베 상이라고 하는 이의 여편네가 첫애를 낳는데 어린애가 손부터 나오고는 그대로 들어가지도 않고 나오지도 않는구나. 지금 나이가 스물셋 된 여편넨데. 그래서 나는 그 소리를 듣고서 꼭 죽었나 보다 하고 속으로 죽을 줄로만 알고 있지를 않았겠니?"

늙은 노파가 이 이야기를 듣더니,

"저런 그래, 어떻게 했어!"

하면서 눈을 크게 뜨고 담뱃대를 놓으면서 말하는 수님이 오라버니 얼굴을 쳐다본다.

"그러자 주인되는 사람이 전화를 해요. 전화한 지 30분쯤 되어서 ×× 병원 의사 한 사람하고 간호부라고 하는 일본 여편네들이 인력거를 타고 오더니 조금 있다가 어린애 우는 소리가 나지 않겠습니까. 그저 의원이 들어가자 잠깐 사이예요. 그래서 하도 신기하기에 그 집 하인더러 물으니까 기계로 끄집어 내서 아주 산모두 괜찮고 어린애도 괜찮다고. 나는

이 소리를 듣고 거짓말같이 생각이 되지 않겠니."

하고 다시 수님이 쪽으로 말머리를 향한다.

노파는 고개를 끄떡끄떡하며,

"엉 저런, 참 요새는 사람을 기계로 꺼낸다. 그런데 그 난 것이 딸야 아들야?"

"아들예요."

"저런 그 자식이야말로 두 번 산 놈이로군!"

"참 세상이란 알 수 없는 세상예요. 서양서는 기계로 사람을 다 만든답니다그려⋯⋯."

"옛끼, 그럴 수가 있나? 거짓말이지. 아무튼 타국 사람들은 재주가 좋아 못하는 것이 없이 허다못해 공중을 날아다니지마는 어떻게 기계로 사람을 만드나? 거짓말인 게지."

"아녜요, 정말이요, 신문에도 났어요."

"신문에! 신문인들 어디 똑바른 말만 내나. 그기도 거짓말이 섞였지."

하는 노파의 성미가 조금 풀어진 모양인지 말소리에 부드러운 맛과 웃음 냄새가 약간 섞여서,

"그러나저러나 저것 때문에 나는 큰 걱정일세. 애비도 없고 자식을 낳아 가지고는 그나마 성하게 자랐으면 좋겠지마는 저렇게 앓기만 하니, 참 형세나 넉넉했으면 또 모르지, 구차하기란 더 말할 수 없는 집에서 이 모양을 하고 사네그려. 자식이나 없으면 얼핏 마땅한 데가 있거든 다시 시집을 가서라도 그저 저 고생하지나 말고 살면은 늙은 내 마음이라도 놀테야. 저 모양으로 오늘 죽을지 내일 죽을지 모르는 것을 끼고만 앉았으니 참 딱해서 볼 수가 없네그려. 저도 전정이 구만 리 같은 새파랗게 젊은 년이 어디 가면 서방 없겠나. 그저 허구헌날 어디로 들고 사렸는지도 모르는 그놈만 생각을 하고 앉았으니 어림없는 수작이지. 벌써 싫증나서 잊어버린 지가 오랜 놈을 생각만 하면 무얼 하나? 자식은 저의 할미가 서울 살아 있다니까 아범 집으로 보내 버리고 나는 저애를 다른 데로 보내

버리는 수밖에 없다고 생각하네."

　오라버니는 무슨 엄숙한 사실을 당한 것처럼 한참 눈 하나 깜짝거리지 않고 그 말을 듣고 있더니 무슨 사리를 분명히 해석할 줄 안다는 어조로,

　"글쎄, 그렇지 않아도 나도 날마다 생각을 하고 언제든지 걱정을 하는 바이지마는 일이 너무나 어렵게 되어서. 어떻든 어린애는 고쳐야 할 것이니까 병이 낫거든 자기 애비의 집이 있으니까 그리로 보내고 다른 데로 보낼 도리를 해야죠."

하니까 노파는 걱정스럽고 시원치 못한 상으로,

　"그렇지만 여기서야 어린애 병을 고칠 수 있어야지. 날마다 밥도 못 끓여 먹는 형편에 어린애 약인들 먹일 수 있나. 이건 참 죽기보다도 어려우이그려. 암만 생각을 하니 옴치고 뛸 수가 있어야지."

　오라버니는 모든 일을 내가 해결할 만큼 세상에 대한 경험이 있으니까 내 말을 들으라는 듯이 수님이를 향하여,

　"수님아, 네 생각은 어떠냐? 너도 나이가 열아홉이나 된 것이 그만하면 시집살이할 나이가 넘었다고 할 수 있어. 그런데 이렇게 그야말로 닭 쫓던 개 지붕 쳐다보기지, 이러고 앉았기만 하면 어떻게 하니…… 그런데 대관절 네 생각은 어떠냐? 그래도 그 사람을 기다리고 앉았을 모양이냐. 다른 데로 갈 마음이 있니?"

　수님이는 한참이나 맥없이 앉았다가 횡 하고 모든 말이 시덥지 않다는 듯이 코웃음을 한번 웃더니,

　"아무 데도 가기는 싫어요. 모세 (주＝어린애의 세례 이름) 아버지가 아니면 다른 곳으로 가기는 싫어요."

하는 목소리는 이상하게도 힘있는 목소리다. 모든 신앙이 자기의 희생을 결심한 뜨겁고도 매운 감정에서 우러나오는 목소리였다.

　"아따, 그래도 모세 아버지야."

　노파는 자기 딸을 흘겨보며 비웃는 듯이 말을 한다.

　"네 오라버니 말이 조금도 그르지 않느니라. 설마 너를 잘 되라고는

못할망정 못 되라고 할 듯싶으냐!"

"그래도 나는 다른 데로 가기는 싫어요. 나 혼자 평생을 지내더라도 또 다른 사람에게 가기는 싫어요."

오라버니는 타이르는 어조로,

"그야 낸들 다시 다른 곳으로 가라기가 좋아서 그러는 것은 아냐. 그렇지만 너도 늙은 어머니 생각도 해야 하지 않니. 서양에는 부모를 위하여 몸을 파는 계집애들도 있는데. 또 너의 전정 생각을 해야지. 그것도 모세 아비가 지금이라도 너를 생각하고 또 다음에라도 만나 살 여망이 있으면 오래비 된 나래도 왜 이런 말을 하겠니. 그렇지만 모세 애비는 발써 너를 잊어버린 사람야. 사내 마음이란 그런 것이다. 욕심들만 가진 개 같은 놈들야."

수님이는 그래도 부인(否認)한다는 듯이,

"그래도 제가 한 말이 있으니까 설마 나를 내버리기야 할까요."

"저런 딱한 애가 있나. 그것 참 말할 수가 없네. 글쎄, 그런 놈의 말을 어떻게 믿니?"

"믿어야죠. 지가 비 오던 날 방앗간 모퉁이에서 날더러 하는 말이 일평생 나를 잊지 못하겠다 하였는데요. 저도 그이를 잊을 수 없어요." 하며 얼굴빛이 조금 불그레해지며 부끄러운 생각이 나서 고개를 숙이고 어린애 머리만 쓰다듬는다.

"앗다, 빌어먹을 년, 믿기는 신주 믿듯 잘도 믿는다. 쪽박을 차고 빌어먹으러 나가도 그 녀석만 믿으면 제일이냐?"

어미는 열화가 벌컥 나서 덤벼들듯이 소리를 질렀다. 이 소리에 어머니 품에 안겨 편안히 잠들었던 어린애가 눈을 갑자기 뜨면서 숨이 넘어갈 듯이 까르르 쟁갭이에 찌개 끓듯이 운다. 수님이는 어린애를 뭉뚱그려 안고 일어서며,

"우지 마, 우지 마."

하며 달래면서 서성거린다. 어린애는 다시 보채면서 눈동자를 허옇게 뒤

집어쓰며 죽어가는 듯이 운다.

"에구, 오라버니 이애 눈 좀 보시우. 왜 이렇게 허옇소. 아마 죽으려나 보."

하며 오라버니 편으로 어린애를 내밀면서,

"죽으면 어떻게 해요."

하면서 또다시 눈물이 비 오듯한다. 오라버니는 어린애를 들여다보더니,

"에구, 애가 대단하구나! 약도 없니? 의원이 무슨 병이라 하든. 요새 염병(주＝장질부사)이 매우 돌아다닌다는데, 그 병이나 아닌지 모르겠다 ……."

하고 다시 몸을 만져 보더니,

"에구, 이 몸 좀 보게. 열이 대단하이."

하며 우는 애를 한참 들여다본다. 노파는,

"약이 다 무언가, 의원을 보였어야 무슨 병인지 알지. 그저 약국에 가서 말만 하고 약을 지어다 먹이니까 병명인들 알 수가 있나!"

"그러면 안되었습니다그려, 어떻게 해서든지 의원을 보여야죠."

"의원도 그저 봐 주나. 돈 들어야 할 일이지. 밥도 못해 먹는 집에서 의원이 다 무어야."

"그래서 되나요. 우선 산 사람은 살리고 볼 일이니까 가만히 계십쇼. 내가 어떻게 해서든지 서양의술 하는 의원을 불러 오지요."

"그러면 돈이 많이 들걸. 넉넉지 않은 형세에 돈을 써서야."

"무얼요, 어떻든 살리고 보아야죠."

하며 오라버니는 황망히 밖으로 나간다. 수님이는 속으로 다행하기도 하고 미안하지마는 어떻든 자기의 모든 해결과 행복의 실오라기인 이 모세의 생명을 구하는 것이 첫째 의무인 동시에 또한 급무(急務)이다. 그리고 자기 오라버니가 그렇게까지 신기함을 이야기하는 소리를 들었으므로 의원만 오며는 모세는 곧 나을 줄로 믿었다. 그래서 아무 말 없이 오라버니 나가는 것을 보고만 있었다.

　방 안은 조금 고요하였다. 수님이는 조금 울음을 그치고서 깽깽 앓는 소리를 하고 누워 있는 어린애를 앞에다 놓고 꿇어앉았다. 그리고는 괴로워하는 어린애를 내려다보며 두 주먹을 쥐고서 입 밖으로는 나오지 않지마는 입 속으로 '모세야, 죽지 말고 살아라.' 하고 온 전신의 모든 정성과 모든 힘을 합하여 속으로 부르짖었다. 그리고는 그 말이 떨어지며 기적(奇蹟)과 같이 그 아이가 낫기를 바랐다. 그는 주먹을 쥐고 몸을 떨면서 다시 하늘을 치어다보고 또다시 모든 정성과 힘을 합하여 '하느님, 모세를 데려가지 마시고 이 죄인의 품에 안겨 두옵소서.' 하는 비는 말이 떨어지자 그 아이의 병이 기적과 같이 물러가기를 빌었다. 그러나 그에게 기적을 하느님은 내리지 않았다. 그는 자기를 못 믿었다. 그가 기적처럼 어린아이의 병이 낫기를 바랐으나 그것이 기적처럼 낫지 않을 때 수님이는 다시 목사를 기다리었다.

　'목사가 오셔서 하느님께 기도를 하여 주시면 이 아이의 병이 얼른 날걸! 예수가 앉은뱅이와 문둥병자를 고친 것처럼 이 아이의 병이 목사의 기도와 함께 날 수가 있을걸!'
하고 그는 목사 오기만 기다리었다. 혈루병 환자가 예수의 옷 한 번 만져 보기를 애씀과 같은 그만한 믿음으로써 목사를 기다리었다.

　"어째 오실 시간이 늦었는데 어찌 오지를 않나."

　막달라 마리아가 자기 오라비의 죽음을 다시 살게 할 수 있을 줄을 믿음과 같이 수님이는 목사 오기를 기다리었다.

　그런데 어린애는 또 울기 시작하였다. 어린애 울음소리는 우중충한 방 안에 흐리터분한 공기를 날카롭게 울리면서 자기의 참담한 현상을 정해 논 곳 없이 부르짖어 호소하는 듯하였다. 털부털부하는 문구멍, 거미줄 걸린 천장, 신문지로 바른 담벼락, 못이 다 빠지고 장식이 물러난 다 깨어진 석유 궤짝으로 만든 농장까지 어린애의 울음소리가 스칠 적마다 더러운 개천물에 일어나고 사라지는 물결처럼 모든 가난과 불행과 질병과 탄식이 한꺼번에 춤을 추고 일제히 그 작은 방 가운데서 움직거리는 것 같았다. 평화와 행복의 여신은 눈물을 흘리고 그 자리를 떠난 지가 오래고 줄기차게 오랜 생명을 가진 마신(魔神)이 이 집 문과 장과 구석과 모퉁이에 서고, 안고, 드러눕고, 기대인 것 같았다.

간난과 질고는 노파의 얼굴에 주름살과 증오(憎惡)로 탈을 씌워 놓은 것같이 보기 싫은 얼굴로 한참이나 앉았다가 부시시 일어서며,

"에그, 난 모르겠다. 죽든지 살든지 마음대로 해라."

하고는 밥을 하려는지 바깥으로 나아간다.

30분쯤 지내었다. 서산으로 넘는 해가 가뜩이나 우중충한 방을 어둠침침하게 만들어 놓았다. 수님이는 방에 어린애를 안고서 오라버니 오기만 기다린다.

그때 누구인지 문 앞에 와 서며 불을 때는 노파에게,

"모세 어머니 있어요?"

하는 나이 스물대여섯 살 되어 보이는 목소리로 묻는 소리가 난다.

"있소."

하는 어머니의 소리와 함께,

"쇠[劍] 어머니요?"

하고 수님이는,

"들어우시우. 웬일이요? 저녁은 해 먹었소?"

하며 반가이 맞아들였다. 그 쇠 어머니는,

"애기 좀 어떻소?"

하며 어린애를 들여다보니까 수님이는 새삼스럽게 걱정스러운 얼굴로,

"점점 더한 모양예요. 그래서 제 외삼촌이 의원을 부르러 가셨어요."

하며 내놓았던 젖을 다시 집어넣었다. 그 쇠 어머니는 코를 손으로 이리쪽 씻고 한번 들이마시고 저리 한번 쪽 씻고 들이마시면서,

"오늘 목사님이 오지 않으셨지?"

하며 목사님 오시지 않았느냔 말을 물으면서 무슨 말을 하려고 할 때 바깥에서 부산한 소리가 나더니 수님의 오라버니가 문을 열며,

"이 방이올시다."

하고 가방을 옆에 들고 양복 입은 의사에게 말을 한 후 제가 먼저 들어와 방에 놓여 있는 것을 이 구석 저 구석에다 쓸어박으면서 의원에게 들어오기를 청한다.

수님이와 쇠 어머니는 부산하게 일어섰다. 그리고 의원이 들어와 앉은 뒤에 수님이 혼자 저만큼 비켜앉아 의원의 거동만 본다.

의원은 들어와 앉더니 누워 있는 채인 어린애를 한참 들여다보다가 두말없이,

"이 애가 언제부터 이렇소?"

하고 수님의 오라버니를 돌아본다. 수님의 오라버니는 다시 수님에게 물어 보는 듯이 수님을 보았다. 수님은 얼른,

"한 대엿새 되었어요."

의사는 어린애 몸을 풀으라 하더니 가방을 열고 기계를 꺼내더니 진찰을 다 그친 뒤에,

"다 보았소."

하고 방 안을 둘러보며,

"요새 이 병이 퍽 많은데 병원으로 데려다 치료를 해야지, 이대로 이런 데 두며는 어린애에게도 이롭지 못하거니와 다른 사람에게까지 전염이 되니까 병원으로 데려가게 해야겠소."

하고 일어서니까 수님 오라버니는 그저 멀거니,

"네."

하고 서 있고 수님이는,

"데려가요?"

하고 의사와 싸움이라도 할 듯한 살기있는 눈으로 의원을 둘러보았다. 그리고는 다시 어린애 편으로 달려들어 어린애를 휩싸안고서 아무 말 없이 돌아앉더니 눈물 고인 목소리로 혼잣말처럼,

"죽여도 내 품에서 죽일 터예요."

하고는 어린애 위에 엎드러져 운다.

2

　모세를 병원으로 데려간 지 열흘 되던 날이다. 아침부터 퍼부은 눈이 저녁때나 되어서 끝났다. 수님이는 날마다 병원에를 갔다. 그러나 병원에서는 수님이에게 모세를 보이지 않았다. 병원 문간에 서서 하루 종일을 지내다가 아무 소식도 듣지 못하고 그대로 온 날도 있었다.
　오늘도 아침밥도 먹지 못하고 병원으로 향하여 간다. 전차도 타지 못하고 10리나 되는 병원으로 가는 길은 자기 오라버니가 일을 하는 일본 사람 집 앞을 지나게 되므로 갈 적 올 적 들른다.
　오라버니를 찾아가니 마침 곳간(庫間)에서 숯을 쌓고 있었다. 수님이는 머리에 쓴 수건을 벗어서 둘둘 말아 옆에다 끼고서,
　"오라버니."
하고 곳간 옆에 가서 부르니까 오라버니는 얼굴과 콧구멍과 두 손이 숯가루에 묻어서 새까매가지고서 자기 누이를 보더니,
　"가만 있거라. 요것 마저 쌓고……."
하고 쌓던 것을 마저 쌓고 나오면서,
　"병원에 가니?"
하고서 몸을 탁탁 턴다.
　"네, 병원에 가요. 그런데 오라버니, 당최 병원에서 어린애를 보이지 않으니 어떻게 된 일이에요."
　"어저께는 무엇이라고 그러든?"
　"어저께요? 어저께는 아무도 만나 보지 못했어요. 그저 아무 염려 말고 가라구만 하는데 그래도 그대로 올 수가 있어야죠. 하루 종일 병원 문간에서 서성대다 늦어서야 왔어요. 날이 어두워서 집에 들어오면 어린애 우는 소리가 나는 듯하고 밤에 잠을 자도 꿈마다 모세가 와서 어머니를

부르는데 잠을 잘 수가 있어야죠. 아마 죽으려나 봐."

"예라 미친 애. 죽기는 왜 죽어. 어떻든 염려 말아라. 의원이 오죽 잘 생각하고 잘 고치겠니? 너를 보지 못하게 하는 것도 그것이 전염병이니까 옳을까 봐서 그러는 것이야. 염려 말고 있어. 그러면 내 뒷담당은 해줄게……."

"그래도 내 생각 같아서는 아무리 해도 못 믿겠어요. 나는 걔가 죽으면 나도 따라 죽을 터이야. 모세를 죽이고는 모세 아버지에게도 이 뒤에 만나서 얼굴을 들 수 없거니와 나도 살아갈 재미가 없어요. 세상에서는 나를 망한 년, 더러운 년, 서방질한 년이라고 욕들만 하고 어머니는 날마다 다른 데로 시집 가지 않는다고 구박만 하고, 다만 그것 하나만 믿고 사는데 만일 그것이 죽으면 나는 살아서 무엇하우."

하고서 치맛자락으로 눈물을 씻는다. 오라버니는 선웃음을 껄껄 웃으며,

"허허, 왜 마음을 그렇게 먹고서 자꾸 속을 졸여. 그까짓 남이 무엇이라고 그러든지 말든지 상관할 게 무어며 어머니신들 오죽 화가 나셔야 그러시겠나? 너를 미워서 그러실 리가 없으니까 아무 염려 마라. 그리고 어린애는 아무 걱정이 없어. 병원에서 그까짓 병쯤 못 고칠까 봐 그러니. 그 이상 가는 병이라도 제꺽제꺽 고치는데. 몇 해 묵은 병, 아주 못 고친다고 단념한 병을 고치고 완인(完人)이 된 사람이 얼만지 모른다. 아무 염려 마라……."

수님이는 또다시 오라버니를 믿었다. 그리고 오라버니는 모든 것이 저보다 많이 아는 사람이고 세상 격난을 많이 해 본 사람이니까 믿음직한 사람인 동시에 근자에 모세가 병원으로 간 뒤에 집안 식량과 살림 일체를 대어주는 데 얼마나 많은 감사와 믿음이 생기는지 알 수 없었다.

수님이는 조금 생각을 하는 듯이 땅만 내려다보고 섰다가,

"그러면 나는 오라버니 말씀을 믿어요."

하고 조금 근심이 풀린 것처럼 두 눈에 따뜻한 광채로 자기 오라버니를 치어다보았다.

"글쎄 염려 마라……."
하고 오라버니는 다시 곳간 옆으로 비켜 서더니,

"그런데 수님아, 내 잘못 봤는지는 모르겠으나 어저께 저녁에 친구들과 술을 먹고 너의 집으로 가려니까 웬 사람 하나가 너의 집 앞에서 서성서성하더니 나를 보고는 줄달음질을 해 가지 않겠니……."

수님이 눈이 뚱그레지며,

"그래서요, 도둑놈이든 게지. 어떻게 됐어요?"

"도둑놈은. 너의 집이 무엇이 그리 집어 갈 것이 많아서 도둑놈이 엿을 봐. 글쎄 내 말을 들어. 그래 하도 수상하기에 흥넣게 쫓아가지를 않았겠니……."

"네."

"쫓아가다가 거의 다 쫓아가서 골목쟁이 하나를 획 돌아서는데 눈결에 흘끗 보니까 암만해도 모세 애비 같지 않겠니. 그래서 더 속히 따라가 보니까 어디로 갔는지 골목으로 들어갔는데 아무리 헤맨들 찾을 수가 있어야지……."

수님이는 무슨 경이(驚異)나 당한 듯이 눈을 크게 뜨고,

"그래서 어떻게 했어요?"
하고 온몸을 옹송그리고 오라버니 앞에서 떨어지는 수수께끼 같은 말의 순서를 기다린다.

"그래 온통 큰길로, 골목으로 헤매면서 돌아다니나 어디 있어야지. 그래 하는 수 없이 집으로 바로 가서 자 버렸어."

수님이는 거짓말과 참말, 믿음과 의심, 그 경계선을 밟고서 이리 기울어져 보기도 하고 저리 기울어져 보기도 하는 듯한 감정으로,

"그럼 그게 모세 아버질까요? 모세 아버지 같으면 들어오기라도 하였을 터인데. 오라버니가 잘못 보신 게지."
하고서 나타났다 사라졌다 하는 좋은 희망을 머릿속에 그리면서 오라버니에게 그것이 모세 아버지니 믿으라는 단정(斷定)이 나오기를 기다리고

섰다.

"글쎄 나도 알 수는 없어. 어떻든 알 수 없는 일야. 일전에도 누구한테 들으니 모세 애비가 전라도 목포 항구에서 일본 사람의 방앗간에서 일을 하면서 너의 소식을 묻고 모세도 잘 자라느냐고 묻고 며칠 안 되면 서울로 다시 오겠다 하더란 말을 들었는데 서울로 왔는지도 모르지……."

"왔으면 집에 올 텐데 오지 않았길래 오지 않았죠."

수님이는 아무 말이 없다가 또다시 말머리를 돌려서,

"그런데 오라버니, 나는 예수 믿은 것이 아무리 생각을 해도 헛짓을 한 것 같애. 우리 집에 와서 기도해 주던 목사 있지 않아요……."

"그래."

"그 목사도 모세 병처럼 앓는데 죽게 되었대요."

"그런 거야 그 병은 전염병인 까닭에 옮겨가기가 쉬운 거야. 그러게 병원에서는 너도 들어오지 못하게 하질 않니?"

"그런가 봐. 그 목사는 약도 쓰지 않고 날마다 모여서 기도들만 하는데 점점 더하면 더했지 낫지를 않는대요. 어떤 사람들은 우리 집 청원들을 하면서 죄인 아들이 되어서 하느님이 벌을 주시려고 그런다고……."

"다 쓸데없는 거야. 병은 의술로 고쳐야 하는 것이지 기도가 무슨 기도냐 글쎄."

"그렇지만 기도를 하고 나면 마음이 조금 시원한 듯해서 나도 날마다 기도는 하지요."

오라버니는 픽 웃더니,

"시원하기는 무엇이 시원해. 대관절 또 병원으로 가는 길이냐?"

"네."

"가서는 무엇 하니, 가서 보지도 못하는걸."

"그래 문간에 섰다 오더래도 가지 않으면 궁금해서 견딜 수가 있어야죠."

"아무 염려 말어 글쎄. 병원에 가기만 하면 낫는다니까 그러니. 집에

가 있거라, 내 이따가 전화로 물어 봐다 줄게……."

"그래도 난 가 볼 테야. 차삯이나 좀 주시우."

오라버니는 백통 쇠사슬 달린 가죽 지갑에서 돈을 꺼내면서,

"갈 것이 없다니까 그러네. 정 가고 싶은 것 억지로 막을 수는 없지마
는……."

하고 수님에게 차삯을 주었다.

3

또 닷새가 지났다. 어저께 목사의 죽은 장례가 나갔다. 수님이는 한번
아니 놀랄 수가 없었다. 그 놀라운 가슴이 가라앉기 전에 수님에게는 세
상에 가장 엄숙하고 자기에게 가장 절망되는 소식을 들었다. 그것은 모세
가 병원에서 죽었다는 것이다. 오라버니가 다 저녁때 힘없이 수님의 집으
로 들어오더니,

"수님아."

하고 차마 나오지 않는 목소리는 벌써 번개불같이 수님의 머리에 무슨 불
상사를 이른 듯하였다.

"네."

하는 수님이는 다른 날보다도 더 무서운 사실을 당하는 것처럼 달려나갔
다. 그리고 오라버니의 기운없고 낙망하는 얼굴을 치어다보며,

"왜 그러세요? 병원에서 무슨 소식이 왔어요?"

하며 달려들듯이 오라버니 앞에 섰다. 오라버니는 한참이나 말이 없이
방에 들어와 쓰러지듯이 앉더니,

"놀라지 마라."

하고,

"모세가 죽었단다."

하였다. 수님의 가슴은 그 소리가 날카로운 칼로 찌르는 듯하였다. 그러

나 그 찌르는 듯한 것이 변하여 다시 그 사실을 부인하는 듯이 자기 오라
버니를 치어다보며, 깔깔 웃지 않을 수 없었다.

　"거짓말, 오라버니는 왜 그런 말씀을 하시우. 남 놀라게."

할 만치 그에게는 그 사실이 너무나 거짓말 같았다. 그리고 만일 그 사실
이 참말이라 할지라도 수님이는 그 사실을 참으로 인정할 수 없었다.

　이 말을 들은 그 옆에 앉아 있는 노파는 도리어 그 사실을 그 사실대로
들었다.

　"저런."

　노파의 눈에는 가엾은 일은 일이지마는 숙명적(宿命的)으로 그 사실이
있을 것이요, 또는 그 사실이 있어야 할 것을 미리 알고 있었던 것처럼
다만 입맛만 다시면서,

　"가엾기는 하지마는 팔자좋게 잘 죽었느니라."

하였다. 수님이는 다시 물었다.

　"정말예요, 오라버니?"

하는 말에 오라버니의 얼굴은 엄숙한 사실을 거짓말로는 꾸밀 수 없다는
듯이,

　"정말야, 지금 병원에서 전화가 왔어."

　수님이는 이제 몸부림해서 울지 않을 수가 없다. 그는 자기 오라버니에
게 달려들었다.

　"나를 죽여 주. 나를 죽여요. 죽여도 내 품에 안고 죽일 걸 왜 오라버
니는 병원으로 데려다가 죽는 것도 보지 못하게 하였소! 그렇게 잘 고친
다는 병원에서 왜 죽었소. 내 아들 찾아 주. 그 자식이 어떤 자식인 줄 알
구 그러우. 내 목숨보다도 중한 자식요."

하고는 방바닥에 엎드러져 울면서,

　"모세야, 모세야. 네 어미까지 마저 데리고 가거라. 죽을 적에 어미의
젖 한 방울 먹어 보지 못하고 어미의 품에 한번 안겨 보지 못하고, 모세
야, 모세야……."

하며 우는 꼴을 옆에서 보는 노파도 인생의 죽음이란 그것은 가장 슬픈 것인 것을 느꼈는지 주름살 잡힌 눈에서 눈물이 떨어진다. 오라버니도 좋지는 않은 얼굴로 멀거니 앉았다.

"아, 모세야, 나는 이제 죽는다. 나는 죽어야 한다."

한참 울 때 오라버니는 수님을 달래려고,

"우지 마라! 이왕 죽은 자식을 울며는 어떻게 하니. 고만 그쳐. 시끄럽다."

그렇지만 오라버니 입에는 수님이를 위로할 말이 없었다. 한 말 또 하고 다만 우지 마라 하는 말이 있을 뿐이었다.

노파는 울음을 그치고 머릿속으로는 하얀 관에 뭉친 어린애 주검을 장사할 걱정이 있고 또는 그 장사를 하려면 돈이 들 걱정이 있었으나 수님의 머리와 피와 마음속에는 모세를 다시 살릴 수가 이 세상에는 있으리라는 알 수 없는 의심과 또한 본능적으로 모세는 다시 살지 못하리라는 의식(意識)이 그를 몸부림과 가장 큰 비통 속에 그의 모든 것을 집어던지었다.

날이 저물고 눈 위에 달이 차게 비치었다. 수님이와 오라버니는 모세의 송장을 찾으러 가려고 문 밖으로 나섰다. 오라버니가 먼첨 돈을 변통하러 가고 수님이는 눈물 가린 눈으로 흰 눈을 밟으면서 걸어간다.

수님이가 골목 모퉁이를 돌아서려 할 때 마침 저쪽에서 돌아들어오는 사람 하나와 딱 마주뜨리자 수님이는 얼굴을 쳐들어 그 사람을 보고는 그대로 멈칫 하고 서서 그 사람을 붙잡으려는 채 못 미쳐 동작으로 달려들듯 하더니,

"아, 모세 아버지!"

하고서 두 손으로 얼굴을 가리고 서서 울었다. 모세 아버지란 그 사람도 껴안을 듯이,

"수님이."

하고 덤벼들려 하다가 그대로 한참 서 있다. 수님이는 목메인 소리에 무

슨 죄악을 고백하는 듯이,

"모세는 죽었어요."

하고 울음소리는 더 높아졌다. 수님의 가슴은 죄 지은 사람 모양으로 떨리고 할 말 없기도 하고 또는 오래간만에 모세 아버지를 만나매 반갑기도 하여 속에 있는 모든 감정이 실 엉키듯 엉키어 순서를 차려먹었던 마음을 다 말할 수 없고 다만 울음으로서 그 모든 것을 애소도 하고 진정도 하는 수밖에는 없었다.

모세 아버지란 사람은 조금 창피함을 깨달은 듯이 골목 으슥한 곳으로 들어서며, 검은 얼굴에 조금 더러운 웃음을 나타내며,

"모두 다 너 때문이다."

하며 멸시하듯 수님이를 보더니,

"내가 오늘 이렇게 밤중에 골목으로만 다니게 된 것도 너 때문이요, 남의 눈을 속이고 다니게 된 것도 다 너 때문이었다. 그러나 그래도 자식 생각을 하고서 서울 온 뒤 날마다 너의 집 앞에 와서 소식이나 들으려 하였더니, 모세가 죽었다니 이제는 너와 나와는 영 이별인 줄 알아라 ...."

하는 말을 듣자 수님이는 옆의 담에 가서 그대로 고꾸라지며,

"모세 아버지! 나는 그래도 여태까지 당신을 믿었었지요!"

하고 느껴 울면서,

"왜 모두 내 탓을 하시우. 나는 그래도 당신만 믿고 바라고 여태까지 어린 것을 기르고 있었지요. 모세 아버지, 정말 나를 버리일 터요?"

모세 아버지는 차디찬 목소리로,

"나는 너 때문에 몸을 버린 사람이다. 나는 나의 일생을 너 때문에 그르친 사람이다. 나는 지금 어디로 떠날는지 모르니까 마지막으로 잘 만났다. 자, 나는 간다."

하고 모세 아버지는 가려 하니까 수님이는 모세 아버지를 붙잡으며,

"어디로 가시우. 왜 전에 그 방앗간 옆에서 비 오는 날 나를 일평생 잊

지 않는다 하셨지요? 지금은 왜 그때 말씀을 잊어버리셨소. 가시려거든 나를 데리고 가시우."

하며 매달렸다. 모세 아버지는 껄껄 웃으며,

"나는 그때 사람이 아니다. 그때의 내가 아니란 말야. 자, 놔라. 공연히 남에게 들키면 나는 내일부터 홍바지저고리를 입을 사람야."

수님이는 끌려가면서,

"정말 가시우?"

하며 애원하듯이,

"정말이오?"

한다. 그때 저쪽에서 누구인지 이쪽으로 오는 기척이 나니까 모세 아버지는 수님을 뿌리치고 저쪽으로 가 버리고 수님이는 눈 위에 엎드러져 운다.

수님이는 한참 울다 일어났다. 그의 눈에는 다시 목사의 상여가 보이고 어린애의 주검이 보이었다. 그리고 혼자 머리를 쥐어뜯으며,

"아, 나에게는 예수도 없고 병원도 없고 모세 아버지도 없고 아무것도 없다."

하고는 다시 공중을 우러러보며,

"모세 아버지도 갔다. 나에게는 아무것도 없다."

소리를 지르고 사면을 돌아다볼 때 하얀 눈 위에 밝은 달이 차디차게 비치었는데 고요한 침묵으로 둘린 가운데 다만 자기 혼자 외로이 서 있는 것을 깨달았다. 그가 그렇게 분명히 그렇게 외로운 가운데서 자기를 찾아내기는 지금이 자기 일생에 처음이었다.

벙어리 삼룡이

1

내가 열 살이 될락말락한 때이니까 지금으로부터 십사오 년 전 일이다.

지금은 그곳을 청엽정(靑葉町)이라 부르지마는 그때는 연화봉(蓮花峰)이라고 이름하였다. 즉 남대문(南大門)에서 바라 내려다보면은 오정포가 놓여 있는 산둥성이가 있으니, 그 산둥성이 이쪽이 연화봉이요, 그 새에 있는 동네가 역시 연화봉이다.

지금은 그곳에 빈민굴(貧民窟)이라고 할 수밖에 없이 지저분한 촌락이 생기고 노동자들밖에 살지 않는 곳이 되어 버렸으나 그때에는 자기네 딴은 행세한다는 사람들이 있었다.

집이라고는 십여 호밖에 있지 않았고 그곳에 사는 사람들은 대개 과목밭을 하고 또는 채소를 심거나, 그렇지 아니하면 콩나물을 길러서 생활을 하여 갔다.

여기에 그 중 큰 과목밭을 갖고 그 중 여유 있는 생활을 하여 가는 사람이 하나 있었는데, 그의 이름은 잊어버렸으나 동네 사람들이 부르기를 오 생원(吳生員)이라고 불렀다.

얼굴이 동탕하고 목소리가 마치 여름에 버드나무에 앉아서 길게 목늘여 우는 매미 소리같이 저르렁저르렁하였다.

그는 몹시 부지런한 중년 늙은이로 아침이면 새벽 일찍이 일어나서 앞 뒤로 뒷짐을 지고 돌아다니며 집안 일을 보살피는데 그 동네에는 그가 마치 시계와 같아서 그가 일어나는 때가 동네 사람이 일어나는 때였다. 만일 그가 아침에 돌아다니며 잔소리를 하지 않으면 동네 사람들이 이상하여 그의 집으로 가 보면 그는 반드시 몸이 불편하여 누워 있었다. 그러나 그와 같은 때는 1년 3백 60일에 한 번 있기가 어려운 일이요, 이태나 3년에 한 번 있거나 말거나 하였다.

그가 이곳으로 이사를 온 지는 얼마 되지 아니하나 그가 언제든지 감투를 쓰고 다니므로 동네 사람들은 양반이라고 불렀고, 또 그 사람도 동네 사람에게 그리 인심을 잃지 않으려고 섣달이면 북어쾌, 김톳을 동네 사람에게 나눠 주며 농사때에 쓰는 연장도 넉넉히 장만한 후 아무 때나 동네 사람들이 쓰게 하므로 그 동네에서는 가장 인심 후하고 존경을 받은 집인 동시에 세력 있는 집이다.

그 집에는 삼룡(三龍)이라는 벙어리 하인 하나이 있으니 키가 본시 크지 못하여 땅딸보로 되었고 고개가 빼지 못하여 몸뚱이에 대강이를 갖다가 붙인 것 같다. 거기다가 얼굴이 몹시 얽고 입이 크다. 머리는 전에 새 꼬랑지 같은 것을 주인의 명령으로 깎기는 깎았으나 불밤송이 모양으로 언제든지 푸하고 일어섰다. 그래 걸어다니는 것을 보면, 마치 옴두꺼비가 서서 다니는 것같이 숨차 보이고 더디어 보인다. 동네 사람들이 부르기를 삼룡이라고 부르는 법이 없고 언제든지 '벙어리, 벙어리'라고 하든지 그렇지 않으면 '앵모, 앵모' 한다. 그렇지만 삼룡이는 그 소리를 알지 못한다.

그도 이 집 주인이 이리로 이사를 올 때에 데리고 왔으니 진실하고 충성스러우며 부지런하고 세차다. 눈치로만 지내 가는 벙어리지마는 말하

고 듣는 사람보다 슬기로울 적이 있고 평생 조심성이 있어서 결코 실수한
적이 없다.

아침에 일어나면 마당을 쓸고 소와 돼지의 여물을 먹이며 여름이면 밭
에 풀을 뽑고 나무를 실어들이고 장작을 패며 겨울이면 눈을 쓸고 장 심
부름이며 진일 마른일 할 것이 못하는 일이 없다.

그럴수록 이 집 주인은 벙어리를 위해 주며 사랑한다. 혹시 몸이 불편
한 기색이 있으면 쉬게 하고, 먹고 싶어하는 듯한 것은 먹이고 입을 때
입히고 잘 때 재운다.

그런데 이 집에는 삼대 독자로 내려오는 아들이 있다. 나이는 열입곱
살이나 아직 열네 살도 되어 보이지 않고 너무 귀엽게 기르기 때문에 누
구에게든지 버릇이 없고 어리광을 부리며 사람에게나 짐승에게 잔인포악
한 짓을 많이 한다.

동네 사람들은,

"후레자식! 아비 속상하게 할 자식! 저런 자식은 없는 것만 못해."

하고, 욕들을 한다.

그래서 그의 어머니는 아들이 잘못할 때 마다 그의 영감을 보고,

"그 자식을 좀 때려 주구려. 왜 그런 것을 보고 가만두?"

하고 자기가 대신 때려 주려고 나서면,

"아뇨, 아직 철이 없어 그렇지. 저도 지각이 나면 그렇지 않을 것이 아
뇨."

하고 너그럽게 타이른다. 그러면 마누라는 왜가리처럼 소리를 지르며,

"철이 없긴 지금 나이가 몇이오, 낼 모레면 스무 살이 되는데, 또 며칠
아니면 장가를 들어서 자식까지 날 것이 그래 가지고 무엇을 한단 말이
오."

하고 들이대며,

"자식은 꼭 아버지가 버려 놓았습니다. 자식 귀여운 것만 알았지 버릇
가르칠 줄은 모르니까……."

이렇게 싸움이 시작만 하려 하면 영감은 아무 말도 하지 않고 바깥으로 나가 버린다.

그 아들은 더구나 벙어리를 사람으로 알지도 않는다. 말 못하는 벙어리라고 오고 가며 주먹으로 허구리를 지르기도 하고 발길로 엉덩이도 찬다.

그러면 그 벙어리는 어린것이 철없이 그러는 것이 도리어 귀엽기도 하고 또는 그 힘없는 팔과 힘없는 다리로 자기의 무쇠 같은 몸을 건드리는 것이 우습기도 하고 앙징하기도 하여 돌아서서 방그레 웃으면서 툭툭 털고 다른 곳으로 몸을 피해 버린다.

어떤 때는 낮잠 자는 벙어리 입에다가 똥을 먹인 때도 있었다. 또 어떤 때는 자는 벙어리 두 팔 두 다리를 살며시 동여매고 손가락과 발가락 사이에 화승불을 붙여 놓아 질겁을 하고 일어나다가 발버둥질을 하고 죽으려는 사람처럼 괴로워하는 것을 보고 기뻐하였다.

이러할 때마다 벙어리의 가슴에는 비분한 마음이 꽉 들어찼다. 그러나 그는 주인의 아들을 원망하는 것보다도 자기가 병신인 것을 원망하였으며 주인의 아들을 저주한다는 것보다 이 세상을 저주하였다.

그러나 그는 결코 눈물을 흘리지 않았다. 그의 눈물은 나오려 할 때 아주 말라붙어 버린 샘물과 같이 나오려 하나 나오지를 아니하였다.

그는 주인의 집을 버릴 줄 모르는 개 모양으로 자기가 있어야 할 곳은 여기밖에 없고 자기가 믿을 것도 여기 있는 사람들밖에 없을 줄 알았다. 여기서 살다가 여기서 죽는 것이 자기의 운명인 줄밖에 알지 못하였다. 자기의 주인 아들이 때리고 지르고 꼬집어뜯고 모든 방법으로 학대할지라도 그것이 자기에게 으레 있을 줄밖에 알지 못하였다. 아픈 것도 그 아픈 것이 으레 자기에게 돌아올 것이요, 쓰린 것도 자기가 받지 않아서는 안 될 것으로 알았다. 그는 이 마땅히 자기가 받아야 할 것을 어떻게 해야 면할까 하는 생각을 한 번도 하여 본 일이 없었다.

그가 이 집에서 떠나가라거나 또는 그의 생활 환경에서 벗어나려는 생각은 한 번도 해 보지 못하였다 할지라도 그는 언제든지 그 주인 아들이 자기를 학대하고 또는 자기를 못살게 굴 때 그는 자기의 주먹과 또는 자기의 힘을 생각하여 보았다.

주인 아들이 자기를 때릴 때 그는 주인 아들 하나쯤은 넉넉히 제지할 힘이 있는 것을 알았다.

어떠한 때는 아픔과 쓰림이 자기의 몸으로 스미어들 때면 그의 주먹은 떨리면서 어린 주인의 몸을 치려 하다가는 그는 그것을 무서운 고통과 함께 꽉 참았다.

그는 속으로,

'아니다. 그는 나의 주인의 아들이다. 그는 나의 어린 주인이다.'

하고, 꾹 참았다.

그리고는 그것을 얼핏 잊어버리었다. 그러다가도 동네집 아이들과 혹시 장난을 하다가 주인 아들이 울고 들어올 때에는 그는 황소같이 날뛰면서 주인을 위하여 싸웠다. 그래서 동네에서도 어린애들이나 장난꾼들이 벙어리를 무서워하여 감히 덤비지를 못하였다. 그리고 주인 아들도 위급한 경우에는 언제든지 벙어리를 찾았다. 벙어리는 얻어맞으면서도 기어드는 충견 모양으로 주인의 아들을 위하여 싫어하지 않고 힘을 다하였다.

2

벙어리가 스물세 살이 될 때까지 그는 물론 이성과 접촉할 기회가 없었다. 동네의 처녀들이 저를 '벙어리, 벙어리' 하며 괴상한 손짓과 몸짓으로 놀려먹음을 받을 적에 분하고 골나는 중에도 느긋한 즐거움을 느끼어 본 일이 있었으나 그가 결코 사랑으로써 어떠한 여자를 대해 본 일은 없었다.

그러나 정욕을 가진 사람인 벙어리도 그의 피가 차디찰 리는 없었다. 혹 그의 피는 더욱 뜨거웠을는지도 알 수 없었다. 뜨겁다 뜨겁다 못하여 엉기어 버린 엿과 같을지도 알 수 없었다.

그가 깜박깜박하는 기름 등잔 아래에서 밤이 깊도록 짚세기를 삼을 때이면 남모르는 한숨을 아니 쉬는 것도 아니지만 그는 그것을 곧 억제할 수 있을 만큼 정욕에 대하여 벌써부터 단념을 하고 있었다.

마치 언제 폭발이 될는지 알지 못하는 휴화산(休火山) 모양으로 그의 가슴속에는 충분한 정열을 깊이 감추어 놓았으나 그것이 아직 폭발될 시기가 이르지 못한 것이었다. 비록 폭발이 되려고 무섭게 격동함을 벙어리 자신도 느끼지 않는 바는 아니지마는 그는 그것을 폭발시킬 조건을 얻기 어려웠으며 또는 자기가 여태까지 능동적으로 그것을 나타낼 수가 없을 만큼 외계의 압축을 받았으며 그것으로 인한 이지(理智)가 너무 그에게 자제력(自制力)을 강대하게 하여 주는 동시에 또한 너무 그것을 단념만 하게 하여 주었다.

속으로, '나는 벙어리다.' 자기가 생각할 때 그는 몹시 원통함을 느끼는 동시에 다른 말하는 사람들과 똑같은 자유와 권리가 없는 줄 알았다. 그는 이와 같은 생각에서 언제든지 단념 안 하랴 단념하지 않을 수 없는 그 단념이 쌓이고 쌓이어 지금에는 다만 한 개의 기계와 같이 이 집에 노예가 되어 있으면서도 그것을 자기의 천직으로 알고 있을 뿐이요, 다시는 자기가 살아갈 세상이 없는 것같이밖에 알지 못하게 된 것이다.

3

그해 가을이다. 주인의 아들이 장가를 들었다. 색시는 신랑보다 두 살 위인 열아홉 살이다. 주인이 본시 자기가 언제든지 문벌이 얕은 것을 한탄하여 신부를 구할 때에 첫째 조건이 문벌이 높아야 할 것이었다. 그러나 문벌 있는 집에서는 그리 쉽게 색시를 내놓을 리가 없었다. 그러므로 하는 수 없이 그 어떠한 영락한 양반의 딸을 돈을 주고 사 오다시피 하였으니 무남독녀의 딸을 둔 남촌 어떤 과부를 꿀을 발라서 약혼을 하고 혹시나 무슨 딴소리가 있을까 하여 부랴부랴 성례식을 시켜 버렸다.

혼인할 때의 비용도 그때 돈으로 3만 냥을 썼다. 그리고 아들의 처가 집에 며느리 뒤보아 주는 바느질삯, 빨래삯이라는 명목으로 한 달에 2천 5백 냥씩을 대어 주었다.

신부는 자기 아버지가 돌아가기 전까지 상당히 견디기도 하고 또는 금지옥엽같이 기른 터이라 구식 가정에서 배울 것 읽힐 것은 못한 것이 없고 또는 본래 인물이라든지 행동거지에 조금도 구김이 있지 아니하다.

신부가 오자 신랑의 흠절이 생기기 시작하였다.

"신부에게다 대면 두루미와 까마귀지."

"아직도 철딱서니가 없어."

"색시에게 쥐여 지내겠지."

"신랑에겐 과하지."

동네집 말 좋아하는 여편네들이 모여앉으면 이렇게 비평들을 한다. 어떠한 남의 걱정 잘 하는 마누라님은 간혹 신랑 보는 그대로 세워 놓고,

"글쎄, 인제는 어른이 되었으니 셈이 좀 나요, 저리구 어떻게 색시를 거느려 가누. 색시방에 들어가기가 부끄럽지 않담."

하고 들이대다시피 하는 일이 있다.

이럴 적마다 신랑의 마음은 그 말하는 이들이 미웠다. 일부러 자기를 부끄럽게 하려고 하는 것 같아서 그후에 그를 만나면 말도 안하고 인사도 하지 아니한다.

또 그의 고모 되는 이가 와서 자기 조카를 보고,

"인제는 어른이야. 너도 그만하면 지각이 날 때가 되지 않았니. 네 처가 부끄럽지 아니하냐."

하고 타이를 적마다 그의 마음은 그 말하는 사람이 부끄럽다는 것보다도 자기를 이렇게 하게 한 자기 아내가 더욱 밉살머리스러웠다.

"여편네가 다 무엇이냐? 저 빌어먹을 년이 들어오더니 나를 이렇게 못 살게 굴지."

혼인한 지 며칠이 못 되어 그는 색시방에 들어가기를 않았다. 집안에서

는 야단이 났다. 마치 돼지나 말새끼를 혼례시키려는 것같이 신랑을 색시
방으로 집어넣으려 하나 막무가내였다. 그럴 때마다 신랑은 손에 닥치는
대로 집어 때려서 자기의 외사촌 누이의 이마를 뚫어서 피까지 나게 한
일이 있었다. 집안 식구들은 하는 수가 없어 맨 나중으로 아버지에게 밀
었다. 그러나 그것도 소용이 없을 뿐더러 풍파를 더 일으키게 하였다. 아
버지께 꾸중을 듣고 들어와서는 다짜고짜로 신부의 머리채를 쥐어잡아 마
루 한복판에 태질을 쳤다.

그리고는,

"이년, 네 집으로 가거라. 보기 싫다. 내 눈앞에는 보이지도 마라."
하였다. 밥상을 가져오면 그 밥상이 마당 한복판에서 재주를 넘고 옷을
가져오면 그 옷이 쓰레기통으로 나간다.

이리하여 색시는 시집 오던 날부터 팔자 한탄을 하고서 날마다 밤마다
우는 사람이 되었다.

울면은 요사스럽다고 때린다. 또 말이 없으면, 빙충맞다고 친다. 이리
하여 그 집에는 평화스러운 날이 하루도 없었다.

이것을 날마다 보는 사람 가운데 알 수 없는 의혹을 품게 된 사람이 하
나 있으니 그는 곧 벙어리 삼룡이였다.

그렇게 예쁘고 유순하고 그렇게 얌전한, 벙어리의 눈으로 보아서는 감
히 손도 대지 못할 만큼 선녀 같은 색시를 때리는 것은 자기의 생각으로
는 도저히 풀 수 없는 의심이다.

보기에는 황홀하고 건드리기도 황홀할 만큼 숭고한 여자를 그렇게 학대
한다는 것은 너무나 세상에 있지 못할 일이다.

자기는 주인 새서방에게 개나 돼지같이 얻어맞는 것이 마땅한 이상으로
마땅하지마는 선녀와 짐승의 차가 있는 색시와 자기가 똑같이 얻어맞는
것은 너무 무서운 일이다. 어린 주인이 천벌이나 받지 않을까 두렵기까지
하였다.

어떠한 달밤, 사면은 고요 적막하고 별들은 드문드문 눈들만 깜박이며

반달이 공중에 뚜렷이 달려 있어 수은으로 세상을 깨끗하게 닦아 낸 듯이 청명한데 삼룡이는 검둥개 등을 쓰다듬으며 밖 마당 멍석 위에 비슷이 드러누워 하늘을 쳐다보며 생각하여 보았다.

주인 색시를 생각하면 공중에 있는 달보다도 더 곱고 별들보다도 더 깨끗하였다. 주인 색시를 생각하면 달이 보이고 별이 보이었다. 삼라만상을 씻어 내는 은빛보다도 더 흰 달이나 별의 광채보다도 그의 마음이 아름답고 부드러운 듯하였다.

마치 달이나 별이 땅에 떨어져 주인 새아씨가 된 것도 같고 주인 새아씨가 하늘에 올라가면 달이 되고 별이 될 것 같았다.

더구나 자기를 어린 주인이 때리고 꼬집을 때 감히 입벌려 말은 하지 못하나 측은하고 불쌍히 여기는 정이 그의 두 눈에 나타나는 것을 다시 생각할 때 그는 부들부들한 개 등을 어루만지면서 감격을 느끼었다. 개는 꼬리를 치며 자기를 귀여워하는 줄 알고 벙어리의 손을 핥았다.

삼룡이의 마음은 주인 아씨를 동정하는 마음으로 가득 찼다. 또는 그를 위하여서는 자기의 목숨이라도 아끼지 않겠다는 의분에 넘치었다.

그것이 마치 살구를 보면 입 속에 침이 도는 것같이 본능적으로 느끼어지는 감정이었다.

4

새댁이 온 뒤에 다른 사람들은 자유로운 안 출입을 금하였으나 벙어리는 마치 개가 맘대로 안에 출입할 수 있는 것같이 아무 의심 없이 출입할 수가 있었다.

하루는 어린 주인이 먹지 않던 술이 잔뜩 취하여 무지한 놈에게 맞아서 길에 자빠진 것을 업어다가 안으로 들여다 누인 일이 있었다. 그때에 아무도 안에 있지 않고 다만 새댁 혼자 방에서 바느질을 하고 있다가 이 꼴을 보고 벙어리의 충성된 마음이 고마워서 그후에 쓰던 비단 헝겊조각으로 부지쌈지 하나를 하여 준 일이 있었다.

이것이 새서방님의 눈에 띄었다. 그래서 색시는 어떤 날 밤 자던 몸으로 마당 복판에 머리를 푼 채 내어동댕이가 쳐졌다. 그리고 온몸에 피가 맺히도록 얻어맞았다.

이것을 본 벙어리는 또다시 의분의 마음이 뻗쳐 올라왔다. 그래서 미친 사자와 같이 뛰어 들어가 새서방님을 내어던지고 새색시를 둘러메었다. 그리고 나는 수리와 같이 바깥 사랑 주인영감 있는 곳으로 뛰어가 그 앞에 내려놓고 손짓과 몸짓을 열 번 스무 번 거푸 하며 하소연하였다.

그 이튿날 아침에 그는 주인 새서방님에게 물푸레로 얼굴을 몹시 얻어맞아서 한쪽 뺨이 눈을 얼러서 피가 나고 주먹같이 부었다. 그 때릴 적에 새서방의 입에서 나오는 말은,

"이 흉칙한 벙어리 같으니, 내 여편네를 건드려!"

하고, 부지쌈지를 뺏어서 갈가리 찢어서 뒷간에 던졌다.

"그러고 이놈아! 인제는 주인도 몰라 보고 막 친다! 이런 것은 죽어야 해."

하고, 채찍으로 그의 뒷덜미를 갈겨서 그 자리에 쓰러지게 하였다.

벙어리는 다만 두 손으로 빌 뿐이었다. 말도 못하고 고개를 몇백 번 코가 땅에 닿도록 그저 용서해 달라고 빌기만 하였다. 그러나 그의 가슴에는 비로소 숨겨 있던 정의감이 머리를 들기 시작하였다. 그는 그 아픈 것을 참아 가면서도 북받치는 분노(심술)를 억제하였다.

그때부터 벙어리는 안방에 들어가지 못하였다. 이 들어가지 못하는 것이 더욱 벙어리로 하여금 궁금증이 나게 하였다. 그 궁금증이라는 것이 묘하게 빛이 연하여 주인 아씨를 뵈옵고 싶은 감정으로 변하였다. 뵈옵지 못하므로 가슴이 타올랐다. 몹시 애상(哀傷)의 정서가 그의 가슴을 저리게 하였다. 한 번이라도 아씨를 뵈올 수가 있으면 하는 마음이 더 나니 그의 마음의 넋은 느끼기를 시작하였다. 센티멘털한 가운데에서 느끼는 그 무슨 정서는 그에게 생명 같은 희열을 주었다. 그것과 자기의 목숨이

라도 바꿀 수 있을 것 같았다. 어떤 때는 그대로 대강이로 담을 뚫고 들어가고 싶도록 주인 아씨를 뵈옵고 싶은 것을 꾹 참을 때도 있었다.

그후부터는 밥을 잘 먹을 수가 없었다. 일도 손에 잡히지 않았다. 틈만 있으면 안으로만 들어가고 싶었다.

주인이 전보다 많이 밥과 음식을 주고 더 편하게 하여 주었으나 그것이 싫었다. 그는 밤에 잠을 자지 않고 집 가장자리를 돌아다녔다.

5

하루는 주인 새서방님이 술에 취하여 들어오더니 집안이 수선수선하여지며 계집 하인이 약을 사러 갔다 들어오는 것을 보고 그 계집 하인을 붙잡았다. 그리고 무엇이냐고 물었다.

계집 하인은 한 주먹을 뒤통수에 대고 얼굴을 젊다고 하는 뜻으로 쓰다듬으며 둘째손가락을 내밀었다. 그것은 그 집 주인은 엄지손가락이요, 둘째손가락은 새서방님이라는 뜻이요, 주먹을 뒤통수에 대는 것은 여편네라는 뜻이요, 얼굴을 문지르는 것은 예쁘다는 뜻으로 벙어리에게 쓰는 암호다.

그런 뒤에 다시 혀를 내밀고 눈을 뒤집어쓰는 형상을 하고 두 팔을 싹 벌리고 뒤로 자빠지는 꼴을 보이니 그것은 사람이 죽게 되었거나 앓을 적에 하는 말 대신의 손짓이다.

벙어리는 눈을 크게 뜨고 계집 하인에게 한 발자국 가까이 들어서며 놀라는 듯이 멀거니 한참이나 있었다.

그의 가슴은 무섭게 격동하였다. 자기의 그리운 주인 아씨가 죽었다는 말이나 아닌가. 그는 두 주먹을 마주치며 한숨을 쉬었다. 그리고는 자기 딴에 무엇을 생각하는 것처럼 두어 시간이나 두 눈만 껌벅껌벅하고 앉았었다.

그는 밤이 깊어 갈수록 궁금증 나는 사람처럼 일어섰다 앉았다 하더니

2시나 되어서 바깥으로 나가서 뒤로 돌아갔다.

그는 도둑놈처럼 조심스럽게 바로 건넌방 미닫이 앞 담에 서서 주저주저하더니 담을 넘었다. 가까이 창 앞에 서서 문 틈으로 안을 살피다가 그는 진저리를 치며 물러섰다.

어두운 밤에 그의 손과 발이 마치 그 뒤에 서 있는 감나뭇잎같이 떨리더니 그대로 문을 박차고 뛰어 들어갔을 때 그의 팔에는 주인 아씨가 한 손에 기다란 명주 수건을 들고서 한 팔로 벙어리의 가슴을 밀치며 뻐팅기었다. 벙어리는 다만 눈이 뚱그래서 "에헤" 소리만 지르고 그 수건을 뺏으려 애쓸 뿐이었다.

집안이 야단났다.

"집안이 망했군!"

"어디 사내가 없어서 벙어리를!"

"어떻든 알 수 없는 일이야!"

하는 소리가 이 구석 저 구석에서 수군댄다.

6

그 이튿날 아침에 벙어리는 온몸이 짓이긴 것이 되어 마당에 거꾸러져 입에서 피를 토하며 신음하고 있었다. 그 곁에서는 새서방이 쇠줄 몽둥이를 들고서 문초를 한다.

"이놈!"

하고는, 음란한 흉내는 모조리 하여 가며 건넌방을 가리킨다. 그러나 벙어리는 손을 내저을 뿐이다. 또 몽둥이에는 살점이 묻어 나왔다. 그리고 피가 흘렀다.

벙어리는 타들어가는 목으로 소리도 못 내며 고개만 내젓는다. 그는 피를 토하며 거꾸러지며 이마를 땅에 비비며 고개를 내흔든다. 땅에는 피가 스며든다. 새서방은 채찍 끝에 납뭉치를 달아서 가슴을 훔쳐갈겼다가 힘껏 잡아 뽑았다. 벙어리는 그대로 거꾸러지며 말이 없었다.

새서방은 그래도 시원치 못하였다. 그는 어제 벙어리가 새로 갈아 놓은 낫을 들고 달려왔다. 그는 그 시퍼렇게 드는 날을 번쩍 들었다. 그래서 벙어리를 찌르려 할 제 벙어리는 한 팔로 그것을 받았고 집안 사람은 달려들었다. 벙어리는 낫을 뿌리쳐 저리로 내던졌다.

주인은 집안이 망하였다고 사랑에 누워서 모든 일을 들은 체 만 체 문을 닫고 나오지를 아니하며 집안에서는 색시를 쫓는다고 야단이다. 그날 저녁에 벙어리는 다시 끌려 나왔다. 그때에는 주인 새서방이 그의 입던 옷과 신짝을 주며 눈을 부릅뜨고 손을 멀리 가리키며,

"가! 인제는 우리 집에 있지 못한다."

하였다. 이 소리를 듣는 벙어리는 기가 막혔다. 그에게는 이 집 외에 다른 집이 없다. 살 곳이 없었다. 자기는 언제든지 이 집에서 살고 이 집에서 죽을 줄밖에 몰랐다. 그는 새서방님의 다리를 끼어안고 애걸하였다. 말도 못하는 것을 몸짓과 표정으로 간곡한 뜻을 표하였다. 그러나 새서방님은 발길로 지르고 사람을 불렀다.

"이놈을 좀 내쫓아라."

벙어리는 죽은 개 모양으로 끄을려 나갔다. 그리고 대갈빼기를 개천 구석에 들이박히면서 나가곤드라졌다가 일어서서 다시 들어오려 할 때에는 벌써 문이 닫혀 있었다. 그는 문을 두드렸다. 그의 마음으로는 주인 영감을 찾았으나 부를 수가 없었다. 그가 날마다 열고 날마다 닫던 문이 자기가 지금은 열려 하나 자기를 내어쫓고 열지를 않는다. 자기가 건사하고 자기가 거두던 모든 것이 오늘에는 자기의 말을 듣지 않는다. 어려서부터 지금까지 모든 정성과 힘과 뜻을 다하여 충성스럽게 일한 값이 오늘에는 이것이다.

그는 비로소 믿고 바라던 모든 것이 자기의 원수란 것을 알았다. 그는 그 모든 것을 없애 버리고 자기도 또한 없어지는 것이 나은 것을 알았다.

그날 저녁 밤은 깊었는데 멀리서 닭이 우는 소리와 함께 개 짖는 소리

뿐이 들린다. 난데없는 화염이 벙어리 있던 오 생원의 집을 에워쌌다. 그
불을 미리 놓으려고 준비하여 놓았는지 집 가장자리로 쭉 돌아가며 흩어
놓은 풀에 모조리 돌라붙어 공중에서 내려다보면은 집의 윤곽이 선명하게
보일 듯이 타오른다.

불은 마치 피묻은 살을 맛있게 잘라 먹는 요마(妖魔)의 혓바닥처럼 날
름날름 집 한 채를 삽시간에 먹어 버리었다. 이와 같은 화염 속으로 뛰어
들어가는 사람이 하나 있으니 그는 다른 사람이 아니라 낮에 이 집을 쫓
겨난 삼룡이다. 그는 먼저 사랑에 가서 문을 깨뜨리고 주인을 업어다가
밭 가운데 놓고 다시 들어가려 할 제 얼굴과 등과 다리가 불에 데이어 쭈
그러져 드는 것을 알지 못하였다.

그는 건넌방으로 뛰어들었다. 그러나 색시는 없었다. 다시 안방으로 뛰
어들었다. 그러나 또 없고 새서방이 그의 팔에 매달리어 구원하기를 애원
하였다. 그러나 그는 그것을 뿌리쳤다. 다시 서까래가 불이 시뻘겋게 타
면서 그의 머리에 떨어졌다. 그러나 그는 그것을 몰랐다. 부엌으로 가 보
았다. 거기서 나오다가 문설주가 떨어지며 왼팔이 부러졌다. 그러나 그것
도 몰랐다. 그는 다시 광으로 가 보았다. 거기도 없었다. 그는 다시 건넌
방으로 들어갔다. 그때야 그는 색시가 타 죽으려고 이불을 쓰고 누워 있
는 것을 보았다. 그는 색시를 안았다. 그리고는 길을 찾았다. 그러나 나
갈 곳이 없었다. 그는 하는 수 없이 지붕으로 올라갔다. 그는 비로소 자
기의 몸이 자유롭지 못한 것을 알았다. 그러나 그는 자기가 여태까지 맛
보지 못한 즐거운 쾌감을 자기의 가슴에 느끼는 것을 알았다. 색시를 자
기 가슴에 안았을 때 그는 이제 처음으로 살아난 듯하였다. 그는 자기의
목숨이 다한 줄 알았을 때, 그 색시를 내려놓을 때는 그는 벌써 목숨이
끊어진 뒤였다. 집은 모조리 타고 벙어리는 색시를 무릎에 뉘고 있었다.
그의 울분은 그 불과 함께 사라졌을는지! 평화롭고 행복스러운 웃음이
그의 입 가장자리에 엷게 나타났을 뿐이다.

뽕

1

안협집이 부엌으로 물을 기어 가지고 들어오매 쇠죽을 쑤던 삼돌이란 머슴이 부지깽이로 불을 헤치면서,

"어젯밤에는 어디 갔었던고?"

하며, 불밤송이 같은 머리에 왜수건을 질끈 동여 뒤통수에 슬쩍 질러맨 머리를 번쩍 들어 안협집을 훑어본다.

"남 어데 가고 안 가고 님자가 알아 무엇할 게요?"

안협집은 별 꼴사나운 소리를 듣는다는 듯이 암상스러운 눈을 흘겨보며 톡 쏴 버린다.

조금이라도 염량이 있는 사람 같으면 얼굴빛이라도 변하였을 것 같으나 본시 계집의 궁둥이라면 염치없이 추근추근 쫓아다니며 음흉한 술책을 부리는 삼십이나 가까이 된 노총각 삼돌이는 도리어 비웃는 듯한 웃음을 웃으면서,

"그리 성낼 게야 무엇 있습나? 어젯밤에 안쥔 심바람으로 님자 집을

갔었으니깐 두루 말이지."

하고 털 벗은 송충이 모양으로 군데군데 꺼칫꺼칫하게 난 수염을 숯검정
묻은 손가락으로 두어 번 쓰다듬었다.

"어젯밤에도 김 참봉 아들네 사랑방에서 자고 왔습네그려."

삼돌이는 싱긋 웃는 가운데에도 남의 약점을 쥔 비겁한 즐거움이 나타
났다.

"무엇이 어쩌고 어째, 이 망나니 같은 놈……."

하는 말이 입 바깥까지 나왔던 안협집은 꿀꺽 다시 집어삼키면서,

"남 어데 가 자든 말든 상관할 것이 무엇이고!"

하며, 물동이를 이고서 다시 나가려 하니까,

"흥! 두구 보소. 가만 있을 줄 알았다가는……."

"듣기 싫어! 별꼬락서니를 다 보겠네."

2

강원도 철원 용담(龍潭)이라는 곳에 김삼보(金三甫)라는 자가 있으니
나이는 삼십오륙 세나 되었고, 키는 작달막하여 목은 다가붙고 얼굴빛은
노르께하며 언제든지 가죽창 받은 미투리에 대갈편자를 박아 신고 걸음을
걸을 적마다 엉덩이를 내저으므로 동리에서 그를 '땅딸보 김삼보', '아편
쟁이 김삼보', '오리궁둥이 김삼보'라고 부르는데 한 달에 자기 집에 붙
어 있는 날이 이틀이라면 꽤 오래 있는 셈이요, 하루라면 예사다. 그리고
는 언제든지 나돌아다니므로 몇 해 전까지도 잘 알지 못하였으나 차차 동
리서 소문이 돌기를 '노름꾼 김삼보'라는 말이 퍼지자 점점 알아본즉 딴
은 강원도, 황해도, 평안도 접경을 넘어다니며 골패 투전으로 먹고 지내
는 것이 알려지게 되었다.

그 노름꾼 김삼보의 여편네가 아까 말하던 안협집이니 안협(安峽)은
즉 강원, 평안, 황해, 삼 도 품에 있는 고읍(古邑)의 이름이다.

그 안협집을 김삼보가 얻어 오기는 지금으로부터 5년 전, 안협집이 스물한 살 되던 해인데 어떻게 해서 얻었는지 자세히는 알지 못하나 사람들의 말을 들으면 술 파는 것을 눈을 맞추어서 얻었다고 하기도 하고, 계집이 김삼보에게 반해서 따라왔다기도 하고, 또는 그런 것 저런 것도 아니라 계집의 전 남편과 노름을 해서 빼앗았다고도 하는데 위인된 품으로 보아서 맨 나중 말이 가장 유력할 것 같다고 동리 사람들이 말을 한다.

처음에 안협집이 동리에 오자 그 동리 그 또래 계집들은 모두 석경을 들여다보게 되었다. 안협집이 비록 몸은 귀하게 태어나지 못하였으나 인물이 남달리 고운 점이 있어, 동리 젊은것들이 암연히 부러워도 하고 질투도 하게 되고 또는 석경 속에 비친 자기네들의 예쁘지 못한 얼굴을 쥐어뜯고 싶기도 하였으니 지금까지 '나만한 얼굴이면' 하는 자만심이 있던 젊은 계집들에게 가엾게도 자가결함(自家缺陷)이 폭로되는 환멸을 느끼게 하기까지도 하였다.

그러나 촌구석에서 아무렇게나 자란데다가 먼저 안 것이 돈이었다.

'돈만 있으면 서방도 있고 먹을 것, 입을 것이 다 있지.' 하는, 굳은 신조는 자기 목숨을 내어놓고는 무엇이든지 제공하여 부끄러운 것이 없었다.

십오륙 세 적, 참외 한 개에 원두막 속에서 총각 녀석들에게 정조를 빌린 것이나, 벼 몇 섬, 돈 몇 원, 저고릿감 한 벌에 그것을 빌리는 것이 분량과 방법이 조금 높아졌을 뿐이요 그 관념은 동일하였다.

그리하여 이곳으로 온 뒤에도 동리에서 돈푼이나 있고 얌전한 젊은 사람은 거의 다 한 번씩은 후려 내었으니 그것은 남자 편에서 실없은 짓 좋아하는 이에게 먼저 죄가 있다 하는 것보다도 이쪽 안협집에게 그 책임이 더 있다고 할 수 있고, 또 그것보다 더 큰 죄는 그 남편 되는 노름꾼 김삼보에게 있다고 할 수가 있으니 그것은 남편 노름꾼이 한 달에 한 번을 올까 말까 하면서도 올 적에는 빈손을 들고 오는 때가 많으니 젊은 계집 혼자 지낼 수가 없으매 자연히 이 집 저 집 동리로 다니며 품방아도 찧어

주고 김도 매 주고 진일도 하여 주며 얻어먹다가, 한번은 어떤 집 서방님에게 실없는 짓을 당하고 나서 쌀 말과 피륙 필을 받아 보니 그것처럼 좋은 벌이가 없어 차츰차츰 이번에는 자기가 스스로 벌이를 시작하여 마치 장사하는 사람이 거래 단골을 트듯이, 이 사람 저 사람을 집어먹기 시작하더니 그것도 차차 눈이 높아지니까 웬만한 목도꾼 패장이나 장돌림, 조금 올라가서 순사 나리쯤은 눈으로 거들떠보지도 않게 되고, 적어도 그곳에서는 돈푼도 상당하고 여간해서 손아귀에 들지 않는다는 자들을 얼러 보기 시작하게 되었던 것이다.

그후부터는 일하지 않고 지내며 모양내고 거드름 부리고 다니는데 자기 남편이 오면,

"이번에는 얼마나 땄습노?"

하고, 포르께한 눈을 사르르 내려뜬다.

"딴 게 뭔가, 밑천까지 올렸네."

삼보는 목 뒤를 쓰다듬으며 입맛을 다신다. 그러면 안협집은 전에 없던 바가지를 긁으며,

"×알 두 쪽을 달구서 그래 계집만두 못하다는 말요."

하고서, 할 말 못할 말을 불어서 풀을 잔뜩 죽여 놓은 뒤에는 혹시 서방이 알면 경이 내릴까 하여 노자랑 밑천 푼을 주어서 배송을 낸다. 그러면 울며 겨자먹기로 삼보는 혼자 한숨을 쉬면서,

"허허, 실상 지금 세상에는 섣부른 ×알보다는 계집 편이 훨씬 나니라."

하고, 봇짐을 짊어지고 가 버린다.

3

이렇게 이삼 년을 지내고 난 어느 가을에 삼돌이란 놈이 그 뒷집 머슴으로 왔는데 놈이 어느 곳에서 어떻게 빌어먹던 놈인지는 모르나 논맬 때

콧소리나마 아리랑타령 마디나 똑똑히 하고 술잔이나 먹을 줄 알며, 동료들 가운데 나서면 제법 구변이나 있는 듯이 떠들어젖히는 것이 그럴 듯하고 게다가 힘이 세어서 송아지 한 마리 옆에 끼고 개천 뛰기는 밥먹듯하는 까닭에 동리에서는 호랑이 삼돌이로 이름이 높다.

놈이 음침하여 오던 때부터 동리 계집으로 반반한 것은 남 모르게 모두 건드려 보았으나 안협집 하나가 내내 말을 듣지 않으므로 추근추근 귀찮게 구는데 마침 여름이 되어 자기 집주인 마누라가 누에를 놓고 혼자는 힘이 드니까 안협집을 불러서 같이 누에를 길러 실을 낳거든 반분하자는 약속을 한 후 여름내 같이 누에를 치게 된 것을 알고 어떤 틈 기회만 기다리며,

"흥, 계집년이 배때가 벗어서 말쑥한 서방님만 얼르더라. 어디 두고 보자. 너도 깩 소리 못하고 한번 당해야 할걸! 건방진 년!"
하고는 술잔이나 취하면 주먹을 들었다 놓았다 한다.

그러자 집주인 마누라가 치는 누에가 거의 오르게 되자 뽕이 떨어졌다. 자기 집 울타리에 심은 뽕은 어림도 없이 다 따다 먹이었고, 그후에는 삼돌이란 놈을 시켜서 날마다 10리나 되는 건넛말 일가집 뽕을 얻어다 먹이었으나 그것도 이제는 발가숭이가 되게 되었다. 인제는 뽕을 사다 먹이는 수밖에 없게 되었다. 그러나 사다가 먹이자면 돈이 든다. 주인 노파는 담뱃대를 물고서 생각하여 보았다.

'개량 뽕이 좋기는 좋지마는 돈을 여간 받아야지. 그리고 일일이 사서 먹이려다가는 뽕값으로 다 들어가고 남는 것이 어디 있나.'

노파 생각에는 돈 한푼 안 들이고 공짜로 누에를 땄으면 좋을 것이다. 돈 한푼을 들인다 하면 그 한푼이 전 수확에서 나오는 이익의 전부같이 생각되어 못 견디었다. 그뿐 아니라 자기 혼자 이익을 먹는 것 같으면 모르거니와 안협집하고 동사로 하는 것이므로 안협집이 비록 뼈가 부서지도록 일을 한다 하더라도 그 힘이 자기 주머니에서 나가는 돈 한푼만 못해 보인다. 그래서 뽕을 어떻게 공짜로, 돈 안 들이고 얻어 올 궁리를 하고

있다가 안협집이 마침 마당으로 들어서매,

"뽕 때문에 일 났구려."

하며 안협집에게 무슨 도리가 없느냐고 물어 보았다.

"글쎄."

안협집 생각은 주인의 마음과 또 달라서 남의 주머니 돈 백 냥이 내 주머니 돈 한 냥만 못하다. 그래서 '돈 주면 살 걸' 하는 듯이 심상하게 있다.

"어떻게 해서든지 구해 와야지."

서로 얼굴만 쳐다볼 때, 들에 나갔던 삼돌이란 놈이 툭 튀어들어오다가 이 소리를 듣더니 제딴은 동정하는 표정으로,

"그것 일 났쇠다. 어떻게 하나……."

한참 허리를 짚고 생각을 해 보더니,

"형! 참 그 뽕은 좋더라마는 똑 되기를 미선조각같이 된 놈이 기름이 지르르 흐르는데 그놈을 먹이기만 하면 고치가 차돌같이 여물 거야!"

들으라는 말인지 혼잣말인지는 모르나 한마디를 탁 던지고 말이 없다. 귀가 반짝 띈 주인은,

"어디 그런 것이 있단 말이야?"

하며 궁금증 난 사람처럼 묻는다.

"네, 저 새술막에 있는 뽕밭에 있는 것 말씀이오."

혹시 좋은 수나 있을까 하다가 남의 뽕밭, 더구나 그것으로 살아가는 양잠소 뽕이라, 말씨름만 하는 것이 될 것 같으므로,

"응! 나도 보았지, 그게 그렇게 잘 되었나? 잘 되었겠지. 그렇지만 그런 것이야 짐으로 있으면 무엇하나."

"언제 보셨어요?"

"보기야 여러 번 보았지. 올봄에 두릅 따러 갔다가도 보고."

삼돌이란 놈이 한참 있다가 싱긋 웃더니 은근하게,

"쥔마님! 제가 뽕을 한 짐 져다 드릴 것이니 탁주 많이 먹이시렵니

까?"

듣던 중에도 그렇게 반가운 소리가 또 어디 있으랴.

"작히 좋으랴. 따 오기만 하면 탁주에다 젓이라도 담그마."

귀찮스런 삼돌이도 이런 때는 쓸만하다는 듯이 안협집도 환심 얻으려는 듯한 웃음을 웃으며 삼돌이를 보았다. 삼돌이는 사내자식의 솜씨를 네 앞에 보여 주리라 하는 듯이 기운이 나며 만족하였다.

그날 밤 저녁을 먹고 자정때나 되었을 때, 삼돌이는 눈을 비비며 일어나서 문 밖으로 나갔다. 나갔다가 한 두어 시간 만에 무엇인지 지고 오더니 그것을 뒤꼍 건넌방 뒤 창 밑에 뭉뚱그려 놓았다.

이튿날 보니까 딴은 미선쪽 같은 기름이 흐르는 뽕잎이었다.

"어디서 났을꼬?"

주인하고 안협집은 수군수군하였다.

"그 녀석이 밤에 도둑질을 해 온 게지? 뽕은 참 좋소, 그렇지?"

"참 좋쇠다. 날마다 이만큼씩만 가져오면 넉넉히 먹이겠쇠다."

두 사람은 뽕을 또 따 오지 않을까 보아서 아무 말도 아니하고,

"참 뽕 좋더라. 오늘도 좀 또 따 오렴."

하고 충동인다. 놈은 두 손을 내저으며,

"쉬, 떠드시지 맙쇼. 큰일나죠. 그것이 그렇게 쉬워서야 그 노릇만 하게요. 까딱 하다가는 다리 마디가 두 동강 날걸요."

도둑해 온 삼돌이나 받아들인 두 사람이나 도둑질했소! 하는 말은 없으나 서로 알고 있다.

그러자 하루는 주인이 안협집더러,

"여보, 이번에는 임자가 하루 저녁 가 보구려. 그놈이 혹시 못 가게 되더래도 임자가 대신 갈 수 있지 않수. 또 고삐가 길면은 바래인다구 무슨 일이 있을지 모르니 임자가 둘이 가서 한몫 많이 따 오는 것이 좋지 않수."

안협집이 삼돌이를 꺼리는 줄 알지마는 제 욕심에 입맛이 달아서 자꾸

자꾸 충동인다.

"따다가 잡히면 어찌하구요."

"무얼! 밤중에 누구 알우? 그리고 혼자 가라오, 삼돌이란 놈하고 가랬지."

"글쎄 운이 글러서 잡히거나 하면 욕이지요."

잡히는 것보다도 안협집의 걱정은 보기도 싫은 삼돌이란 녀석하고 밤중에 무인지경을 가라니 그것이 딱한 일이다.

안협집의 정조가 헤프기도 유명한 만큼 또 매몰스럽기도 유명하여 한번 맘에 들지 않는 것은 죽어도 막무가내다. 그것은 만 냥 금을 주어도 거들떠보지도 아니한다. 그런데 삼돌이가 그 중에 하나를 참례하여 간장을 태우는 모양이다.

안협집은 생각하여 결심해 버렸다.

'빌어먹을 녀석이 그 따위 맘을 먹거든 저 죽이고 나 죽지. 내 기운은 없어도……'

하고 쌀쌀하게 눈을 가로뜨고 맘을 다가먹었다.

그리고는 뽕을 따러 가기로 하였다.

삼돌이는 어깨에서 춤이 저절로 추어진다.

"얘, 이것이 정말인가, 거짓말인가? 이제는 때가 왔구나. 인제는 제가 꼭 당했지."

놈이 신이 나서 저녁 먹고 마당 쓸고, 소여물 주고, 도야지, 병아리 새끼 몰아 넣고, 앞뒤로 돌아다니며 씻은 듯 부신 듯 다해 놓고, 목물하고 발 씻고, 등거리 잠뱅이까지 갈아입은 후 곰방대에 담배를 꾹꾹 눌러 듬뿍 한모금 내뿜으며 시간 오기만 기다린다.

4

안협집은 보자기를 가지고 삼돌이를 따라서 뽕밭을 향하여 간다.

날이 유달리 깜깜하여 앞의 개천까지 자세히 보이지 않는다. 돌부리가 발부리를 건드리면 안협집은 에구 소리를 내며 천방지축으로 다리도 건너고 논이랑도 지나고 하여 길 반쯤 왔다.

삼돌이란 놈은 속으로 궁리를 하였다.

'뽕을 따기 전에 논이랑으로 끌고 가? ……아니지, 그러다가는 뽕두 못 따 가지고 오면 어떻게 하게…… 저도 열녀가 아닌 다음에야 당하고 나면 할말 없지. 아주 그런 버릇이 없는 년 같으면 모르거니와…… 옳지, 수가 있어, 뽕을 잔뜩 따서 이어 주면 제가 항우의 딸년이라고 한번은 중간에서 쉬렷다. 그러거든…….'

이렇게 궁리를 하다가 너무 말이 없으니까 심심파적도 될 겸 또는 실없이 농담도 좀 해서 마음을 좀 떠보아 나중 성사의 전제도 만들어 놓을 겸 공연히 쓸데없는 말을 지껄인다.

"삼보는 언제나 온답데까?"

"몰라, 언제는 온다 간다 말이 있어 다니나."

"그래 영감은 밤낮 나돌아다니니 혼자 지내기 쓸쓸치 않소?"

놈이 모르는 것같이 새삼스럽게 시치미를 뗀다.

"별걱정 다 하네. 어서 앞서 가, 난 길이 서툴러 못 가겠으니…….

"매우 쌀쌀하구려. 나는 님자를 위해서 하는 말인데. 그렇지만 김 참봉 아들이란 쇠귀신 같은 놈이라 아무리 다녀도 잇속 없네. 내 말이 그르지 않지."

안협집은 삼돌이가 아주 터놓고 말을 하는 것을 들으니까 분해서 뺨이라도 치고 싶었으나 그대로 참으며,

"무엇이 어째? 말이라면 다 하는 줄 아는군."

하고, 뒤로 조금 떨어져 걸어갈 제 전에도 그 녀석이 미웠지마는 남의 약점을 들어 가지고 제 욕심을 채우려는 것이 더 더러웠다.

뽕밭에 왔다. 삼돌이란 놈이 철망으로 울타리한 것을 들어 주어 안협집이 먼저 들어가고 나중으로 삼돌이란 놈은 그 무거운 다리를 성큼하여 안

으로 들어갔다. 들어가다가 발끝에 삭정이 가지를 밟아서 딱 우지끈 소리
가 나고 조용하였다.

　삼돌이는 손에 익어서 서슴지 않고 따지마는 안협집은 익지도 못한데다
가 마음이 떨리고 손이 떨려서 마음대로 안 된다.

　삼돌이는 뽕을 따면서도 이따가 안협집을 꾀일 궁리를 하지마는 안협집
은 이것 저것을 잊어버리고 손에 닥치는 대로 뽕을 땄다.

　얼마쯤 땄다. 갑자기 안협집의 뒤에서,

　"누구야!"

하고, 범 같은 소리를 지르는 남자 소리가 안협집의 담을 서늘하게 하였
다.

　삼돌이란 놈은 길이나 되는 철망을 어느 결에 뛰어넘었는지 십여 간 통
이나 달아나서 안협집을 불렀다.

　"어서 와요! 어서, 어서!"

　그러나 안협집은 다리가 떨려서 빨리 나와지지를 않는다. 그러나 죽을
힘을 다하여 달아나려고, 한아름 잔뜩 따 넣었던 뽕을 내던지고 철망으로
기어나오기는 나왔으나 치맛자락이 걸려서 잡아당긴다. 거기에 더 질겁
을 해서 그대로 쭉 찢고 나오려 할 때, 때는 이미 늦었다. 뽕 지키던 남자
는 안협집을 잡았다.

　"이 도둑년! 남의 뽕을 네 것같이 따 가? 온 참, 이년, 며칠째냐, 벌
써? 이렇게 남의 것이라고 건깡깽이로 먹으면 체하지 않을 줄 알았더냐?
저리 가자."

　안협집은,

　"살려 주소, 제발 잘못했으니 살려만 주소. 나는 오늘이 처음이오. 저
삼돌이란 놈이 날마다 따 가지 나는 죄가 없쉬다."

하고, 손이 발이 되도록 빈다.

　"듣기 싫어. 이년아! 무슨 변명이냐. 육시를 하고도 남을 년 같으니.
왜, 감옥소의 콩밥 맛이 고소하더냐?"

"그저 잘못했습니다."

삼돌이는 보이지 않고 뽕지기는 안협집 손목을 끄을고 뽕밭으로 들어갔다.

"이리 와! 외양도 반반히 생긴 년이 무엇이 할 게 없어 뽕서리를 다녀."

하더니 성냥불을 그어 대고 안협집을 들여다보더니,

"훙!"

의미있는 웃음을 웃어 버렸다.

안협집은 이 웃음에 한가닥 희망을 얻었다. 그 웃음은 안협집의 손아귀에 자기를 갖다 쥐어 준다는 웃음이다. 안협집은 따라서 방싯 웃었다. 그 웃음 한 번이 넉넉히 뽕지기의 마음을 반 이상이나 흰 죽 풀어지게 하였다.

안협집은 끌려갔다.

'제가 철석 같은 간장을 가진 놈이 아닌 바에…… 한 번이면 놓아 줄걸.'

그는 자기의 정조를 팔아서 자기의 죄를 면할 수 있음을 알았다.

그는 마지 못하는 체하고 끌려갔다.

삼돌이란 놈은 멀리서 정경만 살피다가 안협집을 뽕지기가 데리고 가는 것을 보더니 두 눈에서 쌍심지가 돋았다.

"얘, 이놈이 호랑이 삼돌이를 모르는 모양이다. 그러나 대관절 어떻게 할 셈이냐? 이놈 안협집만 건드려 보아라. 정강마루를 두 토막에다 내놓을 터이니. 오늘 밤에는 꼭 내 것이던 걸 그랬지. 어디 좀 가까이 좀 가 볼까?"

이제는 단판씨름이라 주먹이 시비 판단을 하는 때이다. 다시 철망을 넘어서 들어갔다. 들어가서는 이곳 저곳 귀를 기울이더니 이 구석 저 구석으로 돌아다녀 보았다.

저쪽에서 인기척이 웅얼웅얼하더니 아무 말이 없다. 한 두서너 시간 그

넓은 뽕밭을 헤매고 또 거기 닿은 과목밭, 채마전, 나중에는 그 옆 원두
막까지 가 보았다. 놈이 뽕나무 밭 가운데 부풀덤불을 보지 못한 까닭
이다.

그는 입맛만 다시면서 집으로 와서 주인에게 그 이야기를 했다.

노파의 눈이 등잔만해지더니 두 손, 두 다리가 사시나무 떨듯한다.

"이거 일 났구나. 어쩌면 좋단 말이냐."

좌불안석을 할 제 삼돌이란 녀석은 분한 생각에 곰방대만 똑똑 떨고 앉
았다.

5

그날 새벽에 안협집은 무사히 왔다. 머리에 지푸라기가 묻고 몸매무시
가 말이 아니다.

"에그, 어떻게 왔어? 응?"

주인은 눈에 눈물이 괴어서 어루만진다.

"무얼 어떻게 와요? 밤새도록 놈하고 승강이를 하다가 그대로 왔지."

"그대로 놓아 주던가?"

"놓아 주지 않고, 붙잡아 두면 어찌할 테야?"

일이 너무 싱겁다. 삼돌이란 놈만 혼잣말처럼,

"내가 잡혔더면 콩밥을 먹었을걸, 여편네니까 무사했지."

주인은 그래도 미진해서,

"그래, 잘 놓아 주었으니 다행이지. 그러나 저러나 뽕은 어떻게 되었
소?"

"아! 뺏겼죠!"

"인제는 아무 일 없겠소?"

"일이 무슨 일예요."

그날 밤에 삼돌이란 놈은 혼자 앉아서 생각하기를,

'복 없는 놈은 하는 수가 없거든. 그러나 내가 다 눈치를 채었으니까, 노름꾼놈이 오거든 일르겠다고 위협을 하면 년도 발이 저려서 그대로는 못 있지, 내 입을 안 막고 될 줄 아는 게로구면.'

그후부터는 삼돌이란 놈이 안협집을 보고는,

"뽕지기놈을 보고 싶지 않나?"

하고 오며 가며 맞대놓고 빈정대기도 하고 빗대놓고도 비웃는다.

"뽕이나 또 따러 가소."

이러는 바람에 온 동리에서 다 알았다. 안협집은 분해서 죽겠는데, 하루는 삼돌이란 놈이 막 안협집이 이불을 펴고 누우려는데 찾아와서 추근추근 가지도 않고,

"삼보 김서방이 올 때도 되었습네그려."

하며, 눈치를 본다. 안협집은 졸음이 와서 눈꺼풀이 뻣뻣하여 오는데 삼돌이란 놈이 가지도 않는 것이 귀찮아서,

"누가 아우. 오고 싶으면 오고 가고 싶으면 가겠지."

하고, 담벼락에 비스듬히 기대앉는다.

삼돌이의 눈에는 그 고단해하면서 비스듬히 누워서 눈을 감을락말락한 안협집의 목덜미 살찌기며 볼그레한 두 볼이 몹시 정욕을 일으킨다.

그래서 차츰차츰 말소리가 음흉해 간다.

"님자는 사람을 너무 가려 봅디다. 그러지 마슈. 나도 지금은 남의 집 머슴놈이지마는 집안 지체라든지 젊었을 적에는 그래도 행세하는 집에서 났더라우. 지금은 그놈의 원수스런 돈 때문에 이렇게 되었지마는……."

하고, 말을 건네려 하는데 안협집은 별 시러베자식 다 보겠다는 듯이 대답이 없다.

"자! 그럴 것 있소. 오늘은 내 청을 한번 들어 주소그려."

하고, 바싹 달려드는 바람에 반쯤 감았던 안협집의 눈은 똥그래지며 어느결에 삼돌의 뺨에 손뼉이 올라가 정월에 떡치듯 철썩한다.

"이놈! 아무리 쌍녀석이기로 이게 무슨 버르장머리냐. 냉큼 가거라!"

하고 호령이 추상 같다. 삼돌이란 놈은 따귀를 비비면서 성이 꼭두까지 일어나서,

"무엇이 어쩌고 어째. 흥! 어디 또 한 번 때려 봐라."

일이 이렇게 되었으니 자기가 하려던 것은 이루고 마는 것이 상책이다. 이래도 소문은 날 것이요, 저래도 소문은 날 것이니 이왕이면 만족이나 채우고 소문이 나더라도 나는 것이 자기에게는 이로울 것 같았다.

더구나 안협집으로 말을 하면 온 동리에서 판박아 놓은 화냥년이니 한 번 화냥이나 두 번 화냥이나, 남이나 내가 무엇이 다를 것이 있으랴 하는 생각이 났다. 도리어 자기의 만족을 한번 얻는 것이 사내자식으로서 일종의 자랑인 것같이 생각되었다.

그는 두 팔로 안협집을 힘껏 끼어안고,

"내가 호랑이 삼돌이다! 네가 만일 내 말을 들으면 무사하지만 그렇지 않으면 그대로 두지 않을 터이야! 네 남편이 오기만 하면 모조리 꼬아바칠 터이야! 뽕 따러 갔던 날 일까지 모조리!"

무식한 놈이라 야비한 곳이 있다. 안협집은 그 소리가 얼마나 사내답지 못하였는지 알 수 없었다. 쇠 같은 팔이 자기 허리를 누를 때 눈을 감고 한번만 허락할까 하려다가 그 말을 듣고서 고만 침을 얼굴에 뱉었다.

"이 더러운 녀석! 네가 그까짓 것으로 나를 위협한다고 말을 들을 줄 아니."

하고, 소리를 질렀다. 삼돌이는 손으로 안협집 입을 막았으나 때는 늦었다. 마침 마을 다녀오던 이장의 동생이 이 소리를 듣고 문을 열었다.

삼돌이란 놈은 무안해서 얼굴이 붉어지며 안협집을 놓았다. 안협집은 분해서 색색거리며,

"저놈 보시소. 아닌 밤중에 혼자 자는데 와서 귀찮게 굽니다. 저 죽일 놈이요. 좀 끌어 내다 중치(重治)를 좀 해 주시오."

이장의 동생은 안협집의 행실을 아는 고로 삼돌이만 보내려고,

"이놈이 할일이 없거든 자빠져 자기나 하지, 왜 아닌 밤중에 남의 계

집의 방에서 지랄야? 냉큼 네 집으로 가거라!”

두 눈이 등잔만하여진다.

“네, 그런 게 아니라 실없이 기롱을 좀 했삽더니…….”

“딛기 싫어! 공연이 어름어름하면서, 이놈아 너는 사람을 죽여도 기롱으로 아느냐?”

삼돌이는 쫓겨났다. 이장의 동생은 포달을 부리며 푸념을 하는 안협집을 향하여,

“젊은것이 늦도록 사내 녀석들을 방에다 붙이니까 그런 꼴을 당하지.”

“누가요?”

“고만둬! 어서 잠이나 자.”

하며 문을 닫아 주고 나가 버렸다.

6

삼돌이는 앙심을 먹었다. 안협집을 어떻게 해서든지 한번 굻리리라는 생각이 가슴속에 탱중하였다. 안협집은 독이 났다. 삼돌이란 놈 분풀이를 하려는 생각이 머리끝까지 올라왔다.

이튿날 동리에 소문이 났다.

“삼돌이란 놈이 뺨을 맞았다지! 녀석이 음침하니까.”

“그렇지만 계집년이 단정하면 감히 그런 맘을 먹을라구.”

“그렇구말구! 제 행실야 판에 박은 행실이니까.”

“지가 먼저 꼬리를 쳤던 게지.”

이 소리가 바람에 떠돌아오자 안협집은 분하였다. 요조숙녀보다도 빙설 같은 여자인데, 이런 누추한 소문을 듣는 것 같았다. 맘에 드는 서방질은 부정한 일이 아니요, 죄가 아니요, 모욕이 아니나 마음에 없는 놈에게 그런 소리를 듣고 당하는 것은 무서운 모욕 같았다.

그는 그길로 삼돌의 주인 마누라에게로 갔다.

"삼돌이란 놈을 내쫓으소."

주인은 벌써 알아채었으나 안협집 편은 안 들었다. 다만 어루만지는 수작으로,

"무얼 내쫓을 것까지 있소. 그만 일에…… 그저 눈감아 두지."

"왜 눈을 감는단 말이요?"

주인은 속으로 웃었다.

'소 한 필을 달라면 줄지언정 삼돌이를 내놔?'

하였다.

"내쫓아서 무얼 하우, 또."

'어림없는 년! 네가 떠들면 떠들수록 네 밑구멍 들춰서 남보이는 것이라'는 듯이 치어다보며 맨 나중으로 아주 잘라 말을 해 버렸다.

"나는 못 내보내겠소."

안협집은 분해서 집에 와서 머리를 쥐어뜯으며 울었다. 그리고 또 결심했다.

"두고 봐라. 너희들까지 삼돌이를 싸고 도니! 영감만 와 봐라."

하루는, 딴은 영감이 왔다. 안협집은 곤두박질을 하면서 맞았다.

"에그, 어서 오슈."

노름꾼 김삼보는 눈이 뚱그래졌다. 무슨 큰 좋은 일이나 생긴 것 같았다. 딴 때와 유달리 반가워하는 것이 의심스럽고 이상하였다.

방에 들어앉아마자 얼마나 땄느냐는 말도 물어 보지 않고 삼돌이란 놈에게 욕당할 뻔하였다는 말을 넋두리하듯 이야기하였다.

"사람이 분해서 죽겠구려. 이것도 모두 영감 잘못 둔 탓이야. 오죽 영감이 위엄이 없어 보이면 그따위 녀석이 그런 짓을 할라고…… 영감이라고 있으나 없으나 마찬가지지, 1년 열두 달 계집이 죽거나 살거나 내버려두고 돌아만 다니니까……."

영감은 픽 웃었다.

"왜 내 잘못인가? 오죽 행실을 잘 가지면 그따위 녀석에게 그 꼴을 당

한담."

김삼보는 분이 나지 않는 것도 아니었다. 그러나 계집의 소행을 짐작도 하려니와 그놈의 주먹도 아니 생각할 수가 없었다. 계집이 먹여 살리라는 말이 없고 이혼하자는 말만 없는 것이 다행해서 서방질을 해도 눈을 감아 주고 무슨 짓을 하든지 그저 코대답만 하여 주던 터이라 그런 소리가 귓전으로 들릴 뿐이다.

"내가 행실 잘못 가진 게 무어요?"

안협집은 분풀이라도 하여 줄 줄 알았더니 도리어 타박을 주므로 분한데 악이 났다.

"글쎄 무어야! 무엇? 어디 대 봐요! 임자가 내 행실 그른 것을 보았소? 어디 보았거든 본 대로 말을 하시우."

딴은 김삼보는 집어서 말할 것이 없었다. 그는 그저 그런 눈치만 채었지, 반박할 증거는 잡은 것이 없다.

"본 거나 다름없지!"

"무엇이 본 거나 다름없어? 1년 열두 달 계집이 죽거나 살거나 내버려두었다가 이제 와서 한다는 소리가 그거밖에 없어? 살기가 싫거든 그대로 살기 싫다고 그래, 사내답게. 왜 고만 냄새가 나지? 또 어디다가 계집을 얻어 논 게지."

"이년이 뒈지지를 못해서 기를 쓰나?"

"그렇다. 이놈아! 네까짓 녀석 아니면 서방 없을까 봐 그러니, 더러운 녀석!"

김삼보의 주먹은 안협집의 등줄기를 우렸다.

"이년, 그래도 잔소리야! 주둥이 좀 닥치지 못하겠니……."

이렇게 서로 툭탁거리며 싸우는 판에 뒷집에서 삼돌이란 놈이 이 소리를 듣고서 가장 긴한 체하고 달려왔다.

"삼보 김서방 언제 오셨소?"

하고, 마당에 들어섰다. 김삼보는 그놈의 상판을 보자 참았던 분이 꼭두

까지 올라온다. 삼돌이는 제법 웃음을 띠며,

"허허, 오래간만에 만나셔서 내외분 싸움이 웬일이시우?"

어디서 한잔을 하였는지 얼굴이 불콰하다.

김삼보는 눈을 흘겨 뚫어지도록 삼돌이를 치어다보았다.

"이놈아! 남이사 내외 싸움을 하든 말든 참견이 무어야!"

삼돌이란 놈은 주춤하였다. 그는 비지 같은 눈곱이 낀 눈을 꿈벅꿈벅하더니,

"그렇게 역정내실 것 무엇 있수. 말 좀 했기로……"

"이놈아 네가 아랑곳할 게 무어야?"

"아랑곳은 할 것 없어도 흥정은 붙이고 싸움은 말리랬으니까 말이오. 나는 싸움 좀 못 말린단 말이오?"

하고, 술냄새를 풍기며 다가앉는다.

"이놈아! 술을 먹었거든 곱게 삭여!"

이번에는 삼돌이란 놈이 빌붙었다.

"나 술 먹고 어찌하든 김서방이 관계할 게 무어요."

"이놈아! 남의 내외 싸움에 참견을 하니까 그렇지."

주고받다가 삼돌이의 멱살을 김삼보가 쥐었다.

"이 녀석, 네가 무슨 뻔뻔으로 이따위 수작이냐? 내 계집 이놈 왜 건드렸니?"

삼돌이는 발이 조금 저렸으나 속으로 흥하고 웃었다.

"요까짓 게 누구 멱살을 쥐어? 앙징하게……"

하더니 김삼보의 팔을 잡아 마당에다가 내려갈기니 개구리 떨어지듯 캑한다.

"요놈의 자식아! 내 말을 좀 들어 보고 말을 해! 네 계집 흠절을 모르고 뎀비기만 하면 강산이냐? 이 동리 반반한 사내양반 쳐놓고 네 계집 건드리지 않은 놈이 없다. 이놈! 꼭 집어 말을 하라면 위에서 아래로 내리섬기마. 이놈 너도 계집 덕분에 노잣냥, 노름 밑천푼 좋이 얻어 썼지. 그

래 집이라고 오면서 볼 받은 것이나마 옥양목버선 별이나 얻어 가지고 가는 것은 모두 어디서 나온 것으로 아니? 요 땅딸보 오리궁둥아! 아무리 속이 밴댕이 같기로…… 그리고 또 들어 봐라. 나중에는 주워 먹다 못해서 뽕지기까지 주워 먹었다.”

안협집이 파래서 달려든다.

“이놈! 네가 보았니!”

“보나 안 보나 일반이지.”

“이녀석, 네 말을 듣지 않으니까 된 말 안 된 말 주둥이질을 하는구나.”

동리 사람들이 모여들었다. 안협집은 삼돌이에게 발악을 하고 김삼보는 듣고만 있다.

한참 있더니 듣다듣다 못 참는 듯이 삼돌이란 놈이 안협집에게로 달려들며,

“이년이 뒈지려고 기를 쓰나?”

하고 주먹을 들었다.

동리 사람들이 호령을 하고 말렸다.

“이놈! 저리 얼른 가거라!”

삼돌이는 변명을 하며 뻗댕겼다. 그러나 여러 사람에게 끌려 저리로 가 버렸다.

사람이 헤어지자 노름꾼은 계집의 머리채를 잡았다.

그는 삼돌이에게 태질을 당한 것이 분하였다. 그뿐 아니라 그렇게까지 계집년의 행실을 온 동리에서 아는 것이 분하였다.

“이년! 더러운 년! 뽕밭에는 몇 번이나 나갔니?”

발길로 지르고 주먹으로 패고 머리채를 잡아당기고 땅에다 질질 끌었다. 그는 이를 갈고 어쩔 줄을 몰랐다. 계집은 울고 발버둥질을 쳤다.

“죽여라! 죽여!”

“그럼 살려 줄 줄 아니? 이년! 들어앉아서 하는 게 그런 짓밖에는 없

어?"

김삼보는 자기의 무딘 팔다리가 계집의 따뜻하고 연한 몸에 닿을 때에 적지 않은 쾌감을 느끼었다. 그는 그럴수록 더욱 힘을 주어 저리도록 속에 숨겨 있던 잔인성이 북받쳐 올라왔다.

맞은 안협집은 당장에 죽을 것 같았다. 그는 생각하기를 이왕 이리 된 바에야 모두 말해 버리고 저하고 갈라서면 고만이지 언제는 귀밑머리 풀고, 사주단자 보내고, 사당에 예배드린 내외냐. 저는 저고 나는 난데, 왜 이렇게 때리노? 하는 맘이 나며,

"이것 놔라! 내 말하마!"

하고, 머리를 붙잡았다.

"뽕밭에는 한 번밖에 안 갔다. 어쩔 테냐?"

삼보는 더욱 머리채를 잡아챘다.

"이년! 한 번?"

이번에는 더 때렸다. 안협집은 말한 것이 후회가 났다. 삼보는 그래도 거짓말을 한다고 그대로 엎어 놓고 짓밟았다. 안협집은 기절을 하였다. 삼보는 귀로 안협집의 숨소리를 들어 보았다. 그러나 숨소리가 없다. 그는 기겁을 하여 약국으로 갔다. 그의 팔다리는 떨렸다. 그가 의사에게서 약을 지어 가지고 왔을 때 안협집은 일어나 앉아 있었다. 삼보는 반갑기도 하고 분하기도 하여 약을 마당에 팽개쳤다. 그리고 밤새도록 서로 말이 없었다.

이튿날은 벙어리들 모양으로 말이 없이 서로 앉아 밥을 먹고, 서로 앉아 치어다보고, 서로 말만 없이 옷도 주고 받아 갈아입고, 하루를 더 묵어 삼보는 또 가 버렸다. 안협집은 여전히 동리 집 공청 사랑에서 잠을 잤다. 누에는 따서 30원씩 나눠 먹었다.

지형근

1

지형근(池亨根)은 자기 집 앞에서 괴나리봇짐 질빵을 다시 졸라매고 어머니와 자기 아내를 보았다. 어머니는 마치 풀 접시에 말라붙은 풀껍질 같이 쭈글쭈글한 얼굴 위에 뜨거운 눈물 방울을 떨어뜨리며 아들 형근을 보고 목메는 소리로,

"몸이 성했으면 좋겠다마는 섬섬약질이 객지에 나서면 오죽 고생을 하겠니. 잘 적에 더웁게 자고 음식도 가려 먹고 병날까 조심하여라! 그리고 편지해라!"

하며 느껴 운다.

형근의 젊은 아내는 돌아서서 부대로 만든 행주치마로 눈물을 씻으며 코를 마셔 가며 울면서도 자기 남편을 마지막 다시 한 번 보겠다는 듯이 훌쩍 고개를 돌리어 볼 적에 그의 눈알은 익을 둥 말 둥한 꽈리같이 붉게 피가 올라갔다.

"네, 네!"

형근은 대답만 하면서 얼굴빛에 섭섭한 정이 가득하고 가슴에서 북받치는 눈물을 참느라고 코와 입과 눈썹이 벌룩벌룩한다.

동리 사람들이 그 집 문간에 모두 모여 섰다. 어렸을 적 친구들은 평생 인사를 못해 본 사람들처럼 어색한 어조로 인사들을 한다.

어떤 사람은 체면치레로 말 한 마디 던져 버리고 그대로 돌아서 저쪽에 가 서는 사람들도 있지마는, 어떤 늙은이는 머리서부터 쓰다듬어 내려 마치 어린애같이 볼기짝을 두드리면서,

"응, 잘 다녀오게, 돈 많이 벌어 가지고 오게. 허어 기막힌 일일세, 자네 같은 귀둥이 노동을 하려고 집을 떠나 간다니 자네 어른이 이 꼴을 보시면 가슴이 막히실 일이지."

하는 두 눈에서는 진주 같은 눈물이 괴어 오르다가 흰 눈썹이 섬세하고 쌍꺼풀이 진 눈을 감았다 뜰 때 희끗희끗한 눈썹 위에는 눈물이 구을러 맺힌다. 노인이 우는 바람에 어머니와 아내의 울음소리는 더 잦아지며 동리집 노파들도 눈물을 씻고 젊은 장정들은 초상집에 가서 상제 우는 바람에 부질없이 나오는 울음을 참으려는 것같이 코들만 들이마시기도 하고 눈만 슴벅슴벅하고 있다.

형근도 눈물을 씻으며 어머니께 인사를 하고 다시 동리 사람을 향하여 작별을 하였다.

자기 아내는 도리어 보는 것이 마음을 약하게 하여 주는 것이며 장부의 할 만한 것이 아니라는 듯이 보지도 않고 돌아서서 동구로 향하였다. 동리 늙은이와 자별한 친구들은 뒤를 따라와 주며, 어린아이들은 마치 출전하는 장군 앞에 선 군대들같이 앞에도 서고 뒤에도 서서 따라온다.

형근은 가다가 돌아다보고 또 가다가 돌아다봤다. 얼만큼 오니까 아이들도 다 가고 따라오던 사람들도 다 흩어지고 자기 혼자몸이 고개 마루턱에 올라섰다.

뒤를 돌아다보니 자기가 살던 이십여 호밖에 보이지 않는 촌락이 밤나무, 느티나무 사이에 섞여 있다. 자기 집 앞에는 사람들이 흩어지고 어머

니와 자기 아내만 여전히 자기 뒤를 바라보고 섰다.

그는 여태까지 나지 않던 눈물이 어디서 나오는지 폭포같이 쏟아진다. 아침해가 기쁜 듯이 잔디 위 이슬에서 오색 빛을 반사하고 송장메뚜기가 서 있는 감발 위에 반갑게 튀어오르나 그것도 보이지 않는다.

분홍 저고리에 남조각으로 소매에 볼을 받아 입고 왜반물 치마에 부대 쪽 행주치마를 입고 백랍 비녀에 가짜 산호반지를 낀 자기 아내 생각을 할 제 스물두 살 먹은 이 젊은 사람의 가슴은 터질 것 같았다.

그는 한 발자국에 돌아서고 두 발자국에 돌아섰다.

멀리 보이는 자기 집은 아침해의 그늘이 비추인 산모퉁이에 가리어 보이지 않았다.

2

그는 오 리쯤 가서 단념하였다.

"내가 계집애에게 끄을려서 이렇게 약한 마음을 먹다니!"

그는 마치 번개같이 주먹을 내흔들었다. 그리고 벌건 진흙이 묻은 발을 땅이 꺼져라 하고 더벅더벅 내놓았다.

그는 고개를 쳐들었다. 가슴을 내놓았다. 하늘은 한없이 높이 개었는데 넓은 벌판 한가운데 신작로로 나서니까 그 가슴속에는 끝없는 희망이 차는 듯하였다.

가면 된다. 이대로 가기만 하면 내 주먹에 지전 뭉텅이를 들고 온다. 그는 열흘 갈 길을 하루에 가고 싶었다.

그때 강원도 철원군에는 팔도 사람이 다 모여들었다.

그 모여드는 종류의 사람인즉 어떠냐 하면 대개는 시골서 소작농들을 하다가 동양척식회사에서 소작권을 잃어버린 사람이 아니면 일확천금의 꿈을 꾸고 허욕에 덤빈 사람들이었다.

그것은 철원에 수리조합이 생기며 그 개간공사로 노동자를 사용하는 까닭도 있지만 금강산 전기철도(金剛山電氣鐵道)가 놓이며 철원은 무서운 속력으로 발전을 하는 데 따라서 다소간의 금융이 윤택하여지며 멀리서 듣는 불쌍한 사람들의 마음을 충동이어, '나도 철원, 나도 평강(平康)' 하고 덤비게 된 것이다.

노동자가 모이어 주막이 늘고 창기가 늘었다.

자본 있는 자들은 노동자가 많이 모여들수록 임금을 낮춰서 얼마든지 그들의 기름을 짜내었다. 그러나 그렇게 기름을 짜낸 돈은 또 주막과 창기가 짜내었다. 남은 것은 언제든지 비인 주먹이었다.

평화스런 철원읍에는 전기철도라는 괴물이 생기더니 풍기와 질서는 문란할 대로 문란하여졌다.

그래도 경상도, 경기도 여기저기 할 것 없이 모든 것을 잃어버린 불쌍한 농민들은 요행을 바라고 철원, 평강으로 모여들었다.

지형근도 지금 그러한 괴물의 도가니, 피와 피를 빨아먹고 짓밟고 물어 뜯고 볶는 도가니를 향하여 가며 가슴에는 이상의 꽃을 피게 하고 있는 것이나 마치 절벽 위에서 신기루(蜃氣樓)에 홀려서 한 걸음 두 걸음 끝을 향하여 나가는 것이다.

그는 오십 리를 못 가서 발이 부르텄다. 그는 한 시간에 십 리를 걸었다 하면 지금은 그것의 절반 오 리도 못 걸었다.

그는 발 부르튼 것을 길가에 서서 지긋지긋 눌러 보며 혼자 속으로,

'흥, 올 적에는 기차 타고 온다. 정거장에서 집까지가 오 리밖에 안 되니 그때는 잠깐 걷지……'

그러나 그는 주머니 속을 생각하여 보았다. 발병이 나지 않고 그대로 줄창 잘 걸어간다 해도 닷새나 돼야 들어갈 것이다. 그러면 주머니에 있는 행자는 얼마냐? 빠듯하게 쓰고도 남을지 말지 하다.

해는 져 간다. 가슴에서는 공연히 무서운 생각이 났다. 만일 발병이 더하여 길을 못 가게 되면 어찌하나.

그는 용기가 줄어들고 희망에 구름이 끼는 것 같았다.

그는 비척비척 맥이 없이 걸어가며 궁리해 보았다. 그는 자기가 가는 길가에 아는 사람의 집을 모조리 생각해 보았다.

말할 만한 집이 하나도 없었으나 거기서 한 십 리쯤 샛길로 휘어 들어 가면 거기 큰 촌이 하나 있었다. 그 촌 이름을 여기에 쓸 필요가 없으매 그만두지마는 그 촌에는 자기 아버지가 한참 호기 있게 돈을 쓰고 그 근처 읍에 이름있는 쪽자로 있을 때 소작인으로 있던 사람이 생각난다.

그는 그를 자기 집 사랑에서 자기 아버지 앞에 황송한 태도로 앉아 있 는 것을 보기는 보았을지라도 그의 집을 찾아간 일은 물론 없었다.

"옳지⋯⋯."

형근은 무릎을 쳤다.

"김 서방을 찾아가면 얼마간이라도 돌릴 수가 있을 터이지, 거저 달래 는 것인가? 돌아올 때 갚을걸!"

그는 김 서방의 상전이란 관념이 있었다. 옛날에 자기 아버지의 은덕으 로 살아간 사람이니까 은덕을 베푼 자의 아들의 편의를 보아 주는 것도 떳떳한 일이라 하였다.

즉 자기 마음이 그러니까 남의 마음도 그러하리라 하였다.

그는 허위단심 김 서방 집을 찾았다. 그 집 앞에는 훤한 논과 밭이 있 고 집은 대문이 컸다.

주인을 찾으매 정말 김 서방이 나왔다. 김 서방은 반가워하면서 놀랐 다.

"이게 웬일야?"

김 서방은 존대도 아니요 어리벙벙하게 말을 해 버렸다. 형근은 이것이 의외였다. 아무리 세상이 망해서 내가 제 집을 찾아왔기로 어디를 보든지 말버릇이 그렇게 나오는지 못할 것이었다.

"어서 들어가세."

이번에는 허세가 나왔다. 형근의 얼굴은 노래졌다가 다시 붉어졌다.

그는 대답이 없었다. 마당에 서서 해만 바라보았다. 해는 벌써 저쪽 서

산 위에 반쯤 걸리었다.

그러나 그는 단념하였다. 자기가 노동을 하러 괴나리봇짐을 나가는 이 시대에서 무엇보다도 돈이 있어야 한다. 돈만 있으면 무엇이든지 된다. 양반도 되고 남을 부릴 수도 있으니까 자기도 돈을 벌어서 다시 옛날의 문벌을 회복하고 남을 부려 보리라 하였다. 그러니까 지금은 참아야 한다. 숙명적으로 그는 자기가 이렇게 된 것이니까 단념하지 않을 수가 없었다.

옛날에는 문벌만 있으면 무슨 짓——사람을 죽이고도 무사하였던 것이나 마찬가지로 지금은 돈만 있으면 무슨 짓이든지 괜찮다는 관념이 한층 깊어지며 그는 얼핏 목적지에 가서 돈을 벌어 가지고 오고 싶었다.

그는 분을 참고 그 집에서 잤다. 김 서방은 옛날의 어린 주인을 잘 대접하였다.

그는 밥상을 내놓으면서도 웃고, 정한 자리를 펴 주면서도 웃었다. 또는 떠날 때도 종종 들르라고 하면서 웃었다.

김 서방은 지금처럼 만족하고 좋은 때가 없었다. 그것은 다른 것이 아니라 여태까지 자기가 깨닫지 못하였던 자랑을 깨달은 까닭이다. 즉 옛날에 자기가 고개를 숙이던 사람의 자식이 자기 집에 와서 숙식을 빌게 될 만큼 자기가 잘된 것에 만족한 것이었다.

형근은 또 주저주저하였다. 어젯밤부터 궁리도 하여 보고 분한 생각에 단념도 하여 보고 다시 용기도 내어 보던 돈 취할 일, 가장 중대한 일이 그대로 남은 까닭이었다.

그는 눈 딱 감고,

"여쭙쇼!"

하였다. 그는 목소리가 떨리며 자기가 얼마나 비열하여졌는지 스스로 더러운 생각이 났다.

말을 하였다. 김 서방은 벌써 알아챘다는 듯이 또 웃으며 생색내고 소청한 돈의 삼분지 이를 주었다.

형근은 그 돈을 들고 나오며 분개도 하고 욕도 하고 또는 홀연한 생각이 나서 정신없이 앞만 보고 갈수록 그는 돈이 얼마나 필요한가를 새삼스러이 느끼는 것 같았다.

3

형근은 다리로 자기가 걸어온 것이 아니라 팔과 머리로 다리를 끌어 온 것 같았다.

그는 예정보다 사흘이 늦어서 철원에 도착하였다. 그는 한 다리를 건너면서 두 팔을 벌릴 듯이 반가워하였다. 그는 자기더러 오라고 편지를 한 동향 친구를 찾아가서 지금까지 지고 온 봇짐을 벗어 놓을 때 그는 모든 괴로움과 압박에서 벗어나는 듯하였다.

그러나 그의 짐을 벗어 놓은 것은 어깨를 가볍게 함이 아니라 그 위에 더 무거운 짐을 지우기 위함이었다.

그는 자기 친구를 찾았을 때 여간한 환멸을 느끼지 않았다.

우선 그가 있는 집이라는 것은 마치 짐승의 우릿간과 같은데 거기서 여러 십 명 사람들이 도야지들 모양으로 옹기종기 모여 있었다.

땅을 파고 서까래를 버틴 후 그 위에 흙을 덮고 약간의 지푸라기로 덮어 놓은 것이 그들의 집이었다. 방 안에는 발에는 감발이며 다 떨어진 진흙 묻은 양말 조각이 흐트러 있고 그 속은 마치 목욕탕에 들어간 것같이 숨이 막힐 듯한 냄새가 하나 가득 찼었다.

물론 광선이 잘 통할 리가 없었다. 캄캄하여 눈앞을 잘 분간할 수 없는 그 속에는 사람의 눈들만 이리 굴고 저리 굴고 하였다. 그는 손으로 더듬어서 그 속을 들어갔다.

발길에는 사람의 엉덩이도 채여지고 허구리도 건드려졌다. 그럴 적마다 그들은 굶주린 맹수 모양으로 악에 바친 듯이 소리를 질렀다.

그는 친구의 권하는 대로 자리에 앉았다. 그리고 여러 사람들에게 인사를 시켰다.

새로 온 사람이라고 여러 사람들은 절을 하다시피 반가워하였다. 저 구석에서 다섯 직째나 학질을 앓던 사람까지 일어나 인사를 하고 눕는다. 그들에게는 이 새로이 온 친구가 반가운 친구라고 함보다는 다시없는 먹이였다.

그들은 새로 온 사람의 노자냥 남은 것을 노리어서 그것으로 다만 한때라도 탁주 몇 잔, 육회 몇 접시를 토색하기 위해서 자기네의 가진 아첨과 가진 친절을 다하는 것이다.

어떠한 사람은 동향 사람이라고 가까이하려 하였다. 또 어떤 사람은 동성동본이라고 친절히 하였다. 또 어떠한 사람은 어려서 자기 아버지와 형근의 아버지와 친하였다고 세교라고 늦게 만난 것을 한탄하였다.

이래서 형근은 처음 이 움 속에 들어올 적에 느끼는 환멸이 어느덧 신뢰하는 마음과 이상과 기쁨으로 가득 차 버렸다. 그날 저녁에 노자푼 남은 것으로 그 근처 선술집에서 두서너 사람과 탁주를 먹으며 편지하던 친구에게 물었다.

"자네는 그 동안에 돈 좀 모았나?

"아직 모으지는 못하였네. 그러나 인제 수 생길 일이 있지."

친구는 당장에 수만금 재산을 한손에 움켜쥘 듯이 말을 하였다. 그것도 그럴 것이 그는 아직까지 황금 덩어리가 멀지 않은 장래에 자기 손목에 아니 들어올 리가 없으리라고 생각하는 까닭이다.

"설마 천 리 타향까지 나왔다가 맨손 들고 들어가겠나? 지금은 좀 고생이 되지마는 그래도 잘 부비대기를 치면 돈 몇백 원쯤이야 조반 전에 해장하기지."

형근은 또 가슴속이 든든하여지며 이번에는 걸쭉한 막걸리는 그만두고 입 가볍고 상긋한 약주를 청하였다.

"그러나저러나 여러 형님네가 저를 위해서 어떻게 힘을 좀 써 주셔야겠습니다. 형님들은 저보다야 경험도 많으시고 또 그런 데 길도 좋으실 테니까요."

형근은 눈이 거슴츠레해서 안주를 들며 말을 하였다.

"아따 염려 마시우. 내가 그 형이나 이런 데 와서 서로 형제나 친척같이 생각할 것이 아니요."

그 중에 머리 깎고 지카다비 신고 행전 친 노동자가 대답을 하였다.

"그럼 저는 형장만 꼭 믿습니다."

"글쎄 염려 말아요."

그날 저녁 그는 여러 가지 진기한 것을 보았다. 번화한 시가도 보고 또 술 파는 어여쁜 계집도 보았다. 그리고 여기서 쓰는 말이며 습속을 배웠다.

그는 어리둥절한 가운데에도 속이 느긋하고 만족하여 그대로 하루 저녁을 그 움 속에서 자고 났다. 그는 고린내나는 발이 자기 코 위에 올려놓이고 허구리를 장작개비 같은 발이 다리질러도 그것이 화가 나지 않고 그 여러 사람을 오히려 동정하고 불쌍타 하는 생각을 가졌었다. 이들도 지금에는 이렇게 고생을 하지마는 나중에는 모두 돈들을 벌어 가지고 고향으로 돌아가면 호강할 친구들이라고 생각하였다.

그 이튿날 새벽 다섯시가 되더니 그 같이 자던 사람 중에서 서너 사람은 눈을 부비고 어디로인지 가는 것을 보았다. 그는 어제 자기가 올 적에도 보지 못한 사람이요, 또는 어느 틈에 들어왔는지도 알지 못하는 사람들이었다. 그가 나갈 적에 누가 한 사람 인사하는 일도 없고 눈 한번 거들떠보는 사람도 없었다.

그들이 나갈 적에 부산한 바람에 옆엣사람들이 잠을 깨었다가 그들이 다 나가는 것을 보고,

"간나웨자식들, 나가면 곱상스리 나갈 것이지."

하고 투덜대는데 그의 눈은 무서웠다. 마치 뒀다 만나자는 원수를 벼르는 것 같았다. 형근은 그것을 보고 그와 눈이 마주칠까 보아서 눈을 얼핏 감고서 아무리 생각하여 보아도 그러할 리가 없었다. 자기에게는 그렇게 친

절히 하던 사람들로는 결단코 하지 않을 일이었다. 그는 그 노동자의 질투를 몰랐으므로 이런 의심을 품었으나 누구든지 이러한 사회에 있으면 그렇게 험상스럽게 될 수 있을 것을 몰랐던 것이다.

그가 다시 실눈을 뜨고 방 안을 슬그머니 둘러볼 적에는 젖뜨려 놓은 싸리 거적문으로 아침해가 붉은 빛을 띠고 들이비치는데, 그 해가 비치는 거적 위에는 아까 그 불량한 노동자가 코를 땅에다 대고 코를 고는 바람에 땅바닥의 먼지가 펄썩펄썩 일어났다.

아침에 일어나자 어저께 그 지카다비 신고 각반을 쳤던 노동자가 형근을 깨웠다.

"세수하시우."

그는 세수 옹배기에 물을 떠서 움 밖에 놓았었다. 형근은 황송하고 고맙다는 말을 하고 세수를 하였다. 그리고 아침 먹는 곳을 물었다.

"나만 따라오시우."

형근은 자기 친구(편지한 친구)를 찾으려 하였으나 그자의 수선 바람에 그대로 끄을려 갔다.

술집에 가서 해장술에 술국밥을 먹었다. 시골서는 먹어 보지도 못하던 것인데 값도 꽤 싸다 하였다. 물론 돈도 형근이가 치렀다. 인제는 주머니 밑천이라고 은화 이십 전 하나하고 동전 몇 푼이 남았을 뿐이다. 그러나 그는 내일은 일구멍이 생기겠지 하였다.

돌아오는 길에 그자는 형근의 행장에 무엇이 있는가 물어 보았다. 그는 조선무명 홑옷 두 벌과 모시 두루마기 두 벌과 삼승버선이 한 벌 있다 하였다.

그것은 자기 집안이 풍족할 때 자기 아버지가 장만하여 두고 입지 않고 넣어 두었던 것을 이번에 자기 아내가 행장에 넣어 주었던 것이라 그것이 그에게는 다시없는 치장이요 또는 문벌 자랑거리였다. 그자는 그 말을 듣더니 코웃음을 웃으면서 형근을 비웃었다.

"그까짓 것은 무엇에 쓴단 말이요, 여보!"

형근이 자기 속으로는 무척 자랑삼아 말한 것이 당장에 핀잔을 받으니
까 무안하기도 한 중에 또 이상스러웁고 놀라웠다. 이런 곳에서는 그런
것쯤은 반 푼어치의 값이 없나 보다 하는 생각을 하니까 자기의 말한 것
이 창피하기도 하고 이제는 자기가 무슨 사치하고 영화스러운 생활을 할
수 있게 되었나 보다 할 때 즐거웠다.

그날 저녁에 형근은 지카다비 신은 사람에게 꼬을려 왔다.

그가 저녁을 같이 먹으러 가자 하면서 끝엣말에다가,

"내가 한턱 씀세."

하였다.

형근은 막걸리 서너 잔에 얼근하였다. 두 사람이 술집에서 나와서 서너
집 지나오다가 그자는 형근을 툭 치며,

"여보, 일구녕 뚫어났쇠다."

"어디요?"

"허허 그렇게 쉽게 알으켜 주겠소? 한턱 쓰소."

형근은 좋기는 좋지마는 한턱 쓰라는 데는 아무 말도 하지 못하고 다
만,

"허허."

하고 반벙어리처럼 한탄 비슷한 대답을 하였을 뿐이다. 그런즉 이런 어리
보기쯤야 하는 듯이 두서너 번 까불러 보다가 그자가 미리 묘책 하나를
알려 주었다.

"그렇게 합시다. 그까짓 것 무슨 소용있소. 땀 한번 배면 고만일걸. 돈
푼이나 수중에 들어오면 양복 한 벌을 허름한 것 사 입어요. 그러면 더럼
안 타고 오래 입고 어디 나서든지 대우받고 좀 좋소? 여기서 조선옷 입은
사람야 헐 수 없는 사람들이나 입지 노형 같은 젊은이가 뭘 못해 본단 말
이요. 그렇게 합시다."

형근은 그자의 말대로 곧 귀를 기울일 수는 없었다. 일이 너무 크고 자
기의 이성으로는 판단하여 결단하기가 대단히 어려운 까닭이다.

그는 이럴까 저럴까 난처한 생각으로 다만,

"글쎄요, 글쎄요……."

하기만 하며 둥싯둥싯 그자의 뒤만 따라 다녔다. 그러니까 그자는 화를 덜컥 내며,

"여보, 이런 데 와서는 매사에 그렇게 머뭇거리다가 안 돼요. 여기가 어떤 덴데 그렇소, 엥? 난 모르오. 엑 맘대로 하시오."

하고 홱 가 버리려 하니까 형근은 약한 마음이 하는 수 없이 그자를 다시 불러,

"그렇게 역정야 낼 것 무엇 있소. 좋을 대로 하십시다그려."

"글쎄, 좋을 대로 누가 하지 않는댔소. 노형이 자꾸 느리배기를 부리니까 그렇지."

옷을 팔았다.

4

형근은 친구에게 끌려서 어떤 앉은 술집으로 들어갔다. 그 친구가 두루마기 판 것을 자기 손에 쥐어 줄 줄 알았더니 그것도 그렇게 하지 않고 첫걸음에 가는 곳은 이화(梨花)라는 여자가 술을 파는 내외 술집이었다.

"나만 따라오시우. 내 어여쁜 색시 구경을 시켜 줄 터이니!"

어깨가 으쓱하여지며 두 눈을 찡긋찡긋하는 그자의 뒤를 따라가며 어여쁜 색시라는 말을 들으니까 속으로는 당길심도 없지 않았으나 첫째 노는 계집 옆에를 가 보지 못한 것은 말할 것 없고 그런 종류의 여자라면 겁부터 집어먹을 줄밖에 모르는 그는 가슴이 두근두근하여질 뿐이다.

"이런 데를 오며는 계집 다루는 것도 배워야 합니다."

형근이 쭈볏쭈볏하는 것을 보고 그자는 속으로, '네가 아직 철이 안 났구나!'

하는 듯이 코웃음 섞어 말을 하였다.

형근은 그래도 속으로 빳빳한 맛이 있어서 그자에게 멸시를 당하는 것
이 창피도 하고 분하기도 하나 사실 뻗댕길 자신도 없었다. 그는 그저 우
물쭈물하며 그 뒤를 따라갈 뿐이다. 그렇지만 따라가기는 하면서도 몹시
조심이 되고 조마조마한 생각이 나며 자기 몸에 창피한 곳이나 없나 하는
생각이 나서 걱정이었다.

마루 앞까지 서슴지 않고 들어선 그자는,

"여보, 술 파우!"

하고 소리를 높여 제법 의젓하게 주인을 부르더니 서투른 기침을 하였다.

안방에서는 여러 사람들이 술이 취하여 장거리의 장꾼들처럼 제각기 떠
들다가 그 소리에 떠들던 것까지 뚝 그쳤다.

그 왁자지껄하던 남자들의 거친 목소리를 좌우로 물결 헤치듯이 좍 헤
치고 복판을 타고 나오는 연한 목소리는 주인의 목소리였다.

"네, 나갑시다."

이 소리를 듣더니 그자의 눈은 끔뻑하여졌다. 그러더니 형근을 한번 본
후에,

"이거 손님이 왔는데도…… 아무도 없소?"

하고 짐짓 못 들은 체하고 이번에는 더 높은 소리를 질렀다.

"나갑니다."

하고 그 여자는 소리를 질렀다. 그러더니 문이 열리며 그 여자의 치맛자
락이 문에 스치며 나오는 것이 보였다.

"어서 오십시요, 저 건넌방으로 들어가시지요."

형근의 눈에는 머리를 치거슬러 빗어 왜밀 칠을 하여 지르를 흐르게 하
고 횟박쓰듯 분을 바르고 값 낮은 연지를 입에다 칠하고 금니한 이 사이
에서 껌을 딱딱 씹으며 나온 이화라는 여자가 몹시 아름다웁게 보일 뿐
아니라 지투신은 버선까지 유탕한 마음을 일으키게까지 하였다.

그자는 이화라는 여자를 보더니,

"오래간만일세그려!"

하며 그 손을 잡았다. 그것은 나는 이렇게 이런 이화 같은 미인과 능히
수작을 하며 손목을 잡을 만한 자격과 수단이 있다는 것을 지형근에게 자
랑하고 싶었던 것이다.

"글쎄요."

이화라는 여자는 아무렇지도 않은 머리를 다시 만지면서 마뜩지 않게
네가 웬 '허게'냐 하는 듯이 시덥지 않은 어조로 대답을 하여 버렸다.

"그런 게 아니라 이 친구허구 술이나 한잔 나눌까 해서 왔지."

연해 생색을 내려고 하면서 이화에게 아첨을 하려는 듯이 치여다본다.

"어서 건넌방으로."

두 사람은 건넌방으로 들어갔다. 그자는 슬그머니 형근을 보더니,

"어떻소? 괜찮지? 소리 한번 시킬 터이니 들어 보시우."

상을 들고 이화가 들어왔다. 형근의 눈에는 내외 술집에서 한 순배에
사오십 전 하는 술상이 얼마나 풍부하고 진미인지 몰랐다.

그는 어려서 자기 집이 상당한 재산을 가지고 지낼 적에도 이러한 음식
을 자기 앞에 차려 주는 것을 먹어 본 일이 없었다.

그는 구미가 동하기보다는 덜컥 가슴이 내려앉았다. 이 비싼 술값을 어
떻게 치를까? 그는 속이 초조해지면서 겁이 났으나 나중으로 그자를 믿
었다는 것보다는 내가 아니, 너 알아 하겠지 하는 마음이 나기는 났으나
그래도 속이 편치는 못했다.

우선 술잔이 자기에게 돌았다. 형근은 마치 남의 집 부인을 보는 것 모
양으로 그 여자를 바라보지 못하다가 술잔을 들면서 바라보았다.

형근은 그 술 붓는 여자를 이제야 비로소 똑바로 보았다 하여도 거짓말
이 아니었다.

형근은 그 여자를 보고 마치 뜻하지 아니한 곳에서 뜻한 사람을 만난
것같이 놀라지 아니치 못하였다. 반가웁다 하면 반가운 일이요, 괴변이라
하면 이런 괴변이 또 어디 있으랴.

그 여자는 형근의 고향에서 한동리에 자라난 여자다. 그래도 행세깨나

한다고 하여 어려서부터 규중에 들어앉아 배울 것이란 남겨 놓지 않고 배우고 읽힐 것이란 모조리 읽히더니 불행히 그가 열세 살 되던 해 아버지가 돌아가고 홀어미 혼자 그 딸을 길러 오는데 본시 청빈한 집안이라 일가 친척이 있기는 있지마는 인심이 점점 강박하여짐을 따라 돌아보는 이 없으므로 그 여자가 열네 살 되던 해 그 어머니는 딸을 데리고 자기 친정 오라버니를 따라갔다.

어려서 이웃집에 살았으므로 서로 보고 알아서 말은 서로 하지 않았으나 낯은 서로 익었었던 것이라 지금 보니 노성은 하였으나 어렸을 때 모습이 더욱더욱 분명히 나타난다.

그러나 만일 참으로 이 서방 댁 규수라 하면 나를 몰라 볼 리가 없는데 나를 보고 그래도 기척이라도 있었을 것이 아닌가.

그는 썩 감개가 무량하여지면서 또는 기가 막힌다는 듯이 술상 귀퉁이에 고개만 숙이고 무슨 생각인지 정신없이 앉아 있었다.

같이 간 그자는,

"여보, 노형은 무슨 생각을 그리 하슈?"

하며 형근을 본즉 형근은 고개를 들다가 다시 이화를 한번 보더니 그자를 보고,

"뭐 별로이 생각이라고는 하지 않소이다."

"허어, 그럼 왜 고개를 숙이고 계시단 말이요? 대관절 주인하고 인사나 하시우."

형근은 이런 인사를 해 본 일이 없으므로 속으로 몹시 조심을 하고 창피한 꼴을 당하지 아니하리라 하였다. 그래서 우선 속을 가다듬느라고 서투른 기침 한번을 하였다.

솜씨 있는 이화의 통성명하는 것을 받아 어색한 형근의 인사가 있는 후 형근은 이화에게 고향을 물었다.

"고향이 어디슈?"

"……예요."

"그럼 ××동리 살지 않으셨소?"

"네."

"그럼 지……댁을 아시겠소?"

"아다뿐예요. 바로 이웃에 살았는데요. 떠나 온 지가 하도 오래니까, 지금도 여태 거기 사시는지요?"

"살지요. 그런데 당신 아버지가 당신 어려서 작고하셨지요?"

"네, 그런 것까지 어떻게 아세요?"

"알죠. 그럼 혹시 나를 못 알아보시겠소?"

이화는 한참이나 다시 자세히 들여다보더니 그래도 알아보지 못한 듯이 고개만 갸웃하고 있다.

"글쎄요. 퍽 많이 뵌 듯하지마는 생각이 잘 나지 않는데요. ××동리에 사셨에요?"

"허허, 너무 되어서 잊은 것도 용혹무괴한 일이지마는 이웃에 살던 사람을 몰라 본단 말이요? 내가 지……의 아들이요."

이화의 눈은 동그래질 대로 동그래지며,

"네?"

하고 말이 안 나오는 모양이다.

형근도 자기 신세가 이렇게 된 것을 알리기가 부끄럽다는 듯이 말이 없이 앉았고, 그자는 둘이 안다는 것이 신기하다는 듯이 손뼉을 치며,

"아, 그래 서로 알았던가? 그것 참 신소설 같군."

하는 두 눈에는 질투가 숨은 웃음이 어리었다.

"그런데 여기는 어째 오셨에요? 그렇지 않아도 처음부터 낯은 익어 보이었으나 지 주사실 줄야 꿈엔들 알았을 리가 있어요?"

"나 역시 그럴싸하기는 하지만 어디 분명치가 못하니까 속으로는 반가우나 말을 못한 거 아니요?"

형근은 세상을 몰랐다. 그가 고향에서 알던 규수(지금의 창녀)를 만나 반가움기가 한량이 없었지마는 다시 생각하니 아니꼽고 고개를 내두를 만

큼 더러웠다.

그는 옛날 일로부터 오늘 이 자리까지 이 이화라는 창녀의 신변을 두르고 싼 환경을 물질이 어떻게 어떠한 자극과 영향을 주고 또는 질질 끌어다가 여기까지 왔는지를 해부하고 관찰하여 판단할 능력이 없었다. 그는 다만 단순한 직관과 박약한 추측으로 경솔한 독단을 내리어 인간을 평정 (評定)하여 버릴 뿐이다.

이화가 오늘 이 자리에 앉았는 것도 그것이 다른 사회적으로 더 큰 원인이 있는 것은 생각할 여지도 없이 이화 자신이 말할 수 없는 잘못 죄악을 범행한 까닭으로 오늘 이렇게 된 것이라고밖에 생각지 못하였던 것이다.

그러한 관념으로 이화를 볼 때 형근의 눈에는 이화라는 창기가 옛날 이야기에 나오는 음부 독부로밖에 보이지 않았던 것이다.

그것을 생각하면 반가웁던 생각도 어디로 가고 다만 추악한 생각뿐이어서 그 자리에서 피해 가고 싶을 뿐만 아니라 여태까지 주저하던 맘, 차리려는 생각, 쭈뼛쭈뼛하던 생각은 어디로 가고 마치 죄인을 꿇어앉힌 것같이 우월감과 호기가 두 어깨와 가슴속에 가득할 뿐이었다. 그리고 창기인 이화를 꾸짖어 마음을 고쳐 주고 싶은 부질없는 친절한 마음까지 났다.

자기의 영락, 얼핏 말하면 타락은 어느 정도까지 당연한 일일는지 알지 못하나 첫째 돈 많고 땅 많고 입을 것 먹을 것이 많던 지 ××의 외아들이 철원 바닥에까지 굴러와서 노동자 중에도 그 중 엉터리하고 얼리어 한 순배에 사오십 전짜리 술을 사 먹으러 왔다는 것은 이화라는 여자가 얼핏 생각하기에는 그렇게 의외의 일이 없는 것이다.

자기가 이렇게 된 것을 그 사람에게 보이는 것도 부끄러운 게 아닌게 아니지마는 그 부끄러움까지 지나쳐서 지 ××의 아들의 일이 알고 싶지 않은 것도 아니었다.

술잔을 들고 의기있게 자기가 계집을 기롱하는 솜씨를 보이어 상대자를

위압하려던 그자는 두 사람이 서로 동향 친구라는 이유로 자기 같은 것과
는 서로 말할 여지가 없이 이상한 감격과 비극적 분위기에 싸여 있는 것
을 보고 자기도 그 분위기 속에 참가를 하든지 그렇지 않으면 그 분위기
를 헤쳐 버리고 다른 기분을 만들어야 할 것을 깨닫고 말을 꺼내었다.

"아니 고향 친구를 만났으면 고향 친구끼리나 반가웠지 딴 사람은 술
도 못 먹는담?"

재담 섞어 솜씨 있게 말을 한다는 것이다.

이화는 손님의 마음을 거슬리지 않으려고 억지로 웃음을 웃어 마음을
가라앉혀 놓은 후,

"천리 타향에 봉고인이라는 말이 있지 않아요? 조 주사 나리는 공연히
그러셔. 그만한 것은 아실 만하시면서. 약주를 처음 잡숫는 것도 아니요
세상 물정도 짐작하실 듯한데 이런 때는 왜 그리 벽창호야."

이화는 생긋 웃었다. 그 웃음 하나가 조화 부른 웃음이던지 소위 조 주
사의 마음도 흰죽 풀어지듯 하였다.

"히히, 내가 벽창혼가, 이화하고 말이 하고 싶어 그랬지."

"말은 넌지시 하는 말이 비싼 말이라나? 손님도 계시고 한데 무슨 말
을 한단 말이요."

"그럼 언제?"

"글쎄 물어 봐서는 무엇을 하우, 뻔히 알면서……."

하고 웃음 섞인 눈으로 쨍그리고 본다.

"옳지, 옳지."

"글쎄 좀 가만히 있어요. 옳지는 무슨 옳지야. 부증난 데 먹는 가물치
는 아니고. 이 손님하고 이야기 좀 하게 가만 있어요."

하고 고개를 형근에게 돌리려다가 잔이 비인 것을 보더니 조 주사란 자에
게 술을 권하였다.

"자, 약주나 드시우."

하고 잔이 나니까 다시 형근을 주면서,

"그런데 여기는 어째 오셨어요. 참 반갑습니다. 벌써 우리가 거기서 떠나서 외가로 간 지가 칠팔 년 됩니다."

"그렇게 되나 보."

형근은 자기도 모를 한숨을 쉬더니,

"나 여기 온 거야 말할 것까지 있겠소? 그런데 당신은 어째 이렇게 되었소?"

하며 동정한다는 듯이 눈을 아래로 깔았다. 이 소리를 듣던 조 주사라는 자가,

"왜 어때서 그러쇼. 인제 얼마만 있으면 내 마마가 된다우."

하더니 혼자 신에 겨워서 허리를 안고 웃어 댄다.

두 사람은 그 소리를 들었는지 말았는지,

"그 동안에 제가 지내 온 이야기는 다해 무엇하겠습니까? 안 들으시는 것이 상책이지요."

그의 얼굴에는 수심이 가득하여지면서 목소리가 비통하여진다.

"차차 두고 들으시면 아시지요."

하고 다시 고개를 숙일 뿐이다.

"그래도 어디 이런 기회가 자주 있겠소? 만난 김이니 이야기 겸 말해 보구려. 대관절 언제 이곳으로 왔소?"

하니까 조 주사라는 자가 가로맡아 나오면서,

"온 지 벌써 반 년이 되나? 그렇지, 아마?"

하고 말고기 설익은 것 같은 얼굴을 이화에게 가까이 갖다 대며 들여다본다.

"네, 한 반 년 돼요."

이화는 고개를 그자 얼굴에서 비키면서 말을 하였다.

대여섯 잔이 넘어 들어간 술이 얼근하게 돈 조 주사라는 자는 자기 얼굴을 피하는 이화를 뚫어지게 보더니 다시 제 손으로 자기 뺨을 한번 탁 치며,

"왜 그래, 어때 그래? 사내 같지 않아? 얼굴에 뭐 묻었어? 왜 피해."
하고 왜가리같이 소리를 지르더니 다시 슬쩍 농을 쳐서,

"하하, 그럴 것 뭐 있나? 이런 놈도 있고 저런 놈도 있지. 잘못했네,
응, 그만두세."

"무얼 잘못했어요. 글쎄 아까 말한 것 있지, 우리는 너무 말을 하면 안
된다니까 그래요, 가만히 있어요."

"어떻게?"

"색시처럼."

형근은 우습기도 하고 또 심심치도 않아서 싱긋 웃다가 다시 이화를 보
고,

"그후에 외삼촌 댁에서 언제까지 지냈단 말이요?"

"한 이태 지냈죠."

"그후에는?"

할 때 조 주사라는 자가 잔을 들더니 소리를 지른다.

"술 좀 따라! 술 먹으러 왔지 이야기하러 왔나 퉤퉤."
하고 침을 타구에 뱉더니 지형근을 보고,

"노형, 실례가 많소. 그렇지만 대관절 말씀요, 술이나 자셔 가면서 이
야기를 해야 할 것 아니오. 이야기 안 하는 나는 어떻게 하란 말씀요, 그
렇지 않소?"

"그럴 듯한 말씀요. 그럼 우리 약주를 자십시다. 오히려 내가 실례가
많습니다."

"아따 천만에 그럴 리가 있나요? 두 분 이야기에 내가 방해가 된다면
먼첨 가죠."

이번에는 이화가 두 눈이 상큼하여지며,

"온 조 주사도 미치셨소? 그게 무슨 말씀이오, 사내답지 못하게. 두
분이 오셨다가 혼자 가신다니 어디 가 보시우, 가 봐요. 가지 못해도 바
보."

하고 입을 삐죽하였다. 조 주사라는 자는 바로 일어서더니 모자도 들지 않고 문 밖으로 나가려 하니까 이화가 본 체 만 체하더니 슬쩍 뒷손으로 그자의 옷자락을 잡으며,

"정말요? 이거 너무 과하구려. 내가 미안하구려, 어서 들어오시우."

하며 일어서서 잡으니까 형근은 숫배기 마음에 가슴이 덜렁하다.

"이거 정말 노하셨소? 가시려거든 같이 갑시다."

하고 따라 나서려고까지 할 때,

"아니 놔요, 놔, 그런 법이 어디 있담?"

"잠깐만 참으시우, 자 들어와요."

조 주사라는 자는 못 이기는 체하고 들어오더니 자리에 앉아 깔깔 웃으며,

"가기는 어디를 가, 모자도 안 쓰고……."

하며 술잔을 든다. 형근은 속은 것이 분하고 속힌 것이 밉살스러우나 어떻든 흔연해졌다.

이화는,

"정말 붙잡은 줄 아남? 한번 해 본 것이지."

이러는 서슬에 술이 얼마간 더 돌아갔다.

조 주사는 이화에게 술을 서너 잔 권하였다. 이화는 별로 사양도 하지 아니하고 그 술을 받아 먹었다.

형근의 머릿속에서는 이화라는 창녀가 마치 하늘에서 죄짓고 땅에서 먹구렁이 노릇을 하는, 옛날의 삼 신선 중의 하나이나 마찬가지로 자기의 지은 허물로 말미암아 이렇게 하게 되었다고 해석할 수밖에 없었다.

옛날에 귀한 것, 깨끗한 것, 아름다운 것은 이화 자신의 잘못으로 다 썩어지고 오늘에 남은 것은 간악한 것, 음탕한 것밖에는 없으리라는 생각밖에 없었다. 즉 이화는 옛날의 ××의 딸의 죄악의 탈을 쓴 화신(化身)이다.

착한 자는 언제든지 착하고, 악한 자는 언제든지 악하다.

그것은 날 적에 타고난 숙명 즉 팔자다. 이것이 그의 인생관이다.

그러므로 이화는 팔자를 창기로 타고났으므로 그는 언제든지 창기밖에 못 된다. 그의 가슴속에나 핏속에는 다른 것은 조금이라도 섞이었을 리가 없었던 것이다.

형근도 술기운이 돌면서 얼기설기하게 척척 쌓였던 감정이 흥분됨을 따라서 마치 초가집 장마 버섯 모양으로 떠올라 오기를 시작하였다.

그는 자기가 아버지에게 듣던 것이나 마찬가지 교훈을 이화에게 하여 주고 어른이 아이에게, 친구가 친구에게, 형이 아우에게 하여 주는 것 같은 책망과 충고를 하여 주고 싶었다. 말하자면 이웃집 부정한 처녀를 종아리 치는 듯한 심리로 이화를 보고 앉았다.

"왜 당신이 이런 짓을 하고 앉았던 말이요?"

형근은 젓가락짝으로 상머리를 두들기며 엄연하고 간절한 말로 말을 하였다.

"당신도 당신 아버지와 당신 집을 생각해야죠."

형근의 말은 틀은 잡히지 않았으나 꾸밈이 없고 진실하고 힘이 있었다.

"나는 이런 데서 당신을 보는 것이 우리 누이를 보는 것보다 부끄러워요."

이화의 가슴속에는 대답할 말이 많았을 것이다. 그러나 그는 말이 없었다. 그는 다만 그 말을 듣고 있었다. 방 안은 갑자기 엄숙하여졌다. 조주사라는 자는 처음에는 눈이 둥그래지더니 나중에는,

"힝."

하고 코웃음을 쳤다.

"언제든지 이 모양으로 있을 터이요? 그래도 어째서 마음을 고칠 수 없겠소?"

이화는 그 '마음을 고칠 수 없겠소?' 하는 소리를 듣고 형근을 기가 막히다는 듯이 치어다보았다.

그러더니 안타까움에서 나오는 눈물이 그의 두 눈에 진주같이 고여 있

었다. 조 주사는 이화의 우는 것을 보더니 제법 점잖은 듯이,

"손님이 무슨 말씀을 하시면 잘 명심해 들을 것이지 울기는 무얼 울어!"

하고 덩달아 책망이다.

"돌아가신 아버님의 이름을 더럽히는 것도 더럽히는 것이어니와."

하다가 형근은 이화의 눈에서 눈물이 흐르는 것을 보고는 말을 그쳤다. 그는 너무 큰 감격으로 인하여 자기의 감정이 찬지 더운지 알 수 없게 된 것 같았다. 그러나 그는 하던 말을 다시 이어,

"살아 계신 어머니 생각은 하지 않소?"

할 때 이화는,

"어머니는 돌아가셨에요."

하고 그대로 꺼꾸러져 운다.

형근은 이화가 우는 것을 볼 때 그는 놀랐다는 것보다도 기적을 보는 것 같았다.

그에게 눈물이 있었을 리가 있으랴. 자기도 자기 아버지가 돌아갔을 때 자기가 억제할 수 없는 눈물이 난 일을 당하여 본 일밖에 참으로 가슴속에서 펑펑 넘쳐흐르는 눈물을 흘려 본 일이 없었다. 자기 아버지가 돌아간 것이 자기로 보아서 세상에서는 가장 엄숙하고 비통하고 또는 위대한 사실인 동시에, 자기가 그렇게 울어 보기도 아마 전에 없던 일이요 또다시 없을 것이다.

그것은 지금이나 언제든지 그의 가슴에 속 깊이 깊은 인상으로 남아 있는 것이다. 그 인상은 때때로 자기에게 힘있는 정열과 감격을 주어서 이상한 감정의 세례를 받는 때가 있다.

이화가 운다. 샘물을 손으로 막는 것처럼 막을수록 북받쳐 올라오는 울음은 형근의 가슴속으로 푹푹 사무쳐 드는 것 같았다.

울음은 모든 비극을 알리는 음악이니 형근은 이 비극적 장면을 볼 때 말할 수 없이 위대한 사실을 목전에 당한 것 같았다.

꼭 자기 아버지가 돌아갔을 적에 자기가 받은 인상이나 별다름 없이 비통하고 엄숙하였다.

그는 까딱하면 따라 울 뻔하였다. 코도 벌룽거리는 것을 참고 눈에 눈물이 핑그르르 도는 것을 슴벅슴벅하여 참았다.

그러나 형근은 이화가 어째 우는지를 알지 못하였다. 옆에 있는 조 주사라는 자는 이화의 어깨를 흔들면서 혀꼬부라진 소리로,

"글쎄, 울지 말어, 내가 다 알어, 이화의 맘을 나는 다 안단 말야. 자 고만두고 일어나요. 공연히 그러면 무얼해?"

형근은 속으로 알기는 무엇을 안다누? 무슨 깊은 의미가 있나 하는 궁금한 생각이 나나 속으로 참고 여태까지 아무 말도 못하고 앉아 있다가 이화의 어깨를 조 주사란 자 모양으로 흔들어 보며,

"글쎄, 울지 마쇼. 그만 그치쇼. 울지 말아요."

하였으나 들은 체 만 체하고 엎드려 울 뿐이다.

형근은 나중에는 민망한 생각이 나서 말이 없이 앉았으려니까 조 주사라는 자는 일껏 흥취 있게 놀 것이 깨어져서 분한 생각이 나서 혼잣말처럼,

"울기는 왜 쭉쭉 울어 재수없게 응? 쯧쯧."

혼잣말같이 중얼거리며 화증을 내고 앉아 있다.

얼마 있다가 이화는 일어서서 아무 말도 없이 얼굴을 외면하고 바깥으로 나갔다.

조 주사란 자는 형근을 보더니 눈짓을 하며,

"고만 갑시다."

하고 입맛을 다셨다. 생각하니 더 앉았어야 재미도 없을 것이요, 또 재미있게 하자면 주머니 속 관계도 있음이다.

형근은 이마를 기둥에 받은 듯이 웬일인지 알 수가 없어서 멀거니 앉았다가 그대로 고개만 끄덕끄덕하고,

"네."

하였을 뿐이다.

　그렇지만 형근은 알 수가 없다. 어째서 창기인 이화의 눈에서 눈물이 났으랴? 얼마 있다가 이화는 손을 씻고 들어오며 머리 단장을 다시 하였다. 조 주사라는 자는 일어서며 셈을 하였다.

　"왜 그렇게 가세요? 제가 너무 실례를 해서 그러세요?"

하며 미안해한다. 조 주사라는 자는 입에 달린 치사로,

　"아니 그럴 리가 있나, 다음에 또 오지."

하며 마루에서 내려섰다. 형근은 여전히 큰 수수께끼를 품고 조 주사의 뒤를 따라 내려갔다.

　조 주사는 문 밖에 나섰다. 형근이 마당에서 중문으로 나갈 때 이화는 넌지시,

　"쉬 한번 조용히 놀러 오세요."

하였다. 형근은 대답을 한 둥 만 둥 바깥으로 나왔다. 조 주사는 형근을 보더니,

　"아주 재미 없었소."

하며 입을 찡그린다.

　형근은 재미가 있고 없는 것은 그만두고라도 이화의 눈물을 해석할 수가 없어서,

　"대관절 이화가 왜 그렇게 울우?"

하고 물으니까 조 주사라는 자는 손가락질을 하며 혀끝을 채고,

　"허는 수 없어. 으레 그런 계집들이란 그런 것이 아뇨? 아마 노형이 전에 잘살았다니까 지금도 전 같은 줄 알고 그러는 게지."

　"돈 먹으랴고?"

　"암, 어떻게 그런 데서 구해나 줄까 하구 그러는 게 아뇨."

　"구허다니요?"

　"지금은 팔려 와 있지 않소."

5

형근은 조 주사라는 자가,

"어디 잠깐 다녀가리다."

하고 샛길로 슬쩍 빠져 버리는 것을,

"꼭 다녀오시우. 기다릴 터이니."

하고 어슬렁어슬렁 술에 풀린 다리를 좌우로 내놓으며 큰길거리를 지나갔다.

길가에는 전기등으로 휘황히 차린 드팀전, 잡화상, 더구나 자기의 평생 한번 가져 보고 싶은 자전거가 수십 대 느런히 놓인 것이 어른어른하여 불 같은 호기심이 일어나서 그 앞에 서서 그것을 구경도 하다가 다시 돌아서며,

"내 돈만 모으면 꼭 한 개 사서 두고 말 터이야."

하며 그는 주먹을 쥐며 결심을 하고 머릿속으로는 자기 시골에서 때때로 자전거 타고 다니는 면서기를 보고 부러워하던 생각을 하였다.

그는 혼자 자전거 공상을 하다가 그것이 어느덧 변하였는지 양복 입은 면서기가 되었다가, 다시 돈을 많이 가진 촌부자가 되었다가, 그러다가 발부리가 돌을 차는 바람에 다시 지금 철원 와서 노동하려는 지형근이가 되었다.

그는 훗훗한 남풍이 빙그르 자기를 싸고 도는 큰길을 지내 놓고 골목길로 들어서다가 어떤 촌색시가 지나가는 것을 보고, 깜박 잊어버렸던 이화가 다시 눈앞에 보였다.

그는 술기운이 젊은 피를 태우는 번뇌스러운 감정 속에 그 이화를 다시 생각하였다.

"조 주사 말이 참말이라 하면 이화에게도 어딘지 사람다운 데가 남아 있었던 것이지. 그러나 만리 타향에서 옛 사람을 만났지만 시운이 글렀으

니 낸들 어쩌하나?"

하며 개탄하는 맘으로 얼마를 걸어가다가,

"그러나 누가 창기 여자의 울음을 곧이 생각한담. 모두 못 믿을 것이지."

바로 세상 경험이 풍부한 사람처럼 점잖게 결정을 하고 앞에 누가 있는 사람처럼 고개와 손을 내혼들었다.

그는 움에 왔다. 옆에 무성한 풀 냄새가 움을 덮은 진흙 냄새와 함께 답답하게 가슴을 누른다.

노동자들은 위통 아랫도리를 벗은 채 거적때기들을 깔고 즐비하게 드러누워서 혹은 두 다리를 모으고 앉아 단소도 분다. 한 모퉁이에는 고춧가루를 태우는 것같이 눈을 뜰 수 없는 풀로 모깃불을 놓았다.

그는 여러 사람 있는 틈을 지나갔으나 자기를 보고 아는 체하는 사람이 드물었다. 그 중에 키 크고 수염 많이 나고 얼굴 검고 눈이 부리부리한 사람이,

"허허 대단히 좋으시구려. 연일 약주만 잡수시니. 조 주사만 친구고 우리 같은 사람은 친구가 못 된단 말요? 그런 데는 따돌리고 다니니. 허 젊은 친구가 그런 데 맛을 붙여서는……."

빈정대는 어조로 말을 하니 형근은 갑자기 할말이 없어서 주저주저 어색하다가,

"잘못 됐소이다."

하였으나 맨 나중에, '젊은 친구가' 하고 누구를 타이르는 것 같은 것이 주제넘은 것 같아서 혼자 속으로 알아 두었다.

그는 바깥에 좀 앉아서 여러 사람들과 이야기나 할까 하는 생각이 있었으나 그자의 말이 비위를 거슬리므로 그대로 움 속으로 들어가기로 하였다.

움 속은 흙내에 사람의 땀내, 감발에서 나는 악취가 더운 기운에 섞여서 일종의 말할 수 없는 냄새를 낸다. 즉 여우의 굴에서 노린 내가 나는

것같이 사람 중에서도 노동자 굴에서 노동자내가 나는 것이다.

그는 불과 몇 마장 떨어져 있지 않는 이화집과 지금 자기가 들어온 이 움 속과의 차이가 너무 현저한 데 아니 놀랄 수가 없었다.

이화는 일개 창부다. 자기는 그래도 그렇지 않은 집 자손으로 힘들여 돈을 벌려는 사람이다. 그 차이가 너무 과한 데 그는 의혹이 없지 않았다.

그가 더듬거려 움 안으로 들어갈 때,

"어디 갔다 오나, 여태 찾았지."

하고 나서는 사람은 자기 동향 친구였다.

"난 길이나 잊어먹지 않았나 하고 한참 걱정을 하였네그려. 그래서 각 처로 찾아다녔지. 대관절 저녁이나 먹었나?"

형근은 웬일인지 이화의 집에 갔었단 말을 하기가 부끄러웠다. 그는 그 말을 하면 그 동향 친구가 반드시 자기를 꾸짖을 것 같고 또 이화의 집 갔던 것이 더구나 옷을 팔아서까지 갔었다는 것은 말할 수 없이 분수에 넘치는 경솔한 짓 같았다.

그래서 그는,

"나는 또 자네를 찾았다네."

처음으로 속에 없는 거짓말을 하였다.

"조 주사가 한잔 낸다고 해서……."

잠깐 말을 입속에다 넣고 우물우물하다가,

"그래서 또 한잔 먹지 않았나. 자네하고 같이 가지 못한 것이 대단히 미안하데마는 어디 있어야지……."

동향 친구는 형근의 말에 거짓이야 있을 리 없으리라 믿는 듯이,

"인제는 고만 다니게. 여기가 어떤 덴 줄 아나? 조 주사지 그자하고 다니지 말게. 사람 사귀기도 몹시 어려우이."

형근은 실쭉하여지며 말이 없었다. 속으로 생각에 대체로는 그 친구 말 이 옳은 말이지마는 조 주사 같은 친구와 사귀지 말라는 데는 도리어 동

향 친구에게 질투가 있는가 하여 적지않이 불목이 있었으나 말로는 나타
내지 않았다.

그는 말이 없이 한귀퉁이를 부비고 드러누웠다.

일부러 눈을 감아 오지 않는 잠을 청하나 찌는 듯이 무더운 기운이 코
속에 꽉 차서 잠은 오지 아니하고 답답한 생각에 마음이 바같으로 나간
다.

그는 지금 돈 아는 동물들이 늘비하게 드러누워 있는 곳에서 생각은 이
화에게서 멀리 하여지지 아니한다. 그는 어두움 속에서 끊이는 듯 이으는
듯 애소하는 듯 우는 듯한 단소 소리가 움 밖에서부터 청아하게 이 움 속
으로 흘러 들어와 자기의 몸과 혼을 스치고 지나갈 때 그의 피는 공연히
타는 것 같아서 마음을 어찌할 수 없었다. 그는 고요한 꿈에서 소요하는
것같이 흐르는 듯하고 녹은 듯한 정조에 잠길 때도 있다가, 또는 미쳐 날
뛰는 파도 위에 한 조각 배를 띄우듯이 무서웁게 흔들리는 정열에 마음을
어떻게 진정해야 좋을지 알지 못하기도 하였다.

그는 하는 수 없이 일어섰다. 몸을 털고 나왔다. 그는 움을 뒤에 두고
들로 나왔다가 뒷산으로 올라갔다가 다시 내려왔다가 앉았다가 섰다가 하
였다.

하늘에는 별이 총총하고 풀에는 이슬이 다락다락하였다.

6

이튿날 아침에 해가 동산에 솟았다. 생명있는 태양이다.

언제든지 절대의 뜨거움과 광명으로 싼 생명을 가진 태양이다. 태양이
없는 곳에서 생명이 없다.

구릿빛 햇발이 온돌방을 비추고 그것이 또한 거짓이 없고 편협함이 없
이 이 구더기 같은 노동자들이 모인 곳에 그의 생명의 빛을 비추어 주
었다.

　형근은 일어나던 맡에 세수를 하였다. 그는 세수를 하고 아침 안개가
낀 너른 벌판을 내다보고 호호탕탕한 기운을 모조리 들이마실 듯이 가슴
을 벌리고 숨을 들이마셨다. 그는 또 한 번 너른 들에서 이삭이 패어 가
는 벼 위에 가득히 내려쪼인 햇볕이 눈부시게 반사하는 것을 보고 알 수
없는 기운이 자기 몸에 가득 차는 것 같아서 두 팔을 들었다 놓았다 하였
다.

　형근은 여러 사람들과 모여앉아서 밥 되기만 기다리고 있었다. 노란 조
밥을 사기 사발에 눌러 담고 그 위에 외지 한 쪽씩 놓거나 그렇지 않으면
무쪽 두 개씩 놓는 것이 그들의 양식이니 그나마 잘못하면 차례가 못 가
거나 양에 차지 않아서 투덜대게 되는 것이니, 형근의 신조는 어떻든 이
런 곳이나 이런 밥을 달게 여기고 부지런히 일만 하고 얼마만 신고(辛
苦)하면 그만이라고 스스로 위로하였다.

　형근도 남과 같이 밥을 기다렸다. 어저께와 그저께 같이 술을 먹고 지
내던 두서너 사람도 옆에 있었다.

　그러나 그들은 수상스러웁게 자기를 두서너 번 치어다보더니,

　"여보슈!"

하고 말이 공손하여졌다. 형근은 따라서,

　"왜 그러시우."

하였다. 세상 사람도 모두 자기같이 은근하고 친절하였다.

　"미안한 말씀이지마는 돈 가지신 것 있거든 이십 전만 취하실 수 없겠
소?"

　형근은 그 말하는 사람보다 자기가 더욱 미안하고 얼굴이 붉어지는 것
같았다. 자기가 남더러 돈 취해 달랠 적 모양으로 그도 무안하리라 하였
다.

　그래서 그는 주머니를 뒤졌다. 형근은 어저께 술집에서 남은 돈 이십
전이 있는 것을 생각하고 서슴지 않고 내주었다.

　"예, 여기 이십 전이 남았구려, 자 옛소이다."

하고 신기하고 즐거운 마음으로 꾸어 주었다. 속으로는 이따가 주겠지 하였다. 그 사람은 그것을 받더니,

"고맙소이다. 이따 저녁에 갚으리다."

하고는 옆엣사람과 수군거리며 저리로 가 버린다.

형근은 한참이나 앉아서 기다리려니까 배가 고파 왔다. 그리고 여러 사람들을 보니까 그들도 일하러 가는 사람 같지는 않게 배포 유하게 앉아서 이야기들을 한다. 한옆에서는 어떤 자가 다른 어떤 사람더러 오 전짜리 단풍표 담배 한 개를 달라거니 안 주겠거니 하고 싸움이 일어나서 부산하다.

조금 있더니 동향 친구가 왔다.

"여보게 밥이 다 되었네. 밥 먹으러 가세."

하며,

"밥값이나 있나?"

하였다.

"밥값이라니?"

형근은 눈이 둥그래졌다.

"밥값이라니가 무어? 누가 거저 밥 준다든가? 십오 전씩이야."

형근은 기가 막혔다. 오던 날부터 그저 모든 것을 다른 사람들에게 밀어맡기면 될 줄 알았고, 또 그들도 염려 말아, 염려 말아 하는 바람에 정신없이 지내다가 이십 전까지 아침에 뺏긴 것을 생각하니 허무하다.

"밥은 일일이 사서 먹나?"

"그럼. 누가 밥값까지 낸다던가? 어림없네."

동향 친구는 그래도 주머니에 돈이 얼마나 남았을 줄 알고서,

"이거 왜 이러나, 어서 내게."

형근은 덜렁 가슴이 내려앉아서 동향 친구를 붙잡고 돈이 한푼도 없는 이야기를 하였다.

동향 친구라는 사람은 친구라고 하느니보다 형근 집에 은혜를 입은 사

람이니, 같은 양반으로 형근네는 돈푼이나 있고 할 때 그 친구의 아버지가 빚진 것이 있었으나 그것을 갚지 못하여 심뇌하는 것을 형근의 아버지가 알고 호협한 생각에 그대로 탕감을 해 준 일이 있다.

지금은 그 아들들이 서로 만났지만 선대의 일들을 서로 가슴속에는 넣어 둔 터이라 그 친구는 형근을 그리 괄시를 하지 않는다.

"그럼 가세."

그 친구와 밥을 먹었다. 그나마 형근은 신세 밥 같아서 먹고 나서도 몹시 미안하였다.

아침을 먹더니 그 친구가 형근을 보고 이르는 말이,

"누가 어디를 가자거나, 일구녕이 있다거나 도무지 듣지 말게."

하고 점심값을 주고 가 버렸다.

그는 공연히 왔다갔다하며 혼자 심심히 지낼 뿐이다. 조 주사가 오늘은 꼭 올 터인데 어제 어디서 자고 아니 오노 하며 오정이 넘어 해가 두시나 되도록 기다렸으나 오지 않았다.

그는 한옆으로 밥 먹을 구멍이 얼핏 생겼으면 좋을 텐데 하는 걱정과 또 조 주사나 왔으면 모든 것을 의논하여 보겠다 하고 기다리는 마음도 마음이려니와, 또 한 가지는 이화의 울던 꼴이 생각나고 또는 은근히 한번 오라고 하던 말이 어떻게 박여 들렸는지 잊을 수가 없다. 그나마 하룻밤 하루낮이 지나고 나니까 부쩍 마음이 그리로 키어서 못 견디겠다.

그는 앞산에 올라가서 이화의 집이라도 가리켜 보려는 듯이 부리나케 올라갔다. 그러나 서투른 눈에 복잡해 보이는 시가가 방위도 잘 알 수 없고 어디쯤인지도 몰라서 동에서 떴다가 서에서 지는 해만 공연히 치어다 보며, '동서남북'만 욀 뿐, 나중에는 고향이나 바라본다고 남쪽만 내다보다가 그대로 풀밭에서 멀거니 있다가 잠이 들어 버렸다.

잠을 깨고 나니 벌써 해가 서쪽에 기울려 하였다. 그는 무엇에 놀란 사람처럼 벌떡 일어나서 허둥지둥 움을 향하여 왔다.

그는 밥 먹을 시간이 늦은 것도 늦은 것이려니와 조 주사가 일할 자리를 얻어 가지고 와서 자기를 찾다가 그대로 가지 아니하였나 하는 걱정이 있음이었다. 그는 때늦은 찬밥을 사 먹고 옆엣사람들에게 물어 보았으나 조 주사는 다녀가지 않았다 하였다.

그렇게 지내기를 닷새가 넘고 열흘이 넘었다.

조 주사라는 자는 장거리에서 한두 번 만났으나 코웃음을 치고 우물쭈물 얼렁얼렁하고 홱 피해 버릴 뿐이요 전과는 딴판이요, 동향 친구는 사람이 입이 무거워서 말은 아니하지마는 그래도 기색이 좋은 기색은 아니었다. 그뿐 아니라 그 더운 염천에 그 지저분한 곳에서 여벌 옷 한 벌을 입고 지내려니까 온몸에서 땀내가 터지게 나고 옷이 척척 달라붙어서 거북하고 끈적끈적하기 짝이 없다.

그는 비로소 사람이 많이 사는 데 인심 강박한 것을 알았다. 아무도 자기를 위하여 힘써 주는 이 없고 더구나 서로 으르렁대고 뺏어 먹으려고 하는 것뿐인 것을 알았다.

그뿐 아니라 그는 지금까지 시골서는 양반이었고 행세하는 사람이요, 먹을 것은 없으나 그래도 일 군에서 누구라면 알아 주기는 하였으나 지금 여기 와서는 지형근의 존재가 없다. 그뿐이면 오히려 예사이지마는 입을 것도 없고 먹을 것도 없어 남의 것을 빌어 먹다시피 하는 사람이 된 것을 생각할 때 그는 자기가 불쌍하니보다도 웬일인지 가슴에서 무서운 생각이 날 뿐이다.

자기가 이화를 보고 그 계집이 창기가 된 것을 비웃었으나 그는 오늘에 거의 비렁뱅이가 된 것을 생각하고 눈이 아플 만큼 부끄럽지 않을 수가 없었다.

그러나 이곳에 온 지 열흘이 넘도록 그는 일이라고는 붙들어 보지를 못하였다. 자기뿐만 아니라 자기와 같이 잠을 자는 축에도 십여 명이나 그런 사람들이 있다. 그는 이상해서 하루는 물었다.

"당신들도 일자리가 없어서 노시우?"

그들은 서로 얼굴들을 보더니 그 중 한 사람이,

"그렇소, 요새는 여름이 되어서 전황한 까닭에 일본 사람들이 일을 하지 않는다우. 그래 일자리가 퍽 드물죠. 그렇지만 가을만 되면 좀 괜찮죠."

"가을에는 일본 사람들이 돈을 풀어 놓나요?"

"풀다뿐요? 작년 가을에도 여기 수만금 떨어졌소. 오죽해야 돈 소내기가 온다 했소."

형근은 다만,

"네에, 그래요?"

하고 말을 못했다.

"가을까지만 기다리시우. 그때는 괜찮으시리다. 저것 좀."

하고 전찻길 깔아 놓은 걸 가리키며,

"저것 놓는 데도 돈이 산더미같이 들었소. 지긋지긋합니다."

형근은 그 말에 배가 불러서 공연히 좋았다. 속으로 가을만 되면 태산만큼은 그만두고라도 그 한 모퉁이쯤은 생기려니 하고 혼자 좋았다.

돈 생기는 생각만 하면 이화 생각이 난다. 이화 생각이 나면 이화 집에 가고 싶다. 젊은 가슴은 그림자를 붙잡으려는 듯한 부질없는 정열로 해서 애를 쓴다.

그는 밤중만 되면 이화 집 앞을 돌아온다. 갈 적에는 혹시 이화의 그림자라도 보았으면 하고 가기는 가지마는 어찌 그런 일에 그러한 공교로움이 있을 리가 있으랴.

갔다가는 헛되어 돌아오고 돌아올 때에는 스스로 다시 안 가기를 맹세한다. 맹세만 할 뿐이 아니라 이화를 멸시하고 욕하고 침뱉었다.

그러나 그 이튿날이 되면은 아니 가려 하다가도 자연히 발길이 그쪽으로 향하여져서 으레 허행일 것을 알면서도 다녀오지 않을 수가 없었다.

하루는 전처럼 그 집 앞을 지나다가 그 집을 기웃이 들여다보았다. 여간한 대담한 짓이 아니었다. 그는 발길을 돌이켜 누가 쫓아서 나오는 것처럼 머리끝이 으쓱하여 나와서 집 모퉁이를 돌아서며 다시 한 번 홀쩍 돌아볼 제 마침 그 집에서 나오는 사람이 있는 것을 보았다.

그 사람은 다시 말할 것 없는 조 주사였다. 형근의 얼굴에는 갑자기 질투의 뜨거운 피가 올라오더니 두 눈에서 번개 같은 불이 솟는 것 같았다.

만일 자기 손에 날카로운 칼이 있다 하면 당장에 조 주사를 죽여 버리거나 그렇지 않으면 자기가 죽어 버릴 것 같았다.

그는 그날 종일 잠을 자지 못하였다. 그는 부질없이 몸에 힘이 오르고 엉터리없는 결심과 용기가 생기기 시작하였다.

그는 내일은 내 모가지가 달아나더라도 이화를 만나 보리라 하였다.

그러나 만나 볼 도리는 없었다. 자기의 주제를 둘러보며 부끄러운 생각이 날 뿐이요, 주머니에는 가을에나 들어올 돈이 아직 한푼도 없다.

그는 눈을 감고 생각하였다.

'내 맘이 떴다.'

그러나 비행기를 탄 사람이 바깥을 보지 않고는 떴는지 안 떴는지를 모르는 것처럼 형근은 뜬 것 같기는 하나 또 그렇지 않은 것 같기도 하다.

혹간 냉정히 자기가 자기를 보려다가도 조 주사가 생각날 적에는 그는 조 주사는 볼지라도 자기는 볼 수가 없었다.

그는 돈을 얻을 도리를 생각하였다. 그러나 바위 위에서 물을 구하는 것이나 마찬가지였다.

빈궁은 죄악을 만든다는 말이 진리가 아니라고 할 사람은 없을 것이다. 형근은 무슨 분수 외의 도리가 있다 하면 해 보지 않고는 못 배길 만큼 되었다.

그는 동향 친구를 또 생각하였다. 동향 친구는 그 동안 근근히 저축한 돈이 얼마인지는 모르나 쇠사슬로 얽어 놓은 가죽지갑 속에 있는 것을 일전에 무엇을 찾느라고 꺼내는 것을 보았다.

그는 처음에는,

'그렇지만 염치가 어떻게 돈까지 꾸어 달라노?'

하다가는,

'돈은 또 무엇에 쓰느냐고 하면 대답할 말도 없지.'
하고 눈을 꿈벅꿈벅하다가,

'그렇지만 내 말이면 제가 돈 몇 전쯤 안 취해 주지는 못하렷다.'
이렇게 혼자 궁리는 하나 맘뿐이요 몸으로 할 것 같지는 않다.

그는 또 당장에 단념을 하여 버리는 것이 옳은 듯이,

'에 고만두어라, 내 마음이 비뚤어 가기 시작을 하는 것이야.'
하고 툭툭 털고 일어나서 빙빙 돌아다녔다. 그날 저녁 동향 친구는 형근
을 찾았다.

"여보게, 일자리가 생겼네."
하고 형근에게 달려들듯하였다. 형근은 너무 의외의 일이라 가슴이 공연
히 설렁 내려앉더니 두근두근하며 손끝이 떨린다.

"어디?"

"글쎄 이리 오게. 떠들면 여러 사람 와 덤비네."

"모레는 금화(金化)로 가세. 내가 오늘 거기 십장에게 자네 일까지 부
탁을 하여 놓았으니까 염려없네. 금전도 퍽 후하고 일도 그리 되지 않은
것이야."

형근은 좋은 소식은 좋은 소식이나 도는 마음 한귀퉁이가 서운하다.

"금화?"
하고 형근은 눈을 크게 뜨며,

"여기서 꽤 멀지?"
하고 초연한 생각이 나타난다.

"무얼. 얼마 된다고. 한나절이면 갈걸."

두 사람은 모레 같이 떠나기로 약조를 하였다. 형근은 감사스러운 중에
도 무정스러운 감정으로 공연히 마음이 가라앉지 않아서 허둥지둥 엉덩이
를 땅에 대이지 아니하고 저녁을 먹었다.

저녁을 먹은 뒤에 그는 움 앞에 다시 앉았었다. 이화는 다시 한 번 보
지도 못하는구나, 하며 한숨을 쉬었다. 그러나 꼭 한 번 오라고 하였으니

의리상으로라도 한 번은 가 보아야 할 터인데——하다가 그대로 생각하는 것은 동향 친구 주머니 속에 있는 지전 조각이었다.

'내가 입으로 말을 할 수야 있나? 죽어도 그것은 할 수가 없지.'

말을 하는 입내만 내어 보아도 쭈뼛쭈뼛하여지는 것 같다.

'인제야 일할 구녕이 생겼으니까 나중에 갚는 것도 걱정이 없어졌으니까.'

으쓱한 생각에 마음이 느긋하여졌다. 이화를 찾아가는 것도 그다지 부끄러울 것 없을 것 같았다.

'세상에 사람이 살아가려면 권도라는 것도 있는 법이지마는 나 같아서야 어디 살아갈 수가 있어야지······.'

해가 넘어가고 날이 어둑어둑하여지니까 공연히 마음이 처량하여지면서 쓸쓸하다.

오늘 저녁이 아니면 내일 저녁밖에 없는데 하며 담배를 붙여물고 한 바퀴 휘 돌아왔다.

와서 보니까 본시 술을 많이 먹지 못하는 동향 친구가 어디선지 술이 잔뜩 취하여 저쪽에다가 거적을 깔고 외따로이 누워 있다.

'이것이 웬일인가?'

하고 곁으로 가 보니까 그는 세상을 모르고 잔다.

그의 가슴은 웬일인지 무슨 예감을 받은 사람처럼 떨리더니 그의 머릿속에 번개같이 일어나는 충동이 있다.

마치 어여쁜 여자가 외로이 누운 그 곁에 선 젊은 남자가 받는 충동이나 마찬가지로, 주머니에 돈을 지닌 사람이 아무도 보지 않는 곳에 의식을 잃어버리고 누운 것을 본 형근은, 더구나 돈에 대하여 목전에 절실한 필요를 느끼는 그는 무서운 죄악의 충동을 느끼었다.

그러나 그는 그 찰나에 자기가 의식지 못하던 죄악의 충동을 일으킨 것을 깨달았을 때 그는 이를 깨물며 주먹을 쥐고 울듯이 고개를 내젓고 마음속 깊이깊이 뜨거운 후회로 자기를 깨달았다.

그는 그러한 마음을 한때라도 다정한 친구에게 일으킨 것이 그에게 대하여 무엇이라고 말할 수 없이 미안하였다.

그는 그를 잡아 흔들었다.

"여보게, 이슬 맞으면 해로우이, 들어가세."

목소리는 다정함으로 떨렸다.

"응, 응, 가만 있어."

하며 다시 얼굴을 하늘로 두고 뒤쳐 드러누우며 그는 풀무같이 숨을 쉬면서 드르렁드르렁 코청이 떨어지듯이 숨을 쉬었다.

"이거 큰일났군."

형근은 그래도 다시 가까이 가서 몸을 추스르려 할 때에 그 동향 친구의 지갑이 어디 들어 있는지 그것부터 먼저 보지 아니치 못하였다.

그는 동향 친구를 일으켜 겨드랑이를 부축하였다. 동향 친구는 세상을 몰랐다. 그러나 눈을 한번 떠서 형근을 보더니 안심하는 듯이 다시 까부러졌다. 형근의 손은 그 동향 친구의 지갑에 닿았다. 그는 맥이 풀려서 지갑을 꺼내기는 고사하고 친구까지 땅에 떨어뜨릴 뻔하였다. 그는 다시 팔에 힘을 주어 움 속까지 그를 끌고 들어갔다.

바깥에서는 여러 사람들이 이 꼴을 보며 저희들끼리 떠들었으나 거들어 주는 자는 없었다. 그러나 움 속에 들어오니 아무도 없으므로 별로이 보는 이가 없었다.

형근은 그 컴컴한 움 속에서 그 친구를 든 채 얼마간 섰었다. 내려놓지도 않고 눕히지도 않고 그는 무서운 시련의 기로(岐路)에서 방황하였다.

그는 눈을 한번 감았다 뜨며 친구를 눕히는 서슬에 지갑을 뺐다. 그의 손은 이상한 쾌감과 함께 손아귀가 뿌듯한 것을 깨달았다.

그는 친구를 뉘고 달음박질해 나왔다. 그는 사람 적은 곳에 가서 그것을 열지도 못하고 한숨을 길게 내쉬었다. 그는 다시 시원한 가운데에서도 무서움을 품고 그것을 펴지도 못하고 열지도 못하다가 다시 저쪽으로 갔다.

그는 그대로 그것을 손에 움켜쥔 채 공연히 망설이다가 이화 집을 향하여 갔다.

그는 가는 길 으슥한 곳에서 그것을 펴 보았다. 그는 그것을 펴 보다가 마치 무슨 기운에 눌리는 사람같이 가슴이 설렁하여지며 눈이 등잔만하여지더니 뒤로 물러서,

"에구."

하였다. 그의 손에는 시퍼런 십 원짜리 석 장이 묻어 나왔다.

"이건 잘못했구나."

그는 그대로 서서 오도 가다 못하였다.

자기가 요구하던 것은 그것의 몇 분의 일에 지나지 않는다. 이것은 보기만 해도 무서울 만큼 많은 돈이다. 그러나 이것을 지금에 도로 갖다 줄 수도 없고 또 그대로 있을 수도 없다. 그는 한참이나 떨리는 손을 진정치 못하다가 그대로 눌러 생각해 버렸다. 술 깨기 전에 갖다 주지, 그리고 쓴 것은 말을 하면 되겠지.

그는 마음을 억지로 가라앉히고 이화 집 문간에 왔다.

그는 전번에 왔을 적이나 별로이 틀림없는 수줍음과 두근거리는 마음으로 발을 들여놓았다.

그는 술을 청했다. 술을 청하는 것보다도 이화를 부르는 것이었다. 그러나 아래채 조용한 방에서 분명히 이화의 목소리로 소리를 하는 모양인데 나오지를 않고 다른 여자가 나와 맞았다.

방은 전에 그 방이다. 발을 늘여서 안에 있는 것이 바깥에서 보인다.

그는 기대가 틀어진 것에 낙심을 하고 어떻든 술을 청하였다.

그새 여자가 술상을 들고 들어오며 형근을 아래위로 훑어보더니,

"혼자 오셨에요?"

하였다.

"그럼 여러 사람이 다닙니까?"

그 계집은 손으로 입을 막고 웃었다.

"자, 드시죠."

"술도 급하지만 나는 이화를 좀 보러 왔소."

그 계집은,

"네?"

하더니 또 웃는다.

"저는 인물이 못생겼죠? 언젯적부터 이화와 가까우시던가요?"

형근은 자기는 좀 점잖이 말을 하는데 그 계집이 실없이 하니까 속으로 화는 나지만 위엄을 보일 수가 없다.

"이화가 어디 갔소? 잠깐 보자는 이가 있다고 하구려."

그 계집은 문을 열고 나가더니 왼 집안이 다 들리게,

"이화 언니! 이화 언니! 당신 나지미 왔소. 어서 나오."

하며 뻑대굴거리며 웃는다.

이화는 무슨 영문을 모르는 듯이 어떤 손님과 자별하게 이야기를 하다가 문을 열고 고개를 내밀면서,

"무어야? 얘가 왜 이래, 실성을 했나?"

하고 형근의 앉아 있는 방을 올려다보고는,

"응 저이가 왔군."

싱겁게 혼잣말을 하고 다시 돌아앉으니까 함께 한방에 있던 젊은 사람(면서기 같은)이 마주 기웃하고 내다보더니,

"저것이 나지미야?"

하고 비웃는다.

"온 이 주사도, 아무렇기로 내가……."

할 때,

"글쎄, 꼭 봐야 하겠다니 좀 가 봐요."

하며 그 계집이 지근거린다.

"나를 그렇게 봐서 무엇을 한다더냐?"

하고 이 주사라는 자의 눈치를 보는 것이 그의 눈앞을 조리는 모양이다.

"가 봐 주지. 그것도 적선인데. 내 앞이 되어서 몹시 어려워하는 모양이로군. 그럴 것 무엇 있나?"

"온 말씀을 해두 왜 그렇게 하시우. 누구는 끈에 매 놓았습니까? 나 하고 싶은 대로 하고 지내지, 몇십 년 사는 인생이라구."

"그러나 대관절 어떤 자야."

"고향서 이웃집 사는 사람야."

이러는 동안에 형근은 아무도 없는 빈방에 혼자 앉아 술상만 대하고 있으려니까 싱거웁고 갑갑하고 역심이 나서 올 수도 없고 갈 수도 없다. 그 뿐이면 고만이게. 이화라는 년은 다른 놈하고 앉아서 자기 방을 치어다보는 것이 마치 창살 속에 넣어 놓은 청국 사람의 원숭이같이 대접을 하는 것 같아서 속으로 분하고 아니꼬운 정이 나며,

"천생 타고난 기질을 어떻게 하니? 창기는 판에 박은 창기년이다."

속으로 이렇게 중얼거리는데 자기 방 계집이 쭈르르 다녀오더니,

"심심하셨죠? 이화는 인제 옵니다."

하고 술을 따라 놓더니,

"과일 잡숫고 싶지 않으세요? 과일 좀 들여 오죠. 이화도 오거든 같이 먹게요."

하더니 제멋대로 이것저것 들여다 놓고 먹어 댄다.

아무리 기다려도 이화는 오지 아니한다. 여전히 아랫방에서 그자와 이야기를 하는 모양이다. 형근은 혼자서 술을 먹을 수가 없어서 그 계집과 서로 대작을 하였다. 그 계집은 어수룩하고 아직 경험 없는 것을 알아채고 어떻게 해서든지 형근의 주머니를 알겨 낼 생각이다. 주제를 보아서 아직 극단의 수단을 내어놓지 않는다.

한 시간이 지나갔다. 형근은 다시 그 계집에게 이화를 불러 달라고 청을 하였다. 그 계집은 술잔이나 들어가더니 형근의 말을 안 듣고 요리 핑계 조리 핑계한다. 형근도 술잔이나 들어가니까 객기가 나지 않는 것도 아니다.

"가 불러 와."

그는 소리를 질렀다.

"싫소."

"왜 싫어?"

윗방에서 왁자하는 것이 자기 때문인 것을 알아챈 이화는 문을 열고 나왔다.

"어딜 가?"

면서기는 어느덧 술이 곤죽이 되어 드러누웠다가 이화의 치마를 잡았다.

"잠깐만 다녀올 테니 놓세요."

"안 돼."

이화는 팩한 성미에 흉허물 없는 것만 믿고 치마를 뿌리쳤다.

"안 되기는 왜 안 돼요. 잠깐 다녀온다는데. 누가 삼십육계를 하나?"

면서기는 노했다. 그대로 일어섰다. 이화는 형근의 방으로 안 들어가고 안으로 들어가 버렸다.

술 취한 면서기는 다짜고짜로 형근의 방 발을 집어던졌다.

"이놈아! 이런 건방진 자식이, 술잔이나 먹으려거든 국이나 먹으러 다녀. 너 이화는 봐서 무얼 할 모양이냐? 상판 생긴 것하고 그래도 무엇을 달았다고 계집맛은 알아서. 놈 계집 궁둥이 따라다닐 만하다."

형근은 기가 막혀 치어다볼 뿐이다.

"이놈아, 왜 눈깔을 오랑캐 뜨고 보니? 내 얼굴에 무엇이 묻었니? 에 튀튀."

면서기는 침을 방에다 막 뱉는다.

"대관절 이화 어디 갔니? 응, 이화 어디 갔어?"

하고 호통이다. 온 집안 사람이며 술 먹으러 온 사람이 모여들었다.

이화는 이 소리를 듣더니 뛰어나오며 면서기를 달래고 형근에게 연해 눈짓을 하였다.

"글쎄, 이 주사 나리. 이게 무슨 짓요. 약주 취했소. 어서 저 방으로 가시우."

하고 이 주사에게 매달리다가,

"대단 미안합니다. 점잖으신 이가 약주가 취해서 그러신 것을 서로 참으시지. 그렇죠? 어서 약주나 자시지요."

면서기는 그래도 여전히 형근을 보고 놀려 댄다.

"이놈아. 네가 이놈 노동자가 감히 누구 앞에서 이따위 짓을 해? 흥."

형근의 인습 관념에 젖어 있는 젊은 피는 끓었다. 그는 결코 자기가 노동자는 아니다. 양반의 자식이요 행세하는 사람이다. 몸은 비록 흙 속에 파묻혔으나 마음과 기운은 살았다.

"무엇, 노동자!"

형근에게는 그 외에 더 큰 모욕이 없었다. 그는 면서기를 향하여 기운에 타는 두 눈을 부릅떴다.

"그래 이놈아, 네가 노동자가 아니고 무엇야?"

"글쎄, 그만들 두세요. 제발 저 방으로 가세요."

하며 이화는 가운데 들어섰다. 형근은 이화를 뿌리쳤다.

그는 이화를 뿌리칠 때,

"더러운 년! 갈보년."

하는 소리가 입으로 나오지는 아니하였으나 그의 온 전신을 귀퉁이 귀퉁이 속속들이 울리는 것 같았다.

형근은 이화를 뿌리치던 손으로 이 주사라는 자의 따귀를 보기좋게 붙이니까 그대로 땅에 나가뎅굴었다.

"이놈 봐라, 사람 친다."

하더니 면서기는 웃옷을 벗고 덤비었다.

"어디 또 한 번 때려 봐라."

하고 주먹을 들고 덤비려고 사릴 제 옆엣방에서도 툭 튀어나오고 대문에서도 쑥 들어서는 사람들의 눈은 횃불같이 타면서 형근을 훑어보더니 다

시 이 주사를 보고,

"다치지나 않았소? 대관절 어찌 된 일요? 말을 좀 하시구려."

옆에 섰던 이화도 말을 아니하고 그 계집도 말이 없다.

"대관절 손을 먼저 댄 게 누구야?"

하며 형근을 보더니 그 중에 구척같이 키가 크고 수염이 더부룩한 자가 들어서더니,

"여보 이 친구. 젊은 친구가 술잔이나 먹었으면 곱게 삭일 일이지 누구에게다 손찌검하고…… 흥, 맛 좀 보련."

하더니 넉가래 같은 손이 보기좋게 따귀를 붙이는데 눈에서 불이 나며 입에서는 에구구 소리가 저절로 난다. 그는 아무 말 없이 볼따구니만 쥐고 있다.

그러려니까 연신 번갈아 가며 주먹과 발길이 들어오는데 정신이 아뜩아뜩하고 앞이 보이지를 않는다. 그는 에구구 소리만 지르면서,

"글쎄, 나는 잘못한 게 없습니다."

하고 빌어 대면,

"이놈아, 잔말 말어. 너도 세상맛을 좀 알아야 하겠다."

하고 한 개 더 붙인다. 옷은 갈가리 찢어지고 얼굴에서는 피가 흐른다.

이화는 후닥닥거리는 서슬에 마루끝에 서서,

"여보, 박 서방, 가서 순사를 불러 오. 야단 났소. 그저 그만두라니까 그러는구려."

할 때 형근은 순사라는 소리가 귀에 들릴 제 그는 꿈에서 깬 것같이 정신이 났다.

'이화가 나를 순사에게!'

하고 얻어맞는 중에서도 온 기운을 다 내었다. 초자연의 기운은 그를 거기서 뛰어 여러 사람을 헤치고 문 밖으로 뛰어나갈 수 있게 하였다.

그는 눈 딱 감고 뛰었다. 그러나 때는 늦었다. 문간에 나가자 그 집으로 들어오는 사람이 있었다. 그러나 형근은 그것도 못 보았다. 들어오던

사람은 형근을 보더니 재빠르게 뒤를 따랐다.

형근의 다리는 마치 언덕비탈을 몰려내려가다 다리의 풀이 빠진 사람처럼 곤두박질을 하였다. 그의 눈에는 아무것도 보이지 않고 집이나 사람이나 전기불이 별똥 떨어지듯이 휙휙 지나갈 뿐이다.

뒤에서는 여전히 따라왔다.

"도적야!"

달아나며 이 소리를 귓결에 들은 그는,

'웅, 도적?'

'그러면 나를 쫓아오는 것이 아닌 게지.'

그의 머릿속에서는 자기가 지금 어째 도망을 하는지 그 본능은 있었을지언정 의식은 없었던 모양이다.

그러나 그는 다만,

'나는 도적이 아니다.'

하면서도 달음질을 여전히 하였다.

그는 어느덧 움 앞에 왔다.

그는 친구의 이름을 부르고 그 자리에 기진해 자빠져서 기운을 잃었다.

경관과 형사는 그놈을 뒤져 동향 친구에게 지갑을 보이고,

"당신이 찾던 것이 이것이요? 꼭 틀림없소?"

동향 친구는 눈이 뚱그래서,

"형근이가 그랬을 리가 없는데요."

하니까,

"듣기 싫어. 물건을 찾으면 그만이지. 맞느냐 말야."

하며 경관은 흘뿌린다.

"네."

친구는 가까스로 대답을 하더니,

"그런 줄 알았더면 경찰서에도 알리지 않을걸."

하며,

"여보게, 형근이, 정신차려. 일어나서 말이나 좀 하세, 속 시원하게. 도무지 이게 웬일이란 말인가?"
하며 비쭉비쭉 운다.
형근은 아직까지도 깨지 못하고 그대로 누워 있다.

7

형근은 그날로 경찰서 구류간에서 잤다. 어려운 취조가 끝난 뒤에 형근은 검사국으로 넘어갔다. 그 이튿날 신문에는 아래와 같은 신문 기사가 났다.

××× 출생으로 철원군 ×××리에서 노동을 하는 지형근(池亨根)(××) 지난 ×월 ×일 자기 동향 친구의 주머니에 있는 삼십 원을 그 친구가 술이 취하여 자는 틈을 타서 절취하였다가 ×× 이화라는 술집에서 호유하다가 철원 경찰서 형사에게 체포되어 취조를 마치고 검사국으로 압송하였다더라.

나도향 문학과 낭만적 삶의 인식

신 동 욱

1. 머리말

　나도향(羅稻香, 본명 慶孫, 필명 彬,　1902~1927)은 서울 청파동에서 한의사 집의 아들로 태어나 배재고보(1917)를 거쳐 경성의전(京城醫傳)에 입학하였다. 가족의 기대와는 달리 의학공부는 그의 적성에 맞지 않아 몰래 일본으로 건너갔다. 그러나 학비가 없어 귀국하여 경상북도 안동에서 보통학교 교원을 지냈다.

　그의 첫 작품은 「출학(黜學)」(培材學報 2호, 1921. 4)으로 알려졌다. 1922년 박종화, 현진건, 홍사용, 이상화 등과 함께 백조(白潮) 동인을 결성하고 낭만주의 문학을 표방하였다. 동인지 창간호에 「젊은이의 시절」(1922)을 발표하고, 이어 「별을 안거든 우지나 말걸」(白潮 2호)을 발표하였다. 이 작품은 젊은 예술가 지망생인 철하(哲夏)의 예술에 관한 열망을 감상적 정서의 유로(流露)를 통하여 말한 것으로, 누이가 순결을 잃은 고통을 동정하며 악마적 삶은 쾌락에서 벗어나 자연의 순수함을 지향하며, 한편으로는 음악과 젊음을 중요한 가치로 인식하는 내용을 다루어 초기 낭만문학의 감상주의적 특질을 보이고 있다. 이어서 장편 「환희 (幻戲)」(東亞日報, 1922년 11월부터 1923년 3월까지 연재, 단행본 1923. 朝鮮圖書株式會社)를 발표하여 당시의 독자들에게서 큰 호응을 받았다. 이 작품에서는 이루지 못한 사랑을 다루면서 죽음을 묘사하여 역시 순결 한 사랑의 가치를 추구하나 주인공 정월이 자결함으로써 비극적 인식이 고조된 낭만주의적 성격을 띠고 있다.

다음으로 초기의 감상주의를 어느 정도 극복하고 현실문제에 관심을 기 울이는 작품을 창작하여 낭만적 사실주의를 지향하기에 이른다. 그러한 작품들로는 「17원 50전」(개벽, 1923. 1), 「행랑자식」(개벽, 1923. 10), 「女理髮師(여이발사)」(白潮, 1922. 3), 「자기를 찾기 전」(開闢, 1924. 3), 「물레방아」(朝鮮文壇, 1925), 「뽕」(開闢, 1925), 「벙어리 三龍이」(黎明, 창간호. 1925) 등을 발표하여 높은 평가를 받았다.

그후로 장편 「靑春(청춘)」(朝鮮圖書株式會社, 1927), 단편집 「眞情 (진정)」(永昌書館, 1923), 그리고 사후에 장편 「어머니」(博文書館, 1939) 등이 발간되었다. 나도향은 1927년 8월 26일, 26세라는 젊은 나이에 세상을 떠났다.

2. 초기 작품의 낭만적 의미

낭만주의 (Romanticism)의 기본 개념은 전통, 교양, 질서, 지성을 존 중한 고전주의 정신에 반기를 들고 개성과 감정과 자유를 존중하고 자연 의 본성을 그 중심가치로 본 프랑스의 루소 같은 철학자의 견해를 참고할 수 있다.

유교적 봉건제도에 예속된 전통적 삶 인식에서 벗어나 개인의 자유와 감성적 가치를 존중한 1920년대 우리나라 『백조』파의 낭만주의도 같은 맥락에서 인식할 수 있다. 그런데, 우리는 서구의 사회·문화적 배경과 다른 일제치하라는 한국적 정치현실의 실상 아래 이루어진 초기 낭만파 문학의 감상적 특징의 의미가 담겨 있다.

즉 3·1운동의 정열과 이상지향의 꿈이 그 중심에 놓여 있었으나, 현실적으로는 그러한 꿈의 성취보다는 3·1운동 당시 일제의 관헌에게 체포, 구금되었거나 항거하다가 죽은 사람들을 목격한 체험이 시대 전체의 우울과 감상주의로 연결된 사실을 인정할 수 있다.

단편 「옛날 꿈은 창백하더이다」(開闢, 1922. 12)는 가세가 곤궁한데도 불구하고 할머니는 교회에 낼 연보돈을 꾸어서까지 내자 이에 아버지의 불만이 쌓이게 되고, 그로 인하여 아버지는 화자의 어머니에게 화풀이를 하여 집안이 우울한 분위기로 휩싸인다는 이야기가 어린 소년의 시선으로 포착되어 서술되고 있다. 여기서 기성세대의 삶 인식이 체면에 얽매임에 대하여 소년의 시선은 그러한 세계와는 달리 순결함의 가치를 지니고 자연의 아름다움과 동질화된 점이 대비되고 있다.

앞에서 언급한 「별을 안거든 우지나 말걸」에 나오는 소년 '철하'나 이 작품의 서술자 역시 시대의 풍속적 제도에서 벗어나거나 또는 기성세대의 고정관념에서 벗어나 새 세대의 자유로운 삶의 가치를 지향하는 인물로 나타나 있다. 작품에 설정된 주동적 인물이 이와 같이 어린 소년으로 묘사되거나 제시되는 것은 기성세대의 유교적 전통과 그 가치에 물들지 않고 새 시대의 자유주의 풍조에 영향받고 있음을 알려 주려는 의도가 있다. 동시에 젊은 작가들의 빈약한 체험 내용들이 일차적으로 작품의 밑거름이 되고 있다는 전기적 사실과도 어울려 있음을 이해할 수 있게 한다.

또 「별을 안거든 우지나 말걸」(白潮 2호, 1923)에서는 삼각관계의 애정문제로, 형제의 우애를 느꼈던 친구 R과 나 사이의 우정이 깨어지는 사실을 기술한 감상적 연애소설로서 자아의 확립이 이루어지기 전의 심리적 풍경을 말하고 있다.

이처럼, 나도향의 초기 작품들은 서술자가 소년기에서 청년기로 접어드는 그런 미성숙한 시기의 인물들임을 알 수 있고, 작품에 제시된 문제의 인식에 있어 지나치게 감상주의에 물들어 지적인 절제나 성숙미가 적은 대신 문제에 관한 순진하고 단순한 심리반응이 작품의 중심을 이루고 있는 것 같다. 그리고 자연묘사와 자연미에 관한 감응에 민감한 것도 이 작가의 미적 특성으로 나타나 있다. 여기서, 순진한 소년적 시선과 그 정신에서 낭만적 가치의 기본 요소인 '천진성'과 자연미가 융합된 사실을 발견할 수 있다. 프랑스의 개혁사상을 중심으로 한 적극적인 열정을 소유한 주동적 인물이 나타나고 묘사되기에는 작가의 나이나 그 신념이 어렸던 점도 고려해야 할 것이다.

3. 후기 작품과 현실인식

나도향은 초기의 감상적 낭만의식을 차츰 탈피하면서, 현실문제를 직시하며 삶에 내재하는 모순의 문제를 작품화하기에 이르렀다.

단편 「행랑자식」(開闢, 1923. 10)에는 어린 주인공 진태의 하루 동안의 활동과 굶주림이 다루어지고 있다. 가난한 노동자의 아들인 진태가 굶주린 상태에서 심부름을 하다가 두 번씩이나 잘못하여 얻어 맞는다는 내용이 그려지고 있다. 이렇게 극빈한 삶을 묘사한 것은 1920년대 한국의 어려운 경제적 형편을 실감했음은 물론, 작가 자신이 현실을 직시하는 자각이 창작정신에 깃들어질 만큼 성숙한 결과라고 볼 수 있다.

작가로서의 평가를 높게 받은 「벙어리 삼룡이」는 학대받고 소외된 벙어리의 인간애 의식을 추구한 작품으로서 공감을 자아낸다.

경제적으로 부유한 오생원이 외동 아들을 양가집의 아름답고 교양있는 규수와 혼인시켰으나, 열등감 많고 포악한 아들은 그 아내를 극도로 미워하고 구타하기까지 한다. 그러나 삼룡이는 선녀같이 아름답고 순결한 새댁이 까닭 없이 매맞는 사실에 일종의 의분심과 함께 깊은 동정심을 갖게 된다.

그렇게 예쁘고 유순하고 그렇게 얌전한 벙어리의 눈으로 보아서는
감히 손도 대지 못할 만치 선녀 같은 색시를 때리는 것은 자기의 생
각으로는 도저히 풀 수 없는 의심이다.

(新韓國文學全集(5), 어문각, 457면. 1979)

주인 색시를 생각하면 공중에 있는 달보다도 더 곱고 별들보다도
더 깨끗하였다. 주인 색시를 생각하면 달이 보이고 별이 보이었다.
삼라만상을 씻어내는 은빛보다도 더 흰달이나 별의 광채보다도 그의
마음이 아름답고 부드러운 듯하였다. 마치 달이나 별이 땅에 떨어져
주인 새아씨가 된 것도 같고 주인 새아씨가 하늘에 올라가면 달이
되고 별이 될 것 같았다.(같은 책, 458면)

그를 위하여서는 자기의 목숨이라도 아끼지 않겠다는 의분에 넘치
었다.(같은 책, 458면)

이러한 벙어리의 심리묘사에서, 주인 새아씨는 자연물 중에서도 가장
부드럽고 고귀한 빛인 달과 별로 융합되고 있음을 유념하게 된다. 벙어리
의 추악한 외양과 천한 신분에 대비되는 고귀하고 아름다운 새아씨의 대
비가 보이며, 그 천하고 추악한 벙어리의 마음속에 깃든 도달할 수 없는
숭고한 사랑이 간직된 모순의 논리를 작가는 밝혀내고 있다. 이러한 인물
의 인식에서 작가는 계층의 차별을 냉엄히 비추면서도 그것을 초월하여
고귀한 사랑을 품는 인간주의적 정신을 벙어리를 통하여 보여 주게 된다.
오해로 인해 학대받고 쫓겨난 벙어리는 주인집이 불길에 휩싸였을 때,
오생원을 구해낸 다음 새아씨를 품에 안고 급박한 위기 속에서도 황홀한
순간의 행복을 느끼며 죽는다는 내용이 그것이다. 말하자면 현실에서는
이룰 수 없는 사랑이, 불이라는 위기상황에서 계층과 신분을 초월한 고귀

한 가치가 성취됨을 묘사하였다. 이렇게 고귀하고 이성적인 가치의 성취
를 실현함에 있어 치르야 할 목숨의 희생이 함께 제시되는 데에 낭만주의
정신의 한 반어적 현상이 보인다. 이것을 흔히 낭만적 반어(Romantic
irony)라고 일컫는다. 즉 현실에서는 성취될 수 없는 이상적 가치를 꿈이
나 상상의 세계, 비정상적인 상황이나 특수한 처지에서 이루려는 창조적
정신의 한 표현이라고 말할 수 있을 것이다. 그리고 불의 의미는 계층을
초월하여 사랑을 이루는 새로운 가치 창조의 상징적 의미도 깃들여져 있
다고 하겠다.

이에 비하여「물레방아」는 우리 전통적 풍속에서 볼 때, 후사를 이어
야 할 정당한 논리에서 부자 신치규는 그의 막실살이 방원의 아내를 꾀어
후실로 맞으려한다. 그리고 이지적이고 창부형인 방원의 아내는 신치규
의 욕망에 끌려 서로 야합하게 된다. 물론 방원은 보복하여 그 아내를 죽
이고 스스로 목숨을 끊는다는 살벌한 내용으로 마무리되고 있지만, 욕망
의 부딪침이 빚는 삶의 고통이 현실성있게 묘사되고 있다. 이러한 작품에
서 나도향의 사실주의적 성격을 보게 된다. 즉 주관적 감상주의를 벗어나
계층의 대립과 욕망의 얼킴을 관찰하는 보다 객관적이고 성숙한 투시력을
지니고 있음을 확인하게 된다.

벙어리에게 비친 아씨가 비현실적으로 이상화된 데 비하여, 신치규의
눈에 비친 방원의 아내는 좀더 실제적인 면이 보인다. 즉 "새침한 얼굴
이 파르족족하고, 기다란 눈썹과 검푸른 두 눈 가장자리에 예쁜 입, 뾰르
퉁한 뺨이며 콧날이 오뚝한데다가 후리후리한 키에 떡 벌어진 엉덩이가
아무리 보더라도 무섭게 이지적인 동시에 창부형으로 생긴" 사실이 대조
적이다. 말하자면 관념적으로 이상화 시킨 여인이 아니라 삶의 실제적 국
면에 있음직한 한 여자를 보는 듯이 묘사하고, 그들의 실제적 욕망이 적
나라하게 인식되고 묘사된 사실을 볼 수 있다. 설정된 인물 벙어리에서
신치규의 거리는 관념에서 실상의 문제로 옮겨 왔고 동시에 인식의 발전
을 작품을 통해 확인하게 된다.

다음으로 작품 「뽕」의 사실적 가치를 말할 수 있다. 이 작품에서 노름꾼 김삼보는 노자돈과 노름 밑천을 얻어 가지고 나가면 집을 비우는 것이 예사이고, 그 아내 안협집은 정조 관념이 없는 여성으로 방종한 생활을 하는 인물로 설정되고 있다. 그런데, 힘세고 술 잘 먹고 야비하면서도 활달한 삼돌이는 안협집과 연애하려고 벼르지만 안협집은 이를 완강히 거부한다. 누에 치는 일로 삼돌이와 안협집은 뽕을 훔치려고 밤에 뽕밭에 이른다. 삼돌이는 그 때를 좋은 기회로 삼으려 했으나 뽕밭 주인에게 발각되고 삼돌이는 그의 야욕을 이루지 못한 채 도망한다. 그런데 안협집은 뽕밭 주인에게 잡혀 갔으면서도 오히려 후에 무사히 돌아온다. 마을에는 안협집과 뽕밭 주인의 이야기가 소문으로 퍼진다. 김삼보가 돌아왔을 때 안협집은 삼돌의 망칙한 행동을 고하다가 부부 싸움으로 발전하고, 삼돌이까지 가세하여 김삼보는 안협집을 구타하게 된다. 그러나, 다음날 김삼보는 예전같이 노자돈을 안협집에게서 얻어 길을 떠났고, 안협집은 누에를 쳐서 주인집과 30원씩 나누었다는 결말로 이야기는 끝난다.

이러한 이야기에서 당시 농촌의 빈곤상이 잘 나타나 있고, 그러한 빈곤층의 애욕 문제가 숨김없이 적나라하게 묘사됨을 볼 수 있다. 즉 빈곤층 내부의 도덕적 비리와 그러한 비리 속에서 욕망을 충족할 수밖에 없는 현실이 뽕도둑, 매음, 불확실한 삶, 유랑하는 삶 등이 객관적으로 조명되고 있다. 이처럼, 나도향의 작가적 시선은 더욱 객관성을 심화시켜 갔다.

그의 또 다른 단편 「자기를 찾기 전」도 정미소에서 일하다가 남자에게 버림받는 미혼모의 곤궁함이 묘사되고 있다. 그렇게 기다리고 믿었던 목사님도 전염병으로 죽고, 아기도 역시 전염병으로 죽고 믿었던 장래를 약속한 남자에게서는 버림을 받고 끝내 혼자인 자신을 발견한다는 내용이다. 이처럼, 아무것도 이룰 수 없는 빈곤층의 고통이 객관적 시선에 의해 냉엄하게 조명되고 있다.

4. 마무리

나도향은 감상적 낭만주의를 초기 단편을 통해 이루었으나, 후기에 이르면서 차츰 빈곤층의 고통에 관심을 기울여 관념에서 벗어나 객관적 현실을 작품화하면서 사실적 경향으로 발전해 갔다. 초기 작품의 낭만적 성향은 감상적이고 관념적인 면이 우세하여 서술자 화자의 미숙함과 지적 절제가 부족함이 보였다. 그럼에도 불구하고 3·1운동 직후의 시대적 분위기를 우울미로 포착하여 간접적으로 시대상을 반영하였다.

후기 작품들에서는 초기의 감상주의를 극복하고 빈곤층, 소외층, 유랑민 등을 객관적으로 포착하여 삶의 내부에 도사린 비리와 욕망을 조명하여 욕망의 비극적이고 반어적 특성을 밝혀내고 있다. 나도향은 1920년대 낭만적 사실주의를 수립한 데 문학적 공로가 있다. 그리고 그의 감상적 필치는 주관적 의미가 깃든 반면에 감각적 감응력이 뛰어나 서정적 효과가 우세한 것이 특징이다. 그의 수필 「그믐달」(朝鮮文壇, 1935. 4) 같은 작품은 나도향 문학의 압권으로 평가된다.

나도향 연보

1902 서울 청파동에서 장남으로 태어나다. 본명은 경손(慶孫). 호는 도향(稻香). 필명은 빈(彬).

1919(18세) 배재고보 졸업. 경성의전 입학, 도일. 와세다대학 입학이 학자금 미조달로 실패.

1921(20세) 단편「추억」(신민공론)을 발표하여『백조』동인.

1922(21세) 「젊은이의 시절」,「별을 안거든 우지나 말걸」, 시「투르 게네프 산문시」를『백조』에 발표. 장편「환희」(동아일 보) 발표.

1923(22세) 단편「십칠원 오십전」(개벽),「춘성」,「행랑자식」,「은 화 백동화」발표.

1924(23세) 단편「자기를 찾기 전」(개벽), 논문「문단으로 본 경성」 발표.

1925(24세) 단편「뽕」(개벽),「물레방아」(조선문단), 계급문학시비 론「뿌로니 푸로니 할 수는 없지만」(개벽) 등 발표. 재차 도일하여 수학의 뜻을 이루려 하였으나 실패.

1926(25세) 귀국. 소설「지형근」(조선문단),「화염에 싸인 원한」(신 민) 등 발표 8월 26일 폐환으로 죽다.「벙어리 삼룡이」(현 대평론)가 고(故) 도향 이름으로 발표, 장편「청춘」발간.

베스트셀러 한국문학선 6

물레방아

펴낸날 ｜ 1995년 4월 8일 초판 1쇄
　　　　2012년 2월 20일 초판 10쇄

지은이 ｜ 나도향
펴낸이 ｜ 이태권
펴낸곳 ｜ (주)태일소담
　　　　서울시 성북구 성북동 178-2 (우)136-020
　　　　전화 ｜ 745-8566~7　팩스 ｜ 747-3238
　　　　e-mail ｜ sodam@dreamsodam.co.kr
　　　　등록번호 ｜ 제2-42호(1979년 11월 14일)
　　　　홈페이지 ｜ www.dreamsodam.co.kr

ISBN 89-7381-176-2　03810

베스트 셀러 월드북 도서목록

....